メディアワークス文庫

迷子宮女は龍の御子のお気に入り

～龍華国後宮事件帳～

綾束 乙

目　次

第一章　迷子宮女は美貌の宦官に召し上げられる

今にも降り出しそうな曇天は、龍華国後宮の夕暮れを、昏く不穏な気配に変えていた。甘く揺蕩う桃の花の薫りにかすかに混ざるのは、死後二日経った遺体の死臭だ。

珖璉は四人がかりで大きな木箱を抱えた屈強な身体つきの宦官達に鋭い視線を向ける。

「中に入っているものを決して気取られるな。可能な限り人目を避け、秘密裏に浣衣堂へ運べ」

後宮内の不正を取り締まる官職・官正である珖璉の命に、宦官達が恭しく頷く。浣衣堂とは、病気になった宮女を隔離し療養させるための建物だ。後宮の外れの人気のない区画にあり、不慮の出来事によって死亡した宮女の遺体も、埋葬されるまで安置される。

「わかっておるだろうが、この件については他言無用だ」

珖璉の厳しい声に、宦官達が無言で頷いて歩を進める。踏み潰された草の青臭い匂いが湿った空気に重く漂った。

珖璉は唇を引き結んで宦官達の背を見つめる。自由に出入りできぬ閉ざされた後宮内で連続殺人事件が起こっていると広まれば、妃嬪や宮女、宦官達に混乱が巻き起こるのは必至だ。決して、余人に知られるわけにはいかない。

しかも今は、龍華国の年中行事で最も重要な、建国を祝う『昇龍の儀』が二十日後に迫っている。

大陸東部に覇を唱える龍華国の始祖は、異界に棲まう《龍》と人間の乙女の間に生まれたと建国神話に謳われている。《龍》の力は代々の皇帝や皇位継承者に受け継がれ、《龍》の力が発現した皇族は、白銀にきらめく《龍》を喚び出すことができるのだ。

年に一度の昇龍の儀では、王城の露台で皇帝や皇位継承者達が集まった民衆の前で《龍》を召喚し、天へと放つのが儀式の締めだ。

現在、《龍》を喚び出すことができるのはたった二人だけだ。現皇帝である龍漸と、唯一の皇位継承者である――。

「珖璉様?」

側仕えの禎宇に名を呼ばれ、珖璉は忠実な従者を振り返った。武官らしい大柄な身体の禎宇が、気遣わしげに珖璉を見つめている。

鍛えられた身体とは裏腹に穏やかな顔立ちの禎宇は、今年で二十歳になる珖璉より五つ年上だ。幼い頃から仕えているためか、珖璉の感情を読むのに長けている。

禎宇の隣では、痩せぎすの隠密の少年・朔が吊り目がちの面輪を引き締め、無言で主の指示を待っていた。朔の表情にも、珖璉への気遣いがうかがえる。

今は、昇龍の儀に出ねばならぬことを憂いている場合ではない。

珖璉は息をつくと殺人事件へと意識を切り替える。

「殺された宮女はこれで七人目か……。後手に回らされているのが、腹立たしいことこの上ないな」

ちっ、と苛立ちを隠さず舌打ちすると、珖璉は信頼する従者達に指示を出す。

「禎宇は殺された宮女の身元の確認を。着ていたお仕着せから見て掌食に所属する宮女だ。被害者を誘い出した者がいたかどうか、目撃者を探せ。朔は犯人の手がかりが残っていないか、周囲の捜索を」

掌食というのは後宮の部門のひとつで、後宮内の食の担当だ。珖璉の命に、禎宇と朔が「かしこまりました」と応じる。

「珖璉様はどうなさるのですか？」

禎宇の問いに短く思案する。禎宇とともに掌食に聞き込みに行ってもよいのだが、珖璉が動けば嫌でも目立つだろう。蜜に群がる蝶のように我先にと寄ってくる宮女達の姿がたやすく想像できて、珖璉はげんなりと嘆息した。人知れず調査を行うには、己の容貌は人目を引きすぎる。

「わたしは今までの現場を見て回ってから部屋へ戻る。ひょっとしたら、時間をおいて見れば、前は見落としていた点に気づくやもしれん」

脳裏をよぎるのは、苦悶の表情で事切れていた宮女達の姿だ。これ以上、犯人の好きにさせるわけにはいかない。

まだ見ぬ犯人への怒りに突き動かされるように、珖璉は踵を返した。

数千人が暮らす後宮の洗濯場は、ちょっとした池なみに広い。乾いた洗濯物を雨が降り出す前に運ぼうと、手早く畳んで籠の中へ入れていく同僚達に混じって、鈴花は宦官用のお仕着せを丁寧に畳んでいた。

と、「新入り！」と叩きつけるように呼ばれ、弾かれたように立ち上がる。

「は、はい！　何でしょうか」

新入りと言われたら、半月前に掌服に入った鈴花しかいない。ぱたぱたと小走りに自分を呼んだ先輩格の宮女達の元へ駆け寄ると、

「用があるから呼んだに決まってるでしょ⁉」

と苛立たしげに吐き捨てられた。

「洗い桶。あんたがちゃんと片づけておきなさいよ」

「え……？」

鈴花は広い洗濯場を見回す。確かに、そこここに使い終わった大きな洗い桶がそのま

まになっている。だが。

「あのぅ、洗い桶は、自分が使ったものをそれぞれで片づけるんじゃ……」

確か、入った当初にそう教えられたはずだ。

「はぁっ!?」

おずおずと返した瞬間、宮女の一人が足元にあった桶を蹴りつける。がんっ、と響いた大きな音に、鈴花は思わず身を強張らせた。

「いっつもあんたのせいで迷惑をかけられてるのよ!?」

「だったら、詫びとして代わりに片づけるくらい当然でしょう!?」

「ほんっと気が利かないんだから、この役立たず!」

嘲りを隠そうともしない声音に、唇を噛みしめる。周りの同僚達も、触らぬ神に祟りなしと、ちらりと視線をよこしただけで、黙々と手を動かすばかりだ。

故郷の村でも、『役立たず』と何度罵られてきただろう。

『出来のいい姉と同じ腹から生まれたとは思えないほど、どんくさい娘』

『使いに出せば迷って帰ってこない、村一番の役立たず』

『わけのわからぬモノが見えるなんて言う不気味な娘』

『あんなの面倒を見てやらなきゃいけないなんて、姉の菖花もとんだ厄介者を背負わされたもんだ。気の毒に……』

故郷の村でさんざん言われ続けた陰口が頭の中を駆け巡り、痛みをこらえるように、さらに強く唇に歯を立てる。

抗弁なんて、できるわけがない。鈴花が役立たずなのは、まぎれもない事実なのだから。それに先輩宮女達の機嫌を損ねては、鈴花が後宮へ奉公に来た意味がない。少しでも先輩宮女達や掌服長に気に入られて、早く有益な情報を得られるようにならなくては。

――後宮に奉公に来たまま、消息不明になった姉の菖花を捜し出すために。

「気が回らなくて申し訳ありません。ちゃんと片づけておきます」

深々と腰を折って謝罪する。

「そうよ！　わかればいいのよ」

「じゃあ、後はよろしくね」

頭を下げる鈴花の横を通り過ぎていく先輩宮女達に、あわてて声をかける。

「ですが、掌服の棟までどうやって帰れば……？」

「は？」

振り返った先輩宮女の声は氷よりも冷ややかだった。

「本気なの？　半月も経ったのに、毎日通ってる道をまだ覚えられないわけ？」

「そ、それは……」

情けなさに、両手でぎゅっと自分の衣を握りしめる。鈴花は、超がつくほどの方向音痴だ。特に、よく似た建物が並ぶ上にあちこちに木々や茂みが配され、故郷の村よりも広い後宮は、何度行き来しても覚えられない。

「もしかして、その首の上についてるの、頭じゃなくて瓜か何かなんじゃなぁい？」

嘲笑混じりの声に、周りの宮女達からも、どっと笑い声が巻き起こる。

「ひとりで帰ることもできないなんてねぇ。十七歳って言ってたけど、ほんとは七歳の間違いなんじゃない」

「じゃあね、瓜頭。ちゃんと片づけておかないと承知しないからね」

「今日は、夕食までに帰ってこられるかしらねぇ」

「あんまり遅くなると、また掌服長がおかんむりになるわよぉ～」

くすくすと笑いながら、先輩宮女達が自分の担当分の着物を入れた籠を抱え、ぞろぞろと洗濯場を出ていく。

「私も早く自分の分を畳まなきゃ」

とりあえず、片づけよりも先に洗濯物を畳まなくては、せっかく綺麗に干したのに変なしわがついてしまう。はっと我に返ると、鈴花はぱたぱたと自分の籠へ駆け寄った。

鈴花が片づけを終えて洗濯場を出た時には、辺りはすっかり薄暗くなっていた。重く垂れこめた黒雲からは、今にも雨粒が落ちてきそうだ。間違っても、籠の中のお仕着せを濡らすわけにはいかない。

おぼろげな記憶を辿り、掌服の棟を目指して足早に進んでいくが。

「どこ、ここ……」

はたと立ち止まり、鈴花は情けない声を洩らした。見覚えがあると思って曲がった角なのに、曲がった瞬間、見知らぬ景色が広がっている。いつもそうだ。この道だと思って進んでも、いつも目指す場所と違うところに出てしまう。

「早く戻らないといけないのに……っ」

焦ってきょろきょろと周りを見回す。だが、辺りはしんと静まり、湿り気を帯びた空気に桃の甘い薫りが漂うだけだ。

誰かいないだろうか。宮女でも宦官でもいい。誰か道を教えてくれる人に出会わなければ、いつまでも掌服の棟に戻れる気がしない。

祈るような気持ちで視線を巡らせた視界の端が、かすかな光を捉える。

まだ日は沈んでいないとはいえ、この暗さだ。誰か灯籠でも手にしているのだろうか。

とにかく助かったと安堵しながら、籠を抱えたまま、薄ぼんやりと明るい茂みの向こうを目指して早足で進む。がさりと茂みに袖をこすらせながら回り込み。

「っ⁉」

目の前の光景に、思わず息を呑んで立ち尽くす。

灯籠の明かりだと思い込んでいたが、違う。

鈴花の視線の先にいたのは、天上から舞い降りた神仙と見まごうような、全身に淡い銀の光を纏う、文字通り光り輝く美貌の青年だった。

昔から鈴花の目には、稀に人や物が色づいて見えることがあった。原因はわからない。物心ついた時には見えていたので、おそらく生まれつきなのだろう。

淡い青だの、薄墨色だの、浅緑だの……。鈴花の目には見える色が、家族はもちろん他の村人達の誰ひとりとして見えないものだと知った時にはもう、『見えないモノを見えると言う不気味な娘』という評判は、揺るがぬものになっていた。

『そう。私には見えないけれど……。鈴花には見えるのね。きっと鈴花の目は特別なんだわ。こんなに大きくてくりくりした可愛い目だもの』

村の子ども達に嘘つき呼ばわりされていじめられるたび、優しく慰めてくれたのは、姉の菖花だけだった。両親ですら、『わけのわからぬことを言う娘』『見えないものを見えると嘘をつくわ、使いにやれば道に迷って帰ってこないわ……。出来のいい菖花と比べて、何と役立たずなんだろう』と疎んじていたほどだ。

洗濯物の籠を抱えて立ちすくみ、鈴花は魅入られたように美しい青年を見つめる。

色を纏った人を見たことは何度もある。けれど、内側から光があふれ出すような白銀の光を纏う人物なんて、見たのは生まれて初めてで。

「綺麗……」

青年から目が離せぬまま、惚けた声を洩らした鈴花は、青年もまた、いぶかしげに自分を見ていることに気がついた。役職こそわからないが、青年が纏う高価そうな絹の衣は、下級宮女の鈴花などより遥かに高い身分だと一目瞭然だ。

「も、申し訳ございません！　失礼いたしました」

我に返った鈴花は籠を脇において地面に両膝をつき、あわてて頭を垂れる。

青年の神々しいほどの美しさに、魂が抜かれたように見惚れてしまった。無礼者と叱責されるかと、びくびくしながらうつむいて身を強張らせていると。

「掌服の者か。おぬしの名は？　なにゆえここへ参ったのだ。掌服の棟とはずいぶん離れておろう」

美貌に違わぬ耳に心地よく響く声で、青年が問いを発した。天上の調べを連想させるような響きの低い声に、あ、やっぱり男の人で間違いなかったんだ、と鈴花はのんきなことを思う。着ている衣や引き締まったしなやかな長身から、男性だろうと推測していたものの、顔立ちがあまりに整いすぎていて、ひょっとしたら男装した女人の可能性もあるかもしれないと考えていたのだ。

下級宮女の鈴花は妃嬪のご尊顔を拝謁したことなどないが、もし華やかな女物の衣を着ていたら、確実に妃嬪の一人だと誤解したに違いない。というか、銀の光のせいで薄ぼんやりとしか見えない程度の鈴花でも、思わず見惚れてしまう美貌なのだ。もしはっきり見えていたら、老若男女問わず魅了していたに違いない。

「聞こえなかったか？　なぜ、ここに来たかと聞いておる」

圧を増した声音に、不可視の笞で打たれたように身体が震える。下手な言い訳をしたら、即刻クビになって後宮を追い出されそうだ。それだけは何としても避けなくては。

「申し訳ございません！　掌服の担当で鈴花と申します。後宮に勤めてからまだ日が浅いため、道に迷ってしまったのです。そのっ、銀の光が見えたので、道を教えていただけないかと思いまして……」

口に出した途端、しまったと悔やむが遅い。嘘を申すなと叱責されるに違いない。

「あの……」

とっさに言い繕おうとした瞬間、不意に肩を摑まれ、乱暴に引き起こされる。肩に食い込んだ指先の力は、喰い破るかのように強い。

「お前……っ！　何を見た⁉」

「ひぃっ！」

無理やり持ち上げられた眼前に光り輝く美貌が迫り、見惚れるより先に、恐怖に悲鳴がほとばしる。刃のようにきらめく黒曜石の瞳は、鈴花を刺し貫かんばかりに鋭い。

「銀の光だと⁉　お前はいったい何を……っ⁉」

「ち、違うのです！　その、光り輝くご容貌がですね……っ」

恐ろしさのあまり口からでまかせを言うが、肩を掴む青年の手は緩まない。

「痛……っ」

みしりと骨が軋み、思わず呻くと、我に返ったように青年の手がわずかに緩んだ。

その隙を逃さず、地面に置いた籠を拾い上げる。鈴花の何が青年の激昂を招いたのかわからない。だが、この場に留まっていては危険だと、本能が警鐘を鳴らしている。

「すみません、失礼します！」

「おいっ⁉　待て！」

制止の声を振り切り、鈴花は身を翻すと脱兎のごとく駆け出す。

そこから、どこをどう走ったのかわからない。途中、出会った宮女や宦官に道を教えてもらい、鈴花がようやく掌服の棟に着いたのは、曇天から雨が降り出す寸前だった。

洗濯物を濡らす前に帰ってこられてほっとする。もし濡らしていたら、夕飯抜きは確実だ。いや、片づけをしていたとはいえ同僚達よりかなり遅れてしまったので、夕飯にありつけるかは甚だ怪しいが。

道に迷いましたと説明しても、掌服長は納得してくれまい。加えて、どなたかはわかりませんが高位の宦官にお会いして、制止を振り切って逃げてきたんです、と正直に話せば、どれほどの大目玉を食らうか。恐ろしすぎて考えたくない。

掌服の宮女だけでも数百人はいる。あの美貌の宦官が鈴花を見つけようとしても、そう簡単には見つけられまい。もう二度と会うことはないだろう。掴まれた肩の痛みさえ残っていなければ、幻だと思うところだ。それほどに、あの青年の美貌は隔絶していた。

所定の位置に籠を置いた鈴花は、すぐに食堂へ向かった。思いがけぬ運動を強いられた身体は空腹を訴えている。

どうかまだ夕食が残っていますようにと祈りながら食堂へ入ると、目ざとく鈴花に気づいた先輩宮女が甲高い声を上げた。

「やぁだ、鈴花ったら。今まで帰ってこないなんて、いったいどこで油を売ってたの？　どうせまた、迷子になってたなんて、下手な言い訳をするんでしょ？」

「新人はいいわよねぇ。迷ってましたと言えば、遊んでても許されるんだもの」

「ちが……」

反論するより早く、先輩宮女の声を聞きつけた掌服長が「鈴花！」と厳しい声を上げる。頭に白いものが混じり始めた掌服長は、刺繍（ししゅう）の腕は超一流だが、厳しいことで有名だ。奉公に来てまだ半月ほどだが、鈴花は怒られなかった日がない。

「またお前なの!?　いい加減にしてちょうだい！　『十三花茶会（じゅうさんはなちゃかい）』が迫っていて、猫の手も借りたいほど忙しいっていうのに……っ！」

目を吊り上げた掌服長に叱責され、鈴花は身を縮めて頭を下げる。

十三花茶会というのは、間もなく後宮で行われる大規模な茶会だ。

同僚から聞いたところによると、上級妃四人と中級妃九人、および各妃嬪に仕える侍女達が一堂に会するという大変華やかな行事で、衣服を担当する掌服は、新たに糸を染め直して衣を新調したり、刺繡をやり直したり、装身具を整えたり……。と、目が回るほどの忙しさなのだという。

もっとも、下級宮女の鈴花が妃嬪の衣装にふれられる機会などあるはずもなく、鈴花の仕事はもっぱら、宮女や宦官のお仕着せの洗濯なのだが。

一度ついた怒りの火は、簡単に鎮火しそうにないらしい。掌服長はたまりにたまった鬱憤をぶつけるかのように責め立てる。

「新人が入って、人手が増えて少しは楽になるかと思いきや、とんだお荷物だよ！　この役立たず！　忙しいってのに、あんたの面倒なんて見てる余裕はないんだよ。顔を見てるだけでいらいらする。夕食は抜きだよ！　部屋でおとなしくしておきな！」

「は、はい……」

くぅ、と抗議するように鳴ったお腹(なか)の音は、食堂のざわめきにまぎれてしまう。ここにいても、掌服長に怒りをぶつけられるだけだ。もう一度頭を下げると、鈴花はとぼとぼと大部屋に帰ろうとした。と、宮女達が食事をとる卓をいくつか過ぎたところで。

「ちょっと」

ぱしっと手を摑んで引き止められる。薄茶色を纏った手に、鈴花は振り返るより先に相手が誰か気づく。

「夾さん」

鈴花の手を握るのは四十がらみの瘦せぎみの宮女だ。鈴花と目が合った夾は、からかうように唇を吊り上げる。

「今日も掌服長にやられたねぇ。どうせあれだろ。片づけを押しつけられたんだろ？」

「ええっと……」

見てきたように言う夾に、同僚達が大勢いるところで正直に頷くわけにもいかず、口ごもる。

「私が役立たずなのは、その通りですから」

それに、道に迷ったのは鈴花自身の責任だ。

「だからって、こうも夕食を抜かれてちゃあ身体がもたないだろ。二日前だって抜かれてたじゃないか」

答えるより早く、空腹を訴えるお腹がくぅと返事をする。ぷっ、と夾が吹き出した。

「身体は正直だねぇ。部屋で待ってなよ。後でこっそり残り物を持って行くからさ」

「いいんですか？」

小声で告げた夾に、鈴花も小声で返す。正直、この上なくありがたい。けれど。

「夾さんに迷惑がかかりませんか……？」

おずおずと尋ねた鈴花に、夾はあっけらかんと笑う。

「かまやしないさ。どうせ残り物は出るだろうし、それを持って行ったって罰なんざ当たりゃしないよ。あんたが空腹で倒れたほうが困るしね。何より、実家に残してきた娘と同じ名前のあんたが腹を空かせてると思うと、どうにも放っておけなくてねぇ」

夾の視線が遠くなる。

「もうすぐ八歳になるんでしたっけ」

夾のまなざしの優しさに、鈴花の心までほぐれていく気がする。夾が鈴花に優しくしてくれるのは、実家に残してきた娘と偶然同じ名前だからだ。夫に先立たれ生活の手段を失った夾は、一人娘を実家に預けて後宮へ奉公に来たそうだ。

鈴花の問いに、夾が泣き笑いのような表情を浮かべる。

「そうなんだ。ああ、ひと月後の年季明けが待ちきれないよ。今すぐ飛んで帰ってやりたいほどだよ」

「本当に、早く年季明けの日が来たらいいですね」

後宮の宮女や宦官達は、数年間の年季の間は住み込みだ。故郷に帰ろうにも、年に一度の長めの休みの時しか帰れない。

鈴花は心からの願いをこめて頷く。同じ名前でも大違いだ。鈴花自身は、両親にこんな風に大切に思われた記憶はない。鈴花にとっては、三つ年上の菖花が親代わりみたいなものだった。

「夾さん、ありがとうございます」

丁寧に頭を下げ、食堂を出ていこうとしたところで。

不意に、宮女達がざわめいた。

「珖璉様よ！」

「まあ！　掌服に来られるなんて、どうなさったのかしら」

「嬉しい！　お姿を拝見することが叶うなんて……っ！」

「今日もなんてお美しいのかしら」

振り返り、同僚達がうっとりと褒めそやす人物を見た途端、鈴花は口からほとばしりそうになった悲鳴を、かろうじて嚙み殺す。

宮女達の視線を一身に受けて食堂の入り口に端然と立っていたのは、先ほど鈴花が逃げ出してきたばかりの美貌の宦官だった。

宮女達のざわめきに、鈴花は初めて青年の名前を知る。同時に、彼こそが宮女や宦官達の間で、妃嬪よりも美しいと密かに噂される官正なのだとようやく気づいた。確かに、女人であれ男性であれ、珖璉ほど見目麗しい人物は見たことがない。

しかも官正とは。官正は後宮内の不正を取り締まる役職である。その地位は、掌服や掌食といった各部門の長よりもずっと高い。絹の衣からして高い身分だろうと推測していたが、そこまで高かったとは。そんな珖璉に無礼を働いたのだと思うと、ただでさえ空腹で悲鳴を上げている胃が、きりきりと痛くなってくる。

だが、そんな珖璉が、なぜ急に掌服にやってきたのだろう。疑問に思ったのは掌服長も同じらしい。

「これはこれは珖璉様。いかがなさいましたか？」

珖璉へ駆け寄った掌服長が、両手をもみしだくようにして恭しく尋ねる。先ほど鈴花に怒鳴り散らしていた人物とは別人のような腰の低さだ。

「なに、掌服長にひとつ頼みがあってな」

「まあっ、わたくしに⁉」

掌服長が少女のように華やいだ声を上げる。

「いったい何でございましょう。珖璉様のお頼みでしたら、どんなことでも叶えてみせますわ！」

掌服長が気合をみなぎらせて告げる。熱に浮かされたように己の半分ほどの年齢の珖璉を見つめるさまは、まるで恋する乙女のようだ。いや、掌服長だけではない。食堂にいる宮女達が全員、魅入られたようにうっとりと珖璉を見つめている。

「大したことではないのだが」

珖璉がわずかに口の端を持ち上げてみせただけで、宮女達から、ほぅっ、と感嘆の吐息がこぼれる。が、珖璉は己の微笑み(ほほえ)が宮女達にどんな影響を及ぼしているのか頓着していないようだ。あれほどの美貌の主なら、この程度は日常茶飯事なのかもしれない。

「十三花茶会が近づいていることもあり、人手が足りなくてな。一人、宮女を譲ってもらえないかと頼みに来たのだ」

「っ⁉」

鈴花は一瞬、食堂が揺れたのかと思った。

それほどに、珖璉のひと言が宮女達に与えた衝撃は激甚で。宮女達が一斉に息を呑んで固まる中、最初に我を取り戻したのは、さすが年の功と言うべきか掌服長だった。

「ま、まことでございますか⁉　今まで、頑な(かたく)に宮女は側仕えに置かれませんでしたのに……」

「うむ。さすがに近頃は、禎宇だけでは手が足りぬことが多くなってな。あいつに何かあっては困るゆえ」

「なんと思いやり深くていらっしゃるのでしょう！」

掌服長が感極まったように褒めそやす。

「わたくしめにご相談いただき光栄でございます！　掌服の者は皆、わたくしが厳しく躾け(しつ)ておりますゆえ、珖璉様の側仕えとして申し分のない働きをする者達ばかりと保証いたします。ですが、珖璉様のお側近くに侍るのが生半可な者ではいけません。ここはわたくし自らが珖璉様にお仕えいたしましょう！　ええもう、身も心も尽くしてお仕えさせていただきます！」

「あ、いや……」

掌服長自らが名乗りを挙げるとは予想外だったらしい。珖璉が戸惑った声を上げる。

「心遣いはありがたいが、十三花茶会も近い今、掌服長の位に穴をあけるわけにはいかぬだろう」

珖璉の言葉に、宮女達がものすごい勢いで頷く。目をらんらんと輝かせ身を乗り出すさまは、次は自分が立候補しようと力みつつ、互いに牽制しあっているようにも見える。鬼気迫るさまは見ていて恐ろしいほどだ。

鈴花だったら絶対に関わり合いになりたくない。もっとも、役立たずの鈴花には、天地がひっくり返っても縁のない話だが。

珖璉に見つかる前にそっと食堂を立ち去ろうと、鈴花は前を向いたまま、じり、と一歩後ずさった。本当は背を向けて脱兎のごとく走り去りたいが、全員が珖璉に見惚れているこの状況では目立ちすぎる。と、珖璉がゆっくりと口を開いた。

「もう、誰を側仕えにするかは決めているのだ」

宮女達がどよめく。その顔に浮かんでいるのは、もしかしたら自分こそが選ばれるのかもしれないという、隠しきれない期待だ。

珖璉が水鳥のように優雅な仕草で食堂を見回す。それだけで、広い食堂がしん、と水を打ったように静まり返った。

なんだかすごく嫌な予感がする。目立ってもよいから駆け去ろうと、踵を返そうとした瞬間。

珖璉の黒曜石の瞳と、目が合った。

たったそれだけで、不可視の針に縫い留められたかのように身体が動かせなくなる。

珖璉の端麗な面輪が淡く笑みを刻んだ。

「鈴花という新人がいるだろう。わたしの侍女として、彼女をいただこう」


恐怖と緊張でうまく息ができない。本降りになった雨の湿気が鈴花の胸に忍び込み、溺れるような心地がする。

ぬかるみの中を歩いているように足がもつれる。いっそのこと、転んでしまえばこれ以上、進まなくていいのかもしれないが、数歩前を行く珖璉に見えない糸で引っ張られているかのように、身体は勝手についていく。

人気のない廊下はしんとしていて、宮女達の悲鳴と怒りの声が渦巻いていた食堂とは別世界だ。しとしとと降る雨が、すべての音を吸い込んでしまったのかと思う。いったいここがどこなのか、これからどこへ連れて行かれるのか、鈴花には見当もつかない。

　食堂を出る際に「ついてこい」と命じたきり、珖璉は無言のままだ。

　これからどうなるのか気になって仕方がないが、恐ろしくてとても聞けない。

　珖璉は「側仕えにする」と言っていたが、間違いなく嘘だろう。そう言って連れ出せば、鈴花が掌服へ戻らなくても、疑問に思う者は皆無だ。

　珖璉に無礼を働いた罪で折檻（せっかん）されるのだろうか。いや、折檻だけならいい。こんな無礼者は雇っておけぬと後宮を追い出されたら……。

　考えるだけで、全身からぞっと血が引く。何があっても後宮から追い出されるわけにはいかない。追い出されたら、行方不明になった姉の菖花を捜せなくなってしまう。

　菖花が後宮へ奉公にあがったのは約二年前だ。村一番の器量よしで気立てもよく、頭の回転も速かった菖花は、村長からぜひにと推されて、村に課された賦役を減じる代わりに宮女となった。許嫁（いいなずけ）がいる姉は渋ったが、村長も諦めなかった。

　三年の奉公が終われば、十分な結婚資金も貯（た）まる。何より、これは村のためなのだ。

　ここ数年の不作で、村の蓄えは底をついた。課された税を納めるのもやっとだ。このままでは離散する家族が出るやもしれん。娘を女衒（ぜげん）に売る親も……。そういえば菖花、お前には妹がいたな。出来のよいお前と違って、役立たずの妹が。あの娘は見目だけなら悪くない。よそから来た女衒なら、きっといい値をつけてくれるんじゃないか？

村長がそう言って姉を説得しているのを偶然聞いた時、鈴花はすぐさま飛び出して姉の不安を打ち払いたかった。けれども、鈴花が役立たずなのは明白な事実で、どうしても足がすくんで動けなくて……。

大好きな姉がどんな思いで奉公を決意したのか、鈴花は知らない。だが、鈴花さえいなければ、姉はきっと村長の説得に抗っていただろう。

鈴花が知っていることはただ、優秀な姉は宮女を徴募しに来た役人にも気に入られ、村の賦役が大幅に減じられて、村人全員が喜んだという事実だけだ。

奉公に出てからも、姉は月に一度は給金の仕送りと一緒に、鈴花に手紙を送ってくれた。後宮はどれほど華やかなところか。同時に、どれほど気を遣って妃嬪に仕えねばならないか。優秀な姉は、妃嬪の宮の掃除や調度を整える掌寝という部門に配属されたらしい。妃嬪のご尊顔を拝謁する機会もある部門だ。

そんな姉が誇らしくて、いつも鈴花を気遣ってくれる優しさに満ちた文面が嬉しくて、姉からの手紙は、寂しい村での暮らしを照らす、たったひとつの光だった。なのに。

「もう後宮から出られないかもしれない」

二か月前、仕送りの中に人目を避けるように隠されていたたった一文だけの手紙。書かれていた文字は、いつも綺麗な姉の字とは思えないほど乱れていて。

姉の身によからぬことが起こったのだということはすぐにわかった。

けれど、両親に相談しても、鈴花の杞憂に過ぎないと。もし奉公の途中で帰ってきたら仕送りがなくなってしまうじゃないか、滅多なことを言うなと叱責され……。

姉の許嫁にも相談したが、無駄だった。許嫁は心から姉を心配してくれたが、王都から離れた片田舎で、いったい何ができるのかと。もし、王都に行ったとしても、宮女か宦官、限られた商人くらいしか入ることのできない後宮にいる菖花のことを、どうやって調べるのかと正論で説得された。

けれど、鈴花は諦められなかった。いつも迷惑ばかりかけている姉が、初めて鈴花を頼ってくれたのなら、何としてもそれに応えなくてはと……。

『私が宮女として後宮に奉公して、姉さんを捜し出してみせます！』

そう啖呵を切って、後宮へ来たのだ。

『お前なんかに後宮勤めができるはずがないだろう!?　徴募役人はうまくごまかしたみたいだが、働けば、すぐに化けの皮がはがれるに決まってる』

『お前のせいで村への賦役が増えたら、どう責任を取るつもりだい!?　あたし達に迷惑をかけたらタダじゃおかないよ！　ったく、こんなことを言い出すなら、さっさと女衒に売っ払っちまえばよかったよ。どうせ、あんたなんかを嫁に欲しがる男なんざ、この村じゃいないんだし』

姉を捜しに後宮に行くと告げた途端、悪鬼のような形相で鈴花に食ってかかった両親の罵詈（ばり）雑言が脳裏に甦（よみがえ）り、鈴花は強く唇を噛みしめる。

何があろうと、後宮から追い出されるわけにはいかない。石にかじりついてでも残らなければ。でなければ、姉を捜せない。

土下座でも何でもして、珖璉に許しを請おう。掌服にいられなくなってもかまわない。どぶさらいでも厠（かわや）掃除でも何でもするから、後宮に残してもらおう。意を決して、詫びようとした瞬間。

「入れ」

足を止めた珖璉に出鼻を挫（くじ）かれる。珖璉が宵闇の暗さでも全面に美しい彫刻が施されているのがわかる扉を開けた。雨で湿気（しけ）た空気にかすかに揺蕩ったのは、珖璉の衣に焚（た）き染（し）められているのと同じ薫りだ。おそらく珖璉の私室なのだろう。燭台（しょくだい）が灯（とも）されているのか、部屋の中は薄明るい。

「失礼いたします」

命じられるまま、室内に足を踏み入れる。一目で高級品とわかる調度品に感心する余裕もない。

「珖璉様！　誠に申し訳――」

ばたりと扉を閉めた珖璉を振り返り、土下座しようとして。

それよりも早く、強く肩を摑まれる。無理やり起こされた眼前に、端麗な面輪が迫り。

「お前は、何を見た？」

「ひっ！」

刃よりも鋭い視線に射貫かれ、思わず悲鳴を上げる。

「な、何も見ておりませんっ！」

見てはならぬものを見た記憶なんてない。それとも、下級宮女は珖璉の姿を見ることすら禁忌なのだろうか。

それなら今も罪を犯していることになる、と鈴花はあわてて固く目をつむる。

「申し訳ございません！　本当に何も知らないのです。お願いですから解雇だけはお許しを……っ」

「嘘を申すな！　確かに見たのだろう⁉」

珖璉が何を言っているのかわからない。逃げたいのに肩を摑む手は万力のようで、締め上げられた骨が軋む。じりじりと後ずさっても、その分距離を詰められる。と。

「ひゃっ」

不意にがつんと膝の後ろに硬いものがぶつかり、鈴花は尻もちをついた。勢い余って倒れ込んだ拍子に、部屋の隅にあった長椅子にぶつかったのだと気づく。

だが、珖璉の手はまだ離れない。

ぎっ、と鳴った音にまぶたを開けると、鈴花に覆いかぶさる珖璉と視線が合った。銀の光を纏う面輪の中で、黒曜石の瞳が切羽詰まった光を宿して炯々と輝いている。

まなざしに締めつけられたように、きゅぅっと心臓が痛くなる。端麗な美貌から目が離せない。

「言っていただろう、銀の光と。お前はいったい何を見──」

「珖璉様、いったい何事でございますか⁉　急に宮女を連れ帰られるなど、掌服だけでなく後宮中がすごい騒ぎに……っ！」

扉を叩くのももどかしいといった様子で、武官らしい鍛えられた身体つきの宦官が部屋に飛び込んでくる。と、長椅子に中途半端に身を横たえた鈴花と覆いかぶさる珖璉を見た瞬間、こぼれんばかりに目を瞠った。

「こ、ここここ珖璉様っ⁉　これはいったい……⁉」

雌鶏が蛇を産んでもここまで驚かないのではなかろうか。鶏みたいに珖璉の名を呼んだ宦官が、珖璉と鈴花の間で素早く視線を往復させる。

「落ち着け禎宇。此奴を問いただしていただけだ」

禎宇と呼んだ宦官を見もせず、珖璉がそっけなく答える。黒曜石の瞳は鈴花を見据えたままだ。今にも獲物の喉笛を噛み千切ろうとする狼のような威圧感に、鈴花の身体が勝手にかたかたと震え出す。

「いい加減、答えてもらおうか。お前はわたしを見て『銀の光』と申したな。――いったい、わたしの何を見た？」

返答次第では喰い破ると言わんばかりに、肩を摑んだままの手に力がこもる。鈴花は震えながら必死で首を横に振った。

「申し上げた通り、銀の光を見ただけです！　私、昔からときどき人が色を纏っているのが見えるんです。それで珖璉様の銀の光が見えただけで……っ！　他には何も一切見ていません！」

叫ぶように告げると、珖璉の動きが止まった。

「何だと……？」

信じられぬと言いたげに目を瞠った珖璉が、かすれた声を洩らす。

「お前はわたしの《気》が見えるというのか⁉」

「き？　『き』って『器』のことですか？　いえ、私は掌服なので掌食みたいに器は扱いませんけれど……」

勢い込んで尋ねた珖璉にきょとんと返すと舌打ちされた。

「《気》が何か知らんのか？」

「も、申し訳ございません」

知らぬものはどうしようもない。これ以上、機嫌を損ねぬよう、身を縮めて詫びる。

「……知らぬというのなら、ひとまずは信じよう」

身を起こした珖璉が、ようやく鈴花の肩を放してくれる。強く掴まれていた肩は、熱を持って痛いほどだ。

「お前には、わたしが銀の光を纏って見えるのか？」

立ち上がった珖璉が鈴花を見下ろして問う。鋭い視線は、もし謀れば容赦はせぬと言外に告げていた。長椅子から降り、板張りの床に正座した鈴花はこくこくと頷く。

「そうです。珖璉様は全身にうっすらと銀の光を纏ってらっしゃいます。銀の光を纏ってらっしゃる方なんて、お会いするのは初めてですけれど……」

「珖璉様、これは？」

二人のやりとりを見守っていた禎宇が、不思議そうな声を上げる。珖璉が考え深げに頷いた。

「おそらく此奴は《見気の瞳》の持ち主だ」

「見気の、瞳……？」

謎の言葉をおうむ返しに呟く。と、その拍子に今まで恐怖に空腹を忘れていたお腹が、不満の唸りを発した。

くーきゅるきゅるきゅるきゅる。

「ひゃっ」

あわてて両手でお腹を押さえるが、その程度では止まってくれない。

ぶはっ、と禎宇に吹き出され、恥ずかしさに顔が熱を持つ。

「す、すみません……」

顔から火が出るほど恥ずかしいが、なおもお腹はくぅくぅと空腹を訴え続けている。

「こ、珖璉様、ひとまず食事になさいませんか？　ぶくくっ、こうもお腹が鳴っていては、その宮女も落ち着いて話ができぬでしょう」

笑い混じりに告げられ、ますます羞恥が湧きあがる。恥ずかしくて、叶うなら今すぐここから逃げ出したい。

武官らしい大柄で鍛えられた身体つきをした禎宇は、服装からするにどうやら珖璉の従者らしい。穏やかな顔立ちと落ち着いた物腰だが、まだ二十代半ばくらいだろう。

禎宇の提言に、珖璉が仕方なさそうに吐息した。

「確かに、いろいろと説明も必要そうだ。先に食事とするか」

「かしこまりました」

恭しく応じた禎宇の言葉に反応して、ひときわ大きくお腹が鳴り、鈴花は涙目で己の食い意地を呪う。

禎宇と簡単に名乗りあった後、自分から申し出て禎宇を手伝い、卓の上に料理を並べた鈴花は、「お前も席につけ」と促され、驚きに息を呑んだ。

「わ、私のような者が、こんな豪華な食事をいただいてもいいんですか？　しかも、珖璉様や禎宇様と一緒の卓でなんて」

立ったままうろたえた声を上げる鈴花に、珖璉がいぶかしげに眉を寄せる。

「豪華？　どこがだ」

「豪華じゃないですか！」

相手が珖璉だということも忘れ、思わず言い返す。

「ご飯と汁物だけじゃなくて、おかずが五品もあるんですよ⁉　しかも、お魚だけじゃなくてお肉まで！　ご飯だって麦飯じゃありませんし！　こんな豪華な食事、生まれて初めて見ました！」

お肉なんて、年に一度の『昇龍の祭り』の時か、秋の収穫祭の時しか食べられないというのに。

おろおろする鈴花を優しく促してくれたのは、穏やかな顔に微笑みを浮かべた禎宇だ。

「大丈夫ですよ、食べても問題はありません。それと、わたしに敬称は不要です。わたしは珖璉様の従者の身分ですから」

鈴花が手をつけにくいと思ったのだろう。禎宇がわざわざ椅子を引いてくれたばかりか、取り皿に料理を盛って、箸と一緒に差し出してくれる。

「あ、ありがとうございます」

礼を言って箸を手に取る。何が起こっているのかとんとわけがわからないが、こんな豪華なご飯を食べる機会を逃すなんて、そんなもったいないこと、できるわけがない。

どきどきしながら肉団子を口に運び。

「ほわぁ～！」

あまりのおいしさに思わず歓声を上げる。生姜が練り込まれた肉団子は臭みがまったくなくて、嚙むたびに肉汁が口の中に広がる。甘酢あんもしっかりした味付けで、今まで食べたことがないおいしさだ。

無言でもっもっも、と嚙んで飲み下し、取り憑かれたように箸を動かし続ける。

「おい」

「珖璉様、これは少し腹を満たしてやらねば、話ができないかと」

珖璉と禎宇が何やら小声でやりとりしているが、ろくに耳に入らない。

もっもっも、とひたすら口と箸を動かし続け。

「……皿まで食べる気か？」

呆れ混じりの珖璉の声に、鈴花ははっと我に返った。卓の上を見てみれば、あれだけあった料理がすっかりなくなっている。

「申し訳ございません！　食べすぎてしまったでしょうか⁉」

夢中で食べていたので、自分がどれだけの量を食べたのかまったく記憶がない。ただ、お腹がはちきれんばかりになっているのだけは、嫌というほどわかる。

泡を食って詫びると、「そういうわけではないが」と珖璉が歯切れ悪く呟いた。だが、銀の光を纏う面輪は憮然としている。

「くそ、どうにもやりにくい娘だな。結局、何も話せなかったではないか」

「まあまあ、見応えのある食べっぷりを見られてよかったではありませんか」

「そんなものを見て何の意味がある？　禎宇、お前まで呆けたか」

取りなすような声に珖璉が冷ややかに返すも、禎宇の穏やかな笑みは変わらない。

「話を聞く準備が整ったと思えばよいではありませんか。先ほどの状態では、ろくに話ができなかったでしょうし」

禎宇の言葉に食事前のことを思い出す。そういえば、鈴花には意味がわからないことを言っていた。

満腹になったおかげで悲愴感は減じている。すぐにクビにする宮女に、こんな豪華な食事は与えてくれぬだろう。ひとまず珖璉の話を聞いて、鈴花の無礼に怒っているというのなら、もう一度ちゃんと詫びよう。鈴花はしゃんと背を伸ばすと卓の向かいに座す珖璉を見つめた。

本来なら、あまりに整いすぎて見惚れるしかない美貌だが、幸い鈴花の目には銀の光を纏って薄ぼんやりとしか見えないので、しっかりと顔を見ることができる。

鈴花が真(ま)っ直(す)ぐ見つめたのが意外だったのだろうか。わずかに目を瞠った珖璉が、ひとつ咳払(せきばら)いして口を開く。

「《蟲招術(ちゅうしょうじゅつ)》というのは知っているか？」

「えっ？　あ、はい」

予想もしていなかった質問に、戸惑いながら頷く。

「異界からさまざまな《蟲(むし)》を喚び出して、人の力ではできないことも可能にする術、ですよね？　私は術師様にお会いしたことはありませんが……」

蟲招術のことなら、小さな子どもだって知っている。空を飛んだり、夏に氷を作り出したり、はたまた人に取り憑いて病気を起こす悪い蟲を追い払ったり……。常人には想像もつかぬ力を振るうのが、さまざまな蟲を召喚して使役する術師達だ。

しかし、術師の才を持つ者は一万人に一人いるかどうからしい。一介の村娘でしかない鈴花は、会ったこともない。

だが、蟲招術の存在は広く知られている。なぜならば、数多(あまた)の蟲の頂点に立つのが《龍》であり、《龍》を喚び出すことができる存在は、ここ龍華国の皇族だけだからだ。

十三花茶会については後宮に奉公に来るまで知らなかったが、茶会の翌日に執り行われる『昇龍の儀』については、人口に膾炙(かいしゃ)している。

昇龍の儀では皇族達が王城の露台に立ち、集まった民衆の前で《龍》を喚び出し、天へと放つのだという。

日暮れ間近の空を天へと昇ってゆく白銀の《龍》の美しさと、王都のいたるところに灯された灯籠のきらびやかさは、この世のものとは思えぬほど幻想的な光景なのだと、鈴花は昔、村へ来た旅芸人から聞いたことがある。もっとも、そんな光景を見られるのは王都に住む限られた民だけで、鈴花のような田舎に住む者には、一生見ることも叶わぬのだが。

ただし、王都以外の町や村では昇龍の儀に合わせて昇龍の祭りが行われ、建国神話にちなんで家々の軒先に灯籠が吊るされ、にぎやかに龍華国の建国が祝われる。

昇龍の祭りの日だけは農作業も休みになり、村を挙げての祝宴が開かれる。年に一度の祭りは、貧しい暮らしの中の数少ない楽しみだ。

ともあれ、いったい何を確認されているのだろうと首をかしげた鈴花に、珖璉が淡々と問いを重ねる。

「では、蟲招術を扱う術師が、何を糧に蟲を召喚しているか、知っているか？」

「え……？」

これは試験か何かなのだろうか。鈴花は私塾の先生を前にしているような緊張感を覚えながら、知っている事柄をおずおずと口にする。

「確か、呪文を唱えて蟲を召喚するんですよね」

術師に会ったこともない鈴花は、呪文など聞いたこともないが。

「違う」

珖璉の返事はにべもなかった。

「蟲を召喚するのに呪文は……正確には、蟲語（むしご）というのだがな。蟲語は必須ではない。ある程度の力量のある術師ならば、蟲の名を呼ぶだけで召喚することができる。蟲を召喚するために必要なものは、術師が持つ《気》だ」

「はあ……」

珖璉の長い指先が皿を下げた卓の上をすべるように動き、「気」という文字を書く。

あいまいに頷くと、珖璉の目が苛立たしげにすがめられた。

「術師は皆、《気》をその身に宿しているが、己の《気》であれ他者の《気》であれ、感じとることはできても、見ることはかなわん」

「へ～っ、そうなんですね」

初めて聞く話に感心の声を洩らすと、珖璉の目がさらに鋭く細まった。

「察しの悪い娘だな。わたしはお前が《気》を見ることができる特別な目を——見気の瞳の持ち主ではないかと言っておるのだ！」

「……へ？」

そういえば、食事の前にそんな言葉を聞いた気がする。が。

「えぇぇぇぇっ⁉　私なんかが、そんな特別な目を持っているはずがありませんっ！」

「だが、お前にはわたしが銀の《気》を纏って見えるのだろう？」

すっとんきょうな声を上げた途端、ぴしゃりと珖璉に封じられる。

「それはそうですが……」

目の前に不機嫌そうに座る珖璉は、鈴花の目には、やはり銀の光を纏い、うっすらと輝いて見える。

「ですが、銀の光を纏っている方なんて初めてで……」

「言っておくが」

刃よりも鋭い視線が、鈴花を貫く。

「わたしの《気》の色は、決して他言するな。洩らせば、口を縫いつけられると思え」

「い、言いません！　絶対に他言しませんっ！」

冷ややかな圧が高まり、不可視の手で心臓を握り潰されるのではないかと不安になる。

鈴花は千切れんばかりに首を横に振った。珖璉の様子からすると、本当に実行しそうだ。

向けられる威圧感に、喉に石が詰まった心地がする。

「先ほど、術師に会ったことはないと言っていたな。お前自身は蟲招術は使えぬのか？」

「私がですか⁉　無理です！　私なんかが使えるわけがありません！」

「お前自身は己の《気》が見えぬのか？　お前の《気》の色は何色だ」

　珖璉の問いに、自分の右手に視線を落とす。村での生活と、後宮での水仕事で荒れている手。そこに見えるのは、薄い紗のようにふわりとまとわりつく淡い卵色だ。

「淡い卵色が見えますけど、これが《気》っていうものなんですか？　でも私、蟲なんて喚んだこともありません。それに、色を纏っている人なら、たまに見かけますし……。掌服の先輩にもいますし、私なんかが術師なわけがありません」

　もし鈴花が希少な術師だったら、役立たずと故郷で毎日罵られていたはずがない。

　きっぱりと断言した鈴花に、珖璉が眉を寄せる。

「これは一度、洞淵に見せたほうがいいやもしれんな。わたしでは判断しかねる」

「では、文を出されますか？」

　禎宇の問いに珖璉が頷く。

「ああ。すぐに出そう。昇龍の儀の準備で忙しいだろうが、あいつのことだ。見気の瞳を見つけたかもしれんと書けば、明日にでも来るだろう」

「あのぅ」

　鈴花はおずおずと口を開く。

「では、そろそろ失礼させていただいてもよろしいですか」

　連れてこられてからどれほどの時間が経ったかわからないが、そろそろ戻って眠らなければ、明日がつらい。鈴花の言葉に、珖璉が「何を馬鹿なことを言っている？」と言わんばかりの呆れ顔を向けてきた。

「お前を帰すわけがなかろう。今夜はここへ泊まりだ。帰して、万が一にでも迂闊なことを話されるわけにはいかんからな」

「わ、私、絶対に他言なんていたしませんっ！」

官正である珖璉の命に背くなど、口を縫われるどころか物理的に首が飛びそうだ。震えながら断言するが、珖璉は鈴花を無視して、禎宇に隣室の長椅子に布団を運び込むよう指示している。

どうやら今夜は掌服に戻るのは不可能らしいと、鈴花は諦めるしかなかった。

扉が開き、人が動く気配に、眠りに沈んでいた鈴花の意識がゆるゆると覚醒する。

もう朝だろうか。だが、今朝はあまり眠った気がしない。まだ寝ていたいと、ふかふかの布団を抱え込み直して、気づく。

違う。下級宮女に与えられる布団はこんなに綿がいっぱいでふこふこじゃない。なぜ、こんな贅沢な布団で……。と疑問に思うと同時に、夕べのことを思い出す。そうだ。夕べは珖璉に無理やり連れてこられて、結局、長椅子で寝ることになって……。

鈴花が思い出している間も、ごそごそと動く人の気配は続いている。珖璉か禎宇だろうか。というか今は何時なのだろう。もぞもぞと布団から顔を出し、薄目を開けた瞬間。

「きゃあぁぁぁ！」

暗闇の中、鈴花を覗き込む見知らぬ若い男と目が合い、悲鳴が飛び出す。

「誰ですかっ⁉」

震えながら身を起こし、ぎゅっと布団を抱きしめ誰何する。

まだ夜更けなのだろう。部屋の中は燭台がひとつ灯っているだけで闇が濃い。

だが、暗い中でも、興味津々な様子で鈴花を見つめるまなざしと、青年が纏う極彩色の《気》ははっきりと見える。いったいこの人は誰だろう。絹の衣から察するに、身分が高いのは確実だが……。鈴花は見たことがない顔だ。と。

「何事だっ⁉」

珖璉の声とあわただしい足音がしたかと思うと、扉が乱暴に開け放たれる。

夜着姿でつややかな長い髪をほどいたままの珖璉の後ろには、同じく夜着姿の禎宇も見えた。二人とも、寝ていたところを鈴花の悲鳴で叩き起こされたらしい。

「洞淵っ⁉」

長椅子の前に立つ青年の姿を見とめた珖璉が目を瞠る。

「何時だと思っている⁉　まだ真夜中だぞ⁉」

だが、洞淵と呼ばれた珖璉と年の変わらぬ青年は、悪びれた様子もなく、にへら、と軽やかに笑う。顔立ちは整っているのに、笑うとまるで悪戯小僧みたいだ。

「いや〜っ、見気の瞳なんて珍しいモノを見つけたって手紙をもらったから、気になっちゃってさぁ〜。すぐに来ちゃった♪」

「来ちゃったじゃないだろう！」

珖璉が目を吊り上げる。

「夜中に来るなど、非常識にもほどがある！　そもそも、《宦吏蟲》はどうした⁉」

後宮はもちろん男子禁制だ。後宮に足を踏み入れる男性は、皇帝以外は皆、身分の上下にかかわらず宦吏蟲という蟲を身体に入れなければならない。

同僚から聞いたが、宮廷術師によって宦吏蟲を入れられた者は、男性機能を失うのだという。長期で里帰りをする時や、後宮を退職する時には抜いてもらえるそうで、抜けばふつうの男性と何ら変わりなくなるらしい。何年も入れ続けていたり、体質によっては、宦吏蟲を抜いても男性機能が戻らない場合もあるそうだが。

珖璉の厳しい声に、洞淵は「やっだな〜」と軽い口調で返す。

「ちゃんと入れてるよ〜。いかに宮廷術師といえど、入れてないのがバレたら、さすがにマズイからね〜」

珖璉が頭痛がすると言わんばかりに額を押さえた。

「……どうせ、自分で喚んだんだろう。宦吏蟲は必ず他の術師に入れてもらわねばならんというのに……。官正の前で堂々と規則違反とは、いい度胸だな」

「え～っ、褒めても何も出ないってば～」

「洞淵様……。珖璉様は褒めてらっしゃらないと思います……」

嬉しそうに笑う洞淵に、禎宇がすかさず突っ込む。が、洞淵は悪びれる様子もない。

「え～っ、だって宦吏蟲を入れようと入れまいと、ワタシは妃嬪達に興味なんてないし、なら誰が入れても一緒じゃん！　っていうか、そんなコトより！」

後宮の重要規定をあっさり「そんなコト」と言ってのけた洞淵が、わくわくと鈴花を振り向く。

「このコが見気の瞳の持ち主なのかいっ⁉　ワタシも見気の瞳を見るのは初めてなんだよね～っ！　ねぇねぇ、どんな風に《気》が見えるワケ⁉」

好奇心に目を輝かせた洞淵がぐいぐい迫ってくる。鈴花はぎゅっと布団を抱きしめたまま、長椅子の上で後ずさろうとした。が、すぐに背中が背もたれにぶつかる。

「おい。少し落ち着け」

呆れ声を上げた珖璉がつかつかと歩み寄って洞淵の肩を摑む。眼前に迫ろうとしていた顔が離れて、鈴花はほっと吐息した。

「鈴花。こうなった洞淵は、己の好奇心が満たされるまでは止まらん。夜更けにすまんが、卓についてくれ」

「わかりました」

幸いと言うか、掌服のお仕着せのまま横になっていたのですぐに動ける。もぞもぞと布団を押しのけて立ち上がろうとすると、

「暗いな……。《光蟲（こうちゅう）》」

と呟いた珖璉の手に、不意に光を放つ蝶に似た小さな蟲が現れた。

「わぁ……っ」

蟲招術のことは知っていても、蟲を見るのは初めてだ。思わず感嘆の声を上げると、洞淵に問われた。

「鈴花、だっけ。キミ、あの蟲が見えるの？」

「えっ、はい。一寸ほどの大きさの光る蟲ですよね。珖璉様の《気》の色とあいまって、とっても明るいです」

いいなぁ、こんな風に明かり代わりになる蟲を喚べたら、薪代が浮くのに……。と、羨んでいると、洞淵が弾んだ声で食いついた。

「蟲にも色がついて見えるワケ!?」

「は、はい。蟲を見たこと自体、初めてですけど……」

珖璉の《気》の色については口止めされている。あいまいに頷くと、珖璉から、

「わたしの《気》は銀色に見えるそうだ」

と告げてくれたのでほっとする。洞淵には伝えても問題ないらしい。

「ねぇねぇ、ワタシの《気》の色は何色なんだい⁉」

わくわくと子どもみたいに目を輝かせて洞淵が尋ねる。光蟲で明るくなったおかげで、洞淵の《気》の色はさらにはっきり見えていた。

「洞淵様の《気》の色は、極彩色の玉虫色です……」

こんな色を見たのも初めてだ。おずおずと答えると、ぶふぉっ、とくぐもった変な声が聞こえた。禎宇が吹き出すのをこらえようとして失敗したらしい。

「なるほど。いかにも傍迷惑(はためいわく)で言動が読めぬ洞淵らしい色だな」

珖璉が失礼極まりないことをさらりと言う。が、当の洞淵は気にした様子もない。

「へ～っ！　おっもしろーい！　これはイロイロと実験して――」

ふたたび洞淵がずいっと鈴花へ身を乗り出したところで。

「珖璉様」

扉の向こうから少年の声が聞こえた。緊張を孕(はら)んだ硬い声に、珖璉の端麗な面輪が引き締まる。

「朔か。何があった？」

「夜分に申し訳ございません。八人目の被害者が発見されました」

返答を聞いた途端、珖璉が音高く舌打ちする。

「くそっ！　またやられたか……っ！」

「八人目って……。例の？」

洞淵の問いに珖璉が苦い表情で頷く。

「洞淵。お前が来ているのは不幸中の幸いだ。情けないことに、まったく手がかりが摑めていなくてな。ここまで警備の目をかいくぐっているとなると、術師が絡んでいる可能性もある。宮廷術師としての意見が欲しい」

「えーっ、しょうがないなぁ～」

言葉とは裏腹に洞淵はまんざらでもなさそうだ。と、珖璉が鈴花を振り向いた。

「お前も来い。もしかしたら見気の瞳で何かわかることがあるやもしれん」

そう命じられても、鈴花には何が何やらわけがわからない。

「あ、あの、行くってどこにですか？　こんな真夜中ですのに……」

朔の来訪とともに隣室へ下がっていた禎宇が持ってきた絹の上衣を羽織りながら、珖璉が薄く唇を吊り上げた。

珖璉の手から離れた光蟲が、ぱたぱたと部屋の中を飛んでいる。羽ばたくたび、揺れる光が落とす影に端麗な面輪を彩られながら。

「宮女殺しの現場だ」

美貌の宦正は、冷ややかな声で告げた。

こんな夜更けに後宮内を歩くなど、鈴花には初めての経験だ。夕暮れに降り出していた雨は、眠っている間にやんだらしい。湿気を孕んで重い夜気の中にぼんやりと浮かぶのは、銀の光を纏う珖璉の後ろ姿と、珖璉と禎宇がそれぞれ手に持つ灯籠の明かりだ。光蟲だと動くたびに光が揺れるということで、禎宇がわざわざ蠟燭の灯籠を用意した。いったいどこを歩いているのか、鈴花にはまったくわからないが、銀の光を纏う珖璉が前を歩いているので、ついて行けば迷う心配はない。

先頭を歩いているのは、「朔だ」と簡潔に名乗った鈴花と年の変わらない痩せぎすで吊り目の少年だ。朔の後に珖璉と洞淵が続き、鈴花の後ろには殿の禎宇がいる。珖璉は宮女殺しの現場だと言っていたが、本当に殺人が起こったというのだろうか。まるで、悪い夢の中に迷い込んだようだ。雨でぬかるんだ地面が、歩くたび靴の裏に湿った土の感触を伝えてくる。

「あちらです」

朔の声に、鈴花はいつの間にかうつむいていた視線を上げた。蔵らしき古びた小さな建物と、数人の男の姿が見える。警備を担う宦官達だろうか。と。

「……？」

男達が掲げる灯籠の向こうで、闇が蠢いた気がした。

夜の闇よりも昏く凝る黒い靄。

だが、目を凝らした時には、夜風にさらわれるように消えていた。見間違いだろうかと瞬きしたところで。

「洞淵様⁉」

蔵の入り口付近にいた男の一人が、洞淵を見て驚いた声を上げる。声を上げた若い男だけ、明らかに警備兵達と服装が違う。人がよさそうな誠実そうな顔立ちに痩せぎみの身体つきは、たとえ警備兵と同じ服を着ていたとしても浮いて見えたに違いない。

鈴花の目には、灯籠のぼんやりとした明かりの中に、青年の身体の周りに薄く揺蕩う青色の《気》が見えた。

「どうしてこちらに……⁉」

「珖璉がおっもしろいモノを見つけたっていうから、たまたま来ててさ～。博青こそ、どうしたんだい？」

「わたしは、その……」

博青と呼ばれた青年がぎこちなく答える。

「わたしも宮女殺しの件は気になっておりまして、都合がつく夜は見回りをしているのです。警備兵が騒いでいるのに気づいたためこちらに参りました」

鈴花の後ろにいた禎宇が大きな身体を屈め、「後宮付きの宮廷術師の一人、博青殿です。洞淵様の高弟の一人ですよ」と小声で教えてくれる。

洞淵は珖璉と同じく、二十歳を少し過ぎたくらいに見えるが、博青は禎宇と同じく、二十代半ばに見える。が、年齢とは逆に、立場は洞淵のほうが上らしい。

「あ、ちなみに洞淵様は、宮廷術師の筆頭であり、術師を統べる名家・蚕家のご当主でいらっしゃいますよ。……性格はその、個性的といいますか、独特ですが……」

衝撃の事実に鈴花は危うく驚きの声を上げそうになる。

術師の存在とともに、蚕家の名も人口に膾炙している。蟲招術を悪用する禁呪使いを退治する蚕家の術師の物語は、劇や読み物の題材として広く使われており、鈴花も幼い頃、姉の菖花と一緒に、旅芸人が語る冒険譚を胸を躍らせて聞いたものだ。

おとぎ話の中の人物がいま目の前にいるなんて、にわかには信じられない。だが、洞淵が蚕家の当主というのなら、極彩色の《気》も、後宮内で最上位の官職のひとつである官正の珖璉に気安く話しかけているのも納得だ。

「それで、被害者はこの蔵の中か？　博青。おぬしは何か見たか？」

珖璉に鋭い視線を向けられ、博青が怯えたようにかぶりを振る。

「いいえ。わたしはつい先ほど来たばかりでして、何も」

「我々は、この蔵の扉が薄く開いているのに気づきまして。閉める時に中を覗きましたら、女人が倒れておりましたので、急ぎご報告した次第です」

警備兵の一人が、かしこまって珖璉に報告する。夜目のせいでなく、顔色が悪そうだ。

「そうか。洞淵、お前も来い」

短く告げた珖璉が、さっと道を開けた兵達の間を通り、蔵へ進む。朔が心得たように扉を引き開けた。鈴花もつられるように進んで蔵の中を覗き込み。

「っ⁉」

宮女の遺体を見た瞬間、息を呑む。

闇が重く沈む中、壊れた人形のように床に横たわる宮女の身体からは、魂が抜けているのが一目で知れた。お仕着せの裾はひどく乱れ、ふとももまで露(あら)わになっている。激しく抵抗したのだろう。脱げた靴の片方が、入り口近くに転がっていた。

そして、絞められて赤黒く変色した首と、苦悶に満ちた表情——。

いまや何も映さない濁った硝子(ガラス)玉のような目と視線が合ったと思った瞬間、鈴花は限界を迎えた。

後ろに立っていた禎宇を押しのけて外へ飛び出し、近くの茂みへ駆け寄る。

我慢しなくてはと思うより早く、胃からせりあがってきたものを地面にぶちまける。

つんと酸っぱい臭いが鼻をつき、無理やり収縮させられた胃が無音の悲鳴を上げる。

頭の片隅で生まれて初めて食べた豪華な夕食がよぎり、もったいないという気持ちが湧くが、かまっていられない。前屈みになり、胃の中のものを全部吐き出していると、大きな手が背中に当てられた。

「大丈夫かい？」

気遣わしげに問いながら、禎宇が遠慮がちに背中をさすってくれる。夕食を吐いてなお、口を開けば胃液まで出てきそうで、鈴花は口元を手で押さえて無言で頷いた。

「すまない。若いお嬢さんに何の予備知識もなく見せるものではなかったね。こちらの手落ちだ」

優しく背を撫でながら禎宇が詫びてくれる。その声に混じって、開けっ放しの扉から珖璉達の声が聞こえてきた。

「まだあたたかいな。それほど時間は経っておらんようだ。……今回も、乱暴された上で首を絞められているな」

「え～？　でも、後宮にいる男は宦吏蟲が入ってるから不可能でしょ？」

「おそらく道具を使っているんだ。今までも、体内に痕跡は残っていないからな……。下衆が」

怒りに満ちた低い珖璉の声に、矛先を向けられているのが自分ではないとわかっていても鳥肌が立つ。禎宇があやすように背中をぽんぽんと叩いてくれた。

「洞淵。お前はどう見る？」

「うーん。変態野郎が鬱屈した欲望を満たしてるだけじゃないの？」

洞淵があっさり答える。途端、珖璉が声を荒らげた。

「真面目に考えろ！　警備の目をかいくぐって、もう八人も殺されてるんだぞ⁉」

「いやでも、犯行に蟲が使われたような形跡はないしさ～。首を絞めたのだって、素手でしょ？」

「それはそうだが……。おい鈴花、お前は何か……。鈴花？」

珖璉がいぶかしげに鈴花を呼ぶ。代わりに答えてくれたのは禎宇だった。

「珖璉様、少しお待ちください。鈴花はその……」

足音がし、珖璉が蔵から出てくる気配がする。

「何をしている？」

「す、すみません」

少し汚れてしまった口元を手の甲でぬぐい、あわてて珖璉を振り返る。ちゃんと謝らねばと思うのに、先ほど見た宮女の無残な姿が脳裏にちらついて、震えが止まらない。

夜気に混じるすえた臭いに察したのだろう。珖璉の眉間にしわが寄る。

「……よい。そこにいろ。禎宇、そのまま鈴花についていてやれ」

「あ、あの……っ」

これだけは伝えておかねばと、鈴花は必死に唇を動かす。

「み、見間違いかもしれないんですけれど、さっき一瞬、黒い靄のようなものが見えた気がするんです！」

告げた途端、珖璉が鋭く息を呑む。

「何っ⁉　まだ残っているか⁉」

珖璉の声に鈴花はゆっくりと辺りを見回す。だが、黒い靄はどこにも見えない。

「い、いいえ」

「蔵の中でも見えたか？」

「あ、の……」

覗いた瞬間、宮女の遺体に目を奪われてしまったため、蔵の中はろくに見ていない。が、それを言い出せる雰囲気ではなかった。

「鈴花……」

禎宇が励ますように気遣わしげな声をかけてくれるが、止めてはくれない。

「も、もう一度、見てみます……っ！」

逃げ出したい気持ちを潰すように拳を握りしめて宣言する。言った勢いで動かなくては恐怖に足がすくんでしまいそうで、唇を引き結んで歩き出す。本心を言えば、もう二度と見たくない。だが、自分が見たと言ったからには、責任を取らなくては。

深く吸った息を止め、もう一度、蔵の中を覗き込む。できるだけ、宮女を見ないようにしながら、中を見回し。

「い、いいえ。もう黒い靄は見えません」

告げた瞬間、張りつめていた気持ちが緩んで、その場にへたりこみそうになる。

「おいっ⁉」

よろめいた鈴花を支えてくれたのは、鈴花の後ろから覗き込んでいた珖璉だった。

とすりとぶつかった拍子に、絹の衣に焚き染められていた香の薫りが揺蕩い、その爽やかさに、ほんの少しだけ心が軽くなる心地がする。

「も、申し訳――」

あわてて身を離そうとした途端。

不意に浮遊感に襲われたかと思うと、鈴花は珖璉に横抱きに抱き上げられていた。

「わたしが見せたからとはいえ、夜目にも白い顔をしているぞ」

「だ、大丈夫ですっ！　下ろしてくださいっ！」

異性の、しかも見惚れるほどの美貌の珖璉に抱き上げられるなんて、心臓に悪すぎる。死体を見た衝撃さえ、吹っ飛んでしまいそうだ。

さっきまで血の気が引いていた顔が、一瞬で熱を持っている。下ろしてもらおうと足をばたつかせて抵抗したが、珖璉は危なげない足取りで進むと、禎宇の前に立った。

「鈴花はお前に任せる。先に戻っていてよいぞ」

「だ、大丈夫ですから！」

ようやく珖璉の腕が緩み、鈴花は罠から逃げ出すうさぎのように地面に降りる。そそくさと珖璉から距離をとろうとして。

不意に、珖璉が手を伸ばしたかと思うと、くしゃりと頭を撫でられた。

「よく、見てくれた」

「……え？」

何が起こったのかわからない。姉以外に頭を撫でられたことなんて――ましてや、ねぎらわれたことなんて、初めてで。

呆気にとられる鈴花をよそに、珖璉が兵達を振り返る。

「朔。まだ犯行からさほど時間は経っておらん。怪しい者や目撃者がいないか捜索せよ。警備兵達は死体を人目につかぬよう浣衣堂へ運べ。蔵の中の長持を使ってよい。わかっていると思うが、今夜のことは他言無用だ」

珖璉の指示に朔が無言で一礼して痩せた身体を翻し、兵達があわただしく動き出す。

戸惑った声を上げたのは博青だ。

「あの、黒い靄というのは……？」

洞淵が弟子にあっさりと暴露する。

「このコ、見気の瞳の持ち主なんだよ〜。でも、鈴花が黒い靄を見たんなら……」

爛々と好奇心に目を輝かせた洞淵が、唇を吊り上げる。

「もしかしたら、この件、禁呪が絡んでるのかもしれないねぇ〜」

「禁、呪……」

不穏な響きにおうむ返しに呟いた鈴花に、「そーそー」と洞淵が軽い調子で頷く。

「禁呪っていうのは、本来の蟲招術から外れた外道の術さ。禁呪の中には、人の命を贄に使って、強力な呪を練り上げるモノもあるからねぇ」

飄々とした口調とは裏腹のとんでもない内容に、背筋が寒くなる。鈴花は思わず自分の身体に腕を回すと唇を噛みしめた。

旅芸人の物語では悪役として正義の術師に倒される禁呪使いだが、先ほど見た宮女の遺体が、これは物語ではなく現実なのだと、否応なしにつきつけてくる。

「禁呪か。なるほどな」

珖璉が低く苦い声で呟く。

「単なる下衆というわけでなく、極めつけの下衆ということか」

地を這うような低い声に宿る苛烈な怒気に、鈴花は大きく身を震わせる。

「洞淵、どんな禁呪か見当はつくか？」

「えーっ、蚕家が禁呪の取り締まりをしてるとはいえ、さすがにそれは無茶振りだって！　黒い靄ってだけだよ？　しかも、ワタシが直接見たワケじゃないしさぁ。禁呪にふれて術師の《気》がわかれば、《感気蟲》で禁呪使いの居場所を追えるカモしれないけど……」

「感気蟲？」

鈴花の呟きに、

「特定の《気》を覚えてその《気》に反応する蟲だ。だが、そもそも相手の《気》がわからねば、使いようがない」

と珖璉が簡単に説明してくれる。どうやら、蟲招術も万能ではないらしい。

「まあ、禁呪が絡んでくるとなれば蚕家として放置はできないし、文献なんかも当たってみるけどさぁ。ねぇ、博青？」

「えっ!?」

急に振られた博青が驚きの声を上げる。

「も、もちろん、わたしでできることでしたら、何なりといたしますが」

「洞淵。面倒な作業だからといって弟子に押しつけるな。お前も当主として働け！」

厳しい声で洞淵を叱った珖璉が、博青に視線を向ける。

「禁呪が関わっているやもしれぬとわかったからには、お前も洞淵を助けて働いてもらう。が、今まで通り宮女殺しのことも、見気の瞳のことも、他言無用だ。それと、もし洞淵がさぼっていたら、遠慮なくわたしに言え」

「ちょっ⁉　ひどくない⁉　言っとくけど、ワタシだって昇龍の儀の準備とかで忙しいんだよ⁉」

博青が答えるより早く、洞淵が唇をとがらせる。が、珖璉の返事はにべもない。

「ふだんは術の研究ばかりして、ろくに働いてないんだ。重要な儀式が控えている今くらい、しっかり働け」

「横暴～っ！　博青っ、珖璉ってばヒドくない⁉」

洞淵の問いかけに博青が苦笑いをこぼす。その顔には、「お願いですからわたしを巻き込まないでください」と太字で書かれていた。弟子が当てにならないと察した洞淵は、「禎宇だってそう思うだろ⁉」と、今度は禎宇を振り返る。禎宇がにこやかに微笑んだ。

「従者であるわたしには、珖璉様の言葉を否定するなど、畏れ多くてとてもとても……。というわけで、洞淵様もどうかお力をお貸しくださいませ」

「洞淵。今夜は泊まっていけ。逃げようとしても無駄だからな」

「えぇ～っ！」

洞淵が不満の声を上げるが、誰も慰める気配はない。

にぎやかなやりとりにわずかに恐怖も薄らぐ気がして、鈴花はほっと息を吐き出した。

第二章　もうひとつの事件

暗い。ここはいったいどこだろう。

周囲を見回して、鈴花はどうやら後宮のどこかで迷ってしまったのだと気がついた。闇に沈むように立つ木々が幽鬼のように見え、鈴花は恐怖に駆られて走り出す。

雨が降ったのだろうか。ぬかるんだ地面は泥の中を進むかのように走りにくい。じっとりと重い空気が、全身に絡みつく。

木々の間をあてどなく走る鈴花の目の前に、古びた蔵が現れた。

見ちゃだめだ、と本能が警告する。けれども身体は勝手に動き、開いたままの扉へ駆け寄る。外よりもなお昏い蔵の中。なのに、床に横たわった宮女の姿ははっきり見える。

乱れた衣。もう何も映さぬ虚ろな瞳の宮女の顔は――、

「姉さんっ！」

恐怖にひび割れた自分の声で、鈴花は悪夢から目が覚めた。同時に、どんっ、と衝撃が身体を襲う。

「うぅ……」

呻いた拍子に完全に目が覚める。飛び起きようとして、長椅子から転がり落ちたらし

い。幸い布団にくるまっていたので痛みはない。だが。

ぎゅっと布団を抱きしめ、身体を丸める。全身の震えが止まらない。心臓が恐怖にばくばく騒いでいる。

夕べ見た宮女は、絶対に姉ではなかったと断言できる。だが、嫌な想像が頭を巡って離れない。

「大丈夫。きっと大丈夫……」

ぎゅっと固く目をつむり、言い聞かせるように呟いて、ふと気づく。まぶたを通して感じる光がやけに明るい。まるで、とうに陽が昇っているかのような……。

いや、実際に明るいのだと気づいた途端、一瞬で眠気が吹き飛ぶ。掌服の同僚達はもう洗濯へ出ただろうか。掌服長にどれほど怒られるか。一刻も早く珖璉か禎宇に道を教えてもらって戻らねば。

あわてて布団を畳んで長椅子の上に置き、昨日から着たきりのお仕着せの乱れをざっと直して、長い髪をひとつに束ね直す。

「すみませんっ、寝坊しました！」

隣室に駆け込み、洞淵とともに卓について書き物をしていた珖璉にがばりと頭を下げて詫びると、呆れた声が降ってきた。

「何やら大きな音が聞こえたが、元気なようで何よりだ」

「寝ぼけて長椅子から落ちてしまって……」

冷や汗をかきながら顔を上げたところで、くぅ〜っとお腹が空腹を訴える。

「す、すみません」

昨日、豪華な夕食をたらふく食べたというのに、夜中に全部吐いてしまったせいだ。

恥ずかしさと情けなさで顔が熱くなるのを感じながら鳴りやまないお腹を抱えていると、書き物の手を止めた珖璉が、ふっと笑みをこぼした。

「夕べは紙のように白い顔をしていたゆえ、どうなるやらと思ったが、それだけ食欲があるなら大丈夫そうだな」

もしかして、心配してくれていたのだろうか。淡い銀の光の向こうに見えた思いがけず柔らかな珖璉の笑顔に、なぜか心臓がぱくりと跳ねる。見間違いじゃなかろうかと思わずまじまじと見つめると、途端、「何だ？」といぶかしげに問われた。

「いえ、なんでもありません！」

かぶりを振った拍子に、卓のそばに見知らぬ女人が控えていることにようやく気づく。

仕立てのよい絹の服を着た目鼻立ちがはっきりした綺麗な女人だ。年は博青と同じ二十代半ばくらいだろうか。

術師なのか、水で溶いた朱のような淡い色の《気》を纏っている。だが、鈴花が目を奪われたのは、女人の美貌ではなく、彼女がお腹のところで両手に抱えている何本もの巻物だった。巻物から、珖璉が纏うのと同じ銀の光が淡く揺蕩っている。

「その巻物……っ！」

驚きに思わず息を呑むと、珖璉が「巻物がどうかしたのか？」と首をかしげた。ひとつに束ねられたつややかな長い髪がさらりと揺れる。

「巻物から、珖璉様の《気》が見えます……」

巻物から目が離せぬまま告げた瞬間、鋭く息を呑む音が聞こえた。次いで、かんっ、と巻物が一本落ちた音が高く響く。

「も、申し訳ございません」

あわてて女人が巻物を拾い上げる。が、珖璉はそれどころではない様子だった。

「確かにこの巻物にはわたしが喚んだ蟲を封じているが、そんなことまでわかるのか⁉」

「えっ⁉　巻物に蟲を封じることなんてできるんですか⁉」

驚いた声を上げた珖璉に、鈴花も驚いて返す。

「特別な紙で作った巻物に蟲を入れておくと、その巻物をほどいて蟲の名を呼べば、術師じゃなくても蟲を召喚できるんだよ〜。奥の手ってヤツ？　まっ、紙に込められる腕前の術師はそうそういないんだケド」

楽しそうな口調で教えてくれたのは、珖璉と同じ卓につく洞淵だ。

「でも、巻物に込められた《気》まで見えるなんて、見気の瞳ってば、ほんっと面白いね～っ！　これはイロイロと楽しみだな～！」

「物に宿った《気》まで見えるとなると、捜索もはかどるやもしれんな」

うきうきと目を輝かせる洞淵とは対照的に、珖璉が何やら考え込むような口調で呟く。

巻物を抱える腕にぎゅっと力を込め、探るような視線を鈴花に向けながら口を開いたのは、綺麗な女人だ。

「あの、この者は、何者でございましょう……？　本当に、見気の瞳の持ち主なのですか……？」

何だか夕べもこんなやりとりをした気がする。ぼんやりと思う鈴花に代わり、あっさりと答えたのは洞淵だった。

「珖璉が偶然見つけたんだ～。ワタシと珖璉は見気の瞳の持ち主に違いないって思ってるんだけど……。茱梅(しゅせん)は何か疑義でも？」

「いえ、とんでもないことでございます」

茱梅と呼ばれた女人が、あわてたように首を横に振る。

「見気の瞳の持ち主なんて初めて見たものですから、驚いてしまいまして……。掌服のお仕着せを着ておりますが、今後は、宮廷術師の一員に加わるのですか？」

洞淵に問うた茱梅が、そこで我に返ったように鈴花を振り返り、にこやかに微笑む。

「初めまして。私は洞淵様の弟子で宮廷術師の茉梅といいます。女人で宮廷術師となるなら、私と同じ、後宮付きになることでしょう。どうぞ、これからよろしくね」

「は、初めまして。鈴花と申します」

美人に微笑まれ、どぎまぎしながらあわてて頭を下げる。

「でも私、術師じゃないんです。蟲招術のことも、何も知らなくて……」

「あら、そうなの？　せっかく見気の瞳という珍しい能力を持っているのに……。では、これから洞淵様に弟子入りを？」

「ええっ!?　いえ……っ」

予想もしていなかったことを言われ、びっくりする。

「掌服に戻って、いつも通り洗濯に行きます。というわけで珖璉様、帰り道をお教えいただけますか!?　早く戻らないと、掌服長に叱られてしまいます」

「は？　何を言っている？」

珖璉が呆れ果てた声を出す。

「お前を掌服に帰すわけがなかろう。掌服長にはすでに話を通してある。お前は今日から、わたし付きの侍女だ」

「え……？　えええええっ!?　わ、私が珖璉様付きの侍女だなんて、そんな……っ！無理ですっ！」

ぶんぶんぶん！　と千切れんばかりに首を横に振る。

「やってもいないのに、なぜわかる？」

「わかりますよ！　下級宮女の私なんかが官正の珖璉様にお仕えするなんて、絶対に、ご迷惑ばかりおかけするに決まってます！」

ぷるぷると震えながらかぶりを振る鈴花に、珖璉の後ろに控える禎宇が苦笑をこぼす。

「ふつうなら、珖璉様付きになると知ったら、大喜びするところなんですがねぇ」

鈴花の脳裏に甦ったのは、昨日、珖璉が侍女を一人融通してほしいと掌服にやってきた時の宮女達の恐ろしいほどの熱気だ。

粗相をしたら一発で首が飛びそうな珖璉の侍女になりたいだなんて、正直、鈴花には気が知れない。半泣きになっている鈴花をなだめるように、茱梅が遠慮がちに口を開く。

「珖璉様。差し出がましいと承知しておりますが……。この者を宮廷術師として召し上げられるおつもりでしたら、私が預かって術師としての基礎をお教えいたしましょう。珖璉様がわざわざ手をかけられる必要は――」

「いや、鈴花はわたしのそばに置く」

珖璉の決然とした声が、茱梅の言葉を断ち切る。

「蟲招術を使えぬのは惜しいが、見気の瞳は、それを補って余りある。というか、此奴に侍女としての働きなど、端から期待しておらぬ」

珖璉の言葉に、鈴花はまじまじと銀の光に包まれた端麗な面輪を見つめる。と、珖璉が茱栴に視線を向けた。

「すまん、引き留めてしまったな。そろそろ行かねば、蘭妃様がまた機嫌を損ねられるだろう。行ってよいぞ。それと、わかっているだろうが、鈴花のことは他言するな」

「……かしこまりました。お気遣いいただきありがとうございます」

物言いたげな様子で珖璉と鈴花を交互に見やっていた茱栴だが、結局、それ以上は何も言わず、一礼して巻物を抱えて部屋を出ていく。

ぱたりと扉が閉まったところで、鈴花はおそるおそる尋ねた。

「珖璉様は、私に何をさせるおつもりなんですか……？」

「ほう。今回は察しがよいな」

珖璉がからかうような笑みを見せる。が、鈴花にとっては笑い事ではない。

「そもそも、いま後宮で何が起こっているんですか……っ!?　夕べ、八人も亡くなっているとおっしゃっていましたよね!?　も、もしかして姉さんも……っ!?」

夕べ見た宮女は姉ではなかった。だが、今まで殺された七人の中に菖花が入っていないとは限らない。

立っていられず、へなへなと座り込む。かたかたと鳴る歯の音がうるさい。全身から血の気が引き、このまま板張りの床へ沈み込んでいく心地がする。

珧璉がいぶかしげな声で問うた。

「姉とは、どういうことだ？」

「わ、私、音信不通になった姉さんを捜すために奉公に来たんです！　二か月前に変な手紙が来て以来、ぱったりと便りが途絶えて、それで……っ！」

恐怖に強張る口を動かし、必死に説明する。もし姉の身に何かあったらと考えるだけで、恐怖に気が変になりそうだ。唇を噛みしめて震えていると。

「姉の名は何という？」

静かな声で問われ、鈴花は床に座り込んだまま、卓につく珧璉を見上げた。

「し、菖花です……」

「菖花、か」

呟いた珧璉がわずかに口の端を上げる。

「今までの被害者の中に、菖花という名の宮女はおらん」

「本当ですかっ⁉」

思わず身を乗り出すと、珧璉が端麗な面輪をしかめた。

「お前に嘘を言ってどうする？　まあ、音沙汰無しに消息不明になっておるのだ。事件に巻き込まれている可能性は否定できんが……」

「でも、無事でどこかにいるという可能性もあるということですよね⁉　もしかしたら、悪い輩に囚われて、助けを待っている可能性だって……っ！」

「わたしはただ、殺された宮女の中にお前の姉の名はないという事実を言ったにすぎぬ。それをどう取るかはお前次第だ。……まあ、わたしなら」

珖璉が、痛みをこらえるかのように形良い眉を寄せる。まるで、幼子の無邪気な願いを踏み潰すのを、厭うかのように。

「予想が外れて絶望の淵に叩き落とされるやもしれぬのに、自分に都合のよい夢想をする気にはなれんがな」

「ですが、姉さんが生きているかもしれないのなら、私はその可能性を信じます！」

珖璉の身分も忘れて、思わず反論する。

「なんとしても姉さんを捜し出してみせますっ！」

「どうやってだ？」

「それは……っ」

間髪入れず投げられた問いに口ごもる。

そうだ。鈴花は一介の下級宮女でしかない。どうすれば、姉を捜し出すことができるだろう。故郷の村では、役立たずの鈴花を優しい菖花がずっと助けてくれていた。だが、今ここに頼りになる姉はいない。自分の力だけでなんとかしなければならないのだ。

きつく唇を嚙みしめた鈴花の脳内に、不意に天啓のようにある考えが閃く。

こんなことを口にしたら、珖璉に叱責されるに違いない。だが、今が鈴花に与えられたただ一度の好機だ。今を逃せば、きっと、こんな機会は二度と得られない。

下級宮女の鈴花が、官正である珖璉に取引をふっかけるなんて。

緊張に喉がひりつく。ばくばくと心臓が騒いでうるさい。

「あ、あの……っ」

「何だ？」

珖璉が視線を寄越す。静かなまなざしなのに、見つめられるだけで委縮して「何でもありません！」と謝りたくなる。

だが、今だけは退くわけにはいかない。

ぐっと下唇を噛みしめると、鈴花は勢いよく顔を上げ、珖璉を見上げた。

「お、お願いがあります……っ！」

絞り出した声は情けなくかすれている。けれど、意志の力を振り絞って、珖璉から目を逸らさない。

「珖璉様は、私に宮女殺しの犯人を捜させるおつもりなのでしょう……？　犯人捜しを手伝う代わりに、姉さんを捜してくださいっ！」

告げた瞬間、珖璉が目を見開く。珖璉が言葉を放つより早く、鈴花は額を床にこすりつけた。

「私ができることは何でもします！　ですから、どうか姉さんを……っ！　なにとぞお願いいたします！」

身体が勝手に震え出す。自分は今、大罪を犯しているのではないだろうか。役立たずの鈴花が本性を謀り、さも役に立ちそうな風を装って、取引をもちかけるなんて。

でも、鈴花にはこれ以外に姉を捜し出す手立てが思い浮かばない。

「……わたしに、お前と取引せよ、と？」

感情を感じさせない珖璉の声に、びくりと身体が震える。ぎゅっと拳を握りしめた拍子に、がりりと爪が床板を引っかいた。

「そうです！　官正の珖璉様なら、私などより、いろいろな情報を得られるのでしょう!?」

ぐっと顔を上げ、もう一度珖璉を見上げる。珖璉が何を考えているのか、表情を消した面輪からはうかがえない。

だが、夕べ珖璉は吐いてしまった鈴花を気遣うだけでなく、ねぎらってくれたのだ。姉以外に褒められたことのない、役立たずの鈴花を。

自分に都合のいい妄想かもしれない。だが、今の鈴花には、珖璉に縋るほかない。

「どうか……っ！」

床に額をこすりつけ、震えながら珖璉の返事を待っていると。

「……お前の事情は承知した」

珖璉の静かな声が降ってきた。

「お前がやる気に満ちているなら、こちらとしても好都合だ。お前の申し出に、乗ってやろう」

「本当ですかっ⁉　ありがとうございます！」

ほっとした瞬間、緊張に忘れていた空腹が甦り、ふたたびお腹がくぅ〜っと鳴る。壁際に控えていた禎宇がぶはっと吹き出し、笑いながら提案した。

「とりあえず、鈴花に必要なものは朝ご飯のようですね。すぐに用意しましょう」

「あ、ありがとうございます。あの、用意をお手伝いします！」

顔が火照るのを感じながら、鈴花はぺこりと頭を下げた。

朝食は洞淵にあれこれ質問されたり、蟲招術についての話を聞いたりと、すこぶるにぎやかだった。食事の後、禎宇が桶に入れて持ってきてくれた湯で簡単に身を清め、掌服とは異なるお仕着せに着替えた鈴花は、隣室へ移動した。

洞淵は王城へ参内し、禎宇も席を外しているらしく、卓に残っているのは珖璉だけだ。書き物をしていた卓から顔を上げた珖璉に、鈴花は深々と頭を下げる。

「私なんかにこんな立派なお仕着せをご用意いただきましてありがとうございます」

禎宇が用意してくれたお仕着せは、下級宮女に与えられる麻の衣ではなく、綿の布地だ。ごわごわした麻と異なり、肌触りがよい。

「官正であるわたしの侍女なのだからな。下級宮女と同じというわけにはいかんだろう」

淡々と告げた珖璉が、筆を置いて立ち上がる。

「行くぞ。ついてこい」

「どちらへですか」

歩き出した珖璉を追いかけながらあわてて問う。扉に手をかけた珖璉が振り返らずに告げた。

「これから、宦官達が多くいる棟を回る。もし術師や何らかの《気》を宿した道具を見つけたら、それとなくわたしに知らせろ」

「それとなくと言われましても……。あっ、その、宦官のお腹に入っている宦吏蟲は無視していいんですよね？」

念のために確認すると、珖璉が驚いたように足を止めて振り返った。

「そんなものまでわかるのか!?」

「はい、うっすらとしか見えませんけれど……。どの宦官の方も、下腹部だけに《気》

が宿っているのはわかります」

「それほどとは……。見気の瞳の利用価値は計り知れんな」

感心したように呟いた珖璉に、鈴花は身を乗り出す。

「あのっ、棟を回るということは、掌寝にも行きますか⁉」

掌寝とは、妃嬪に仕える侍女達とは別に、妃嬪の宮を掃除したり、調度を整えたりする係だ。

「なぜ、そんなことを聞く？」

いぶかしげな珖璉に、熱心に説明する。

「姉さんは掌寝の担当なんです！　ですから、掌寝の方々に姉さんのことを聞きたいとずっと思っていたんですけれど、まったく機会がなくて……っ！」

後宮は広い上に、部門ごとに起居する棟も異なる。奉公に来て以来、なんとか行く機会がないかとうかがっていたものの、ふだんの仕事すら満足にできず、朝から晩まで働き通しの鈴花には、手の届かぬ場所だったのだ。

「なるほど。術師や禁呪の気配がないか、しっかり見るというのなら、連れて行ってやらんこともない」

「はいっ、頑張ります！　しっかり見ますから連れて行ってください！」

両手をぐっと握りしめて請け負う。

「そこまで熱心に言うのなら、掌寝から行くか。……もともと、掌寝は調べねばと思っておったしな」

「ありがとうございます！」

まさか、すぐに掌寝に行けるなんて。取引を持ちかけてよかったと心から思う。

「ですが、掌寝に何かあるのですか？」

歩き始めた珖璉の後ろに付き従いながら、問いかける。

「ああ。実は、宮女殺しの他にも厄介事が持ち上がっていてな」

人気のない廊下を進みながら珖璉が教えてくれたところによると、ここ最近、妃嬪や侍女の部屋から、簪（かんざし）や櫛（くし）などの装飾品が盗まれる事件が発生しているのだという。

装飾品に最も多くふれるのは、妃嬪のそば近くに仕える侍女達だ。だが、侍女達は後宮が雇っている宮女達と違い、敵の多い後宮で妃嬪達が己を守るために連れてきた身元の確かな者達ばかり。何より、盗難事件はいくつもの宮で発生している。侍女が他の宮へ行くのは、使いの時か、妃嬪の供として付き従う時くらいだ。

となれば疑わしいのは宮女か宦官。さらにいうなら、宮に入って掃除などを行う掌寝の者が怪しいが……。

不祥事が起こらぬよう、掌寝には特に優秀で品行方正な者を集めており、高価な品を扱う際には、必ず複数人であたるよう徹底させているのだという。にもかかわらず盗難事件が続き、何も手がかりが出てこないということは、複数で組んで巧妙に盗んでいるのか、それとも官正である珖璉が把握していない術師が絡んでいるか……。

宮廷術師でない術師が後宮に入ることは固く禁じられているが、術を使っているところを目撃でもしないかぎり、たとえ術師であっても、他人が術師かどうか見極めることはできない。

「そこで見気の瞳を持つお前の出番だ。術師や《気》を宿した物を探せ。ささいなことでもよい。洩らさずわたしに報告しろ」

「はい！」

珖璉の厳しい声にこくこく頷く。果たして鈴花などに珖璉が望む働きができるかどうか、甚だ疑問だが、姉を見つけるためにもやるしかない。

珖璉の私室から掌寝の棟までは、さほどかからなかった。だが、長い距離を歩いたわけでもないのに早くも鈴花が疲労を感じているのは、これまで感じたことのない不躾な視線に晒され続けているためだ。

なんせ、珖璉が通るだけで、ありとあらゆる宮女と宦官が魅入られたように見惚れるのだ。次いで、珖璉に付き従う鈴花を見て、信じられぬと言わんばかりに全員がぎょっと目を見開く。突き刺すようなまなざしは、なぜ鈴花などが珖璉の供をしているのかと、無言で責め立てるかのようだ。針の筵に座らされている心地だ。

確かに、珖璉の美貌は見惚れずにはいられない。薄ぼんやりとしか見えない鈴花でもそう思うのだから、はっきり見える宮女達が、全員惚けたように視線を外せなくなるのもわかる。

が、珖璉をうっとりと見つめるとろけたまなざしと、鈴花を睨みつける刃のような視線の落差が激しすぎて、正直恐ろしい。もし視線が針と化していたら、今頃、鈴花は針山になっているに違いない。鈴花が恐怖に震えているにもかかわらず、珖璉は慣れているのか、澄ました顔で淀みなく歩いていく。

と、廊下の向こうに、掌寝のお仕着せを着た人の好さそうな顔立ちの四十過ぎの宮女の姿を見つけて、鈴花は思わず珖璉の袖を引いた。

「どうした？」

初めて歩みを止めて振り返った珖璉に、緊張しながら懇願する。

「あのっ、姉さんのことを聞いてきてもいいですか⁉」

「かまわんが、余計なことは言うでないぞ」

「はい、気をつけます」

こくんと頷き、珖璉を追いこして宮女に駆け寄る。

「こんにちは。あのっ、菖花という掌寝担当の宮女がどこにいるか、知ってますか⁉」

「え？　ああ、何だい？」

珧璉に見惚れていた宮女が、初めて鈴花に気づいたと言いたげに視線をよこす。

「菖花という宮女について、教えてもらいたいんです！」

勢い込んで尋ねると、「菖花？」と宮女が目を丸くした。

「菖花なら、しばらく前に、急に故郷へ帰ったよ」

「えっ⁉」

凍りついた鈴花をよそに、宮女がふう、と溜息をつく。

「よく仕事ができた子だったから、いなくなって痛手だったんだけど……。ご両親が流行り病で亡くなったんだってねぇ。なんかタチの悪い宦官にも絡まれてたみたいだし、本人にとっては、故郷に帰れることになってよかっただろうね」

「両親は亡くなったりしていません！　それに姉さんは故郷に帰ってなんて……っ！」

思わず宮女に言い返す。

両親は、故郷でぴんぴんしている。いったい、この宮女は誰のことを言っているのか。なおも反論しようとした瞬間、ぐいと肩を引かれた。よろめいて、とすりとぶつかった拍子に、爽やかな香の薫りが鼻をくすぐり、誰が肩を摑んだのか振り返らずとも察する。

「菖花が後宮を出たのはいつだ？」

突然、珧璉に話しかけられた宮女が、驚愕に目を見開く。

「おい、聞こえているか？」

「は、はひっ！　に、にににににニか月前でございますっ！」

鋭い声音に、宮女が弾かれたようにうわずった声で答える。

「……となると、一人目が出るより前だな」

一人目というのは、殺された宮女のことだろうか。

鈴花は思わず珖璉を振り仰ぐが、何も言うなと目線だけで制され、口をつぐむ。

「菖花に絡んでいた宦官というのはどんな輩だ？　同じ掌寝の者か？」

夢見心地で珖璉に見惚れていた宮女が、千切れんばかりに首を横に振った。

「わ、わたくしは噂で聞いただけでございまして、くわしいことはさっぱり……っ！

あのっ、珖璉様がお知りになりたいということでしたら、同輩達に確認して、後ほどご報告いたします！　ええっ、わたくしにお任せくださいませっ！」

鼻息も荒く宮女が身を乗り出す。鈴花も驚くほどの勢いだ。この調子ならすぐに姉を見つけられるのではと期待すると同時に、珖璉の美貌の威力に感嘆する。

「そうか。では頼む」

「は、はいっ！　お任せくださいませ！」

すげない珖璉の返事だというのに、宮女の表情は今にも天に昇りそうな恍惚（こうこつ）に満ちあふれている。

「他に、菖花が後宮を出る前に何か変わったことは？」

「その、急に出ることになったのでこれと言っては……っ。わたくしもいつ菖花が出たのか知らぬくらいでございまして……っ！　そ、そういえば、宮廷術師の博青様と何やら立ち話をしているところを見ましたでございます！」

「博青と？」

珖璉の呟きに、鈴花は昨夜、宮女殺しの現場で会った人の好さそうな顔立ちの青年を思い出す。洞淵の弟子と聞いたが、師匠と違って、とても真面目そうな印象だった。

「そうか。もしまた何かわかったことがあったら教えてくれ」

「はひっ！　珖璉様のお望みでしたらいくらでも！」

こくこくこくっ、と壊れた人形のように宮女が頷く。が、視線はずっと、珖璉の端麗な面輪に固定されたままだ。

「では行くぞ」

珖璉に声をかけられ、鈴花は我に返った。「は、はいっ」と珖璉の後について歩くものの、先ほど宮女に言われたことが頭の中をぐるぐると回って、足元がふわふわする。

「よく見ておけよ」

珖璉の命に応え、すれ違う宮女や宦官達を見ていくが、視界には入るのに、ろくに見えない。ぼんやりと眺めるだけだ。宮女達が鈴花にそそぐ鋭い視線すら遠く感じる。

掌寝の棟を回り終え、ついで後宮内の食事を担当する掌食の棟へ移動するところで。

「こ、珖璉様……っ」

余人の姿が見えなくなった瞬間、鈴花はこらえきれずに珖璉に呼びかけた。

「姉さんがいなくなったのは、昨日の事件と何か関係があるんでしょうか⁉　だって、故郷の両親は元気で、なのに姉さんは帰ってこなくて……っ」

夕べ見た遺体や、今朝がた見た悪夢が頭の中を巡り、震えが止まらなくなる。

「落ち着け。今の状況ではまだなんとも言えん。菖花に絡んでいたという宦官がどんな輩かもわからぬしな」

珖璉の落ち着いた声音に、ほんのわずかに冷静さを取り戻す。縋るように端麗な面輪を見上げると、珖璉は苦い表情のまま言を継いだ。

「だが……。やけに手が込んでいる。これまでの被害者はみな、夜更けに部屋を抜け出したり、夕刻の人気のない時間帯に一人になった者が狙われていた。確かに、三人目までは隠そうとしていたようだが、最近はすぐ気づかれても構わんと言わんばかりに開き直っている」

珖璉が記憶をなぞるように低い声で呟く。

「……ということは、まだ発見されていない一人目の可能性もあるのか……？」

「っ⁉」

珖璉の推測に、恐怖のあまりかくんと膝から力が抜ける。

「おいっ⁉」

廊下にくずおれそうになったところを、珖璉の大きな手に腕を摑まれた。

「しっかりしろ。まだお前の姉が犠牲者だとは限らん」

「で、でも……っ」

かたかたと歯が鳴って、うまく言葉が紡げない。

「しゃんと立て」

ぐいっと力任せに引き起こされ、たたらを踏む。

「わぷっ」

胸板にぶつかった拍子に爽やかな香の薫りが揺蕩い、ぱくんと心臓が跳ねる。

「実際に菖花がどうなっているかはわからん。だが、妹のお前が生きていると信じてやらねば、他に誰が信じる？」

怒ったような声。だが、なだめるように鈴花の背を叩く手は、確かな励ましに満ちていた。

「そう……、そうですよねっ！　姉さんはきっと生きていますよね……っ！」

すっくと自分の足で立ち、珖璉を見上げる。

今朝、鈴花が申し出た取引に、珖璉は確かに応じてくれた。鈴花が頑張れば頑張るだけ、姉についての情報を集めてくれるはずだ。

「私、もっと頑張ります！　あっ、掌寝では術師や《気》が宿った物などは見つかりませんでした！」

「そうか。では、次へ行くぞ」

　気合をこめて報告した鈴花にあっさり頷くと、珖璉は踵を返して歩き始めた。

　日もとっぷりと暮れた夜。珖璉が帰ってこないので、先に禎宇と二人で夕食をとった鈴花は、片づけの終わった卓にぐでっと突っ伏した。

　昨日と同じく豪華な夕食を詰め込んだ胃は、心地よい満腹感を奏でている。身体が重い。もうこのまま動きたくない。目を閉じたら、一瞬で眠りの沼に沈めるだろう。

「かなり疲れたみたいだね」

　鈴花の様子に禎宇が苦笑をこぼす。

「すみません。お行儀が悪いってわかってるんですけれど……」

　優しい禎宇しかいないのをいいことに、突っ伏したまま、もごもごと詫びる。卓のひんやりした冷たさが、疲れた身体に心地よい。

「珖璉様はいらっしゃらないから、わたしに気を遣う必要はないよ」

　穏やかに笑った禎宇が、

「一日歩き回って、術師は見つかったかい？」

　と尋ねてくる。

「それがさっぱり……。っていうか、珖璉様って何者なんですか⁉　もう、どこに行っても宮女達の反応がすごかったんですけど！」

　珖璉の人気っぷりはどこの棟でも変わらぬすさまじさだった。姿を見た瞬間、歓喜の悲鳴を上げる者、感動のあまり涙ぐむ者、見惚れて仕事が手につかなくなる者……。

　宮女も宦官も、珖璉の一挙手一投足を見逃すまいと熱視線を送るさまは、異様な空間としか言いようがなかった。

　しかも、当の本人は涼しい顔でその中を通り過ぎて行ったのだから、恐れ入る。付き従っていた鈴花は、嫉妬と怒りに満ちあふれた視線に晒され続けて、今にも倒れそうなほどへとへとだというのに。

　びたびたと両手の平で卓を叩きながら訴えると、禎宇がぶはっと吹き出した。

「ああ。珖璉様が後宮内を歩かれると、いつもそんな感じだよ。珖璉様は、今まで侍女をそばに置かれたことはなかったから、余計に目立っただろうしね。初めてお供を務めたのなら、じろじろ見られてさぞかし疲れただろう」

　いたわるような優しい口調に、思わず情けない声が出る。

「そうなんですよ～。しかも、珧璉様は足を止めずにあちこち行かれるし……」

昼食以外ずっと歩き回ったせいで、ふくらはぎがぱんぱんだ。

「そういえば」

「へ？」

ふと声を落とした禎宇を、視線だけ上げて見る。

「ずっとお仕えしているわたしや朔はともかく、他の者は珧璉様を見ると、見惚れて何も手につかなくなる者ばかりなんだが……。鈴花は平気みたいだね」

「いえ、珧璉様のお顔がとんでもなくお美しいのはわかりますよ⁉」

禎宇の言葉に、あわてて首を横に振る。

「ただ、私の場合、銀の光を纏ってらっしゃるので、薄ぼんやりとしかお姿が見えなくて……」

「ぶぷっ！　こ、珧璉様を薄ぼんやり……っ！　だ、だめだっ、腹筋が……っ！」

見事にツボに入ったらしい。禎宇がお腹を抱え、大きな身体を二つ折りにして大笑いする。そんなに変なことを言っただろうかと思いながら眺めていると、ひとしきり笑い転げていた禎宇が、ようやく身を起こした。

「いや～。こんなに笑ったのは久しぶりだよ。最近は気が滅入(めい)ることばかりだったしね。何かお礼を……。あ、お菓子があるんだけど食べるかい？」

「お菓子ですかっ⁉」

思わずがばりと顔を上げる。お菓子なんて、最後に食べたのはいつだろう。たぶん、一年前の昇龍の祭りの時に、小さな焼き菓子をひとつ食べたくらいだろうか。

「貰(もら)い物だけれどね。いまお茶を……。あ」

茶筒を開けた禎宇の動きが止まる。

「しまった。お茶の葉を切らしてたんだった」

「じゃあ私、掌食へ行ってもらってきます！」

勢いよく立ち上がる。

「いや、悪いからわたしが行くよ」

「いえっ、ただでお菓子をいただくなんて申し訳なさすぎますから！　行ってきます！」

扉へ駆け寄り、開けようとしたところで、はたと気づく。

「あのぅ、掌食まではどう行ったらいいのか、教えてもらっていいでしょうか……？」

「えっと、真っ直ぐ行って二つ目の角を右に曲がって、三つ目を……。あれ？　三つ目だっけ？　四つ目だっけ？　ってあれ？　私、いくつ角を……？」

　禎宇に教えてもらった道順をぶつぶつ呟きながら、棟と棟をつなぐ渡り廊下を歩いていた鈴花は、はたと立ち止まって小首をかしげた。振り返ってみるが、いま自分が通ってきたはずの廊下なのに、まったく覚えのない場所にしか見えない。

「ここ、どこ……？」

　またやってしまった。ここがどこなのか、さっぱりわからない。禎宇に教えられた道順を思い返そうとするが、右か左か、いくつめの角だったか、思い返そうとすればするほどあやふやになる。

　誰か通りかからないかと、一定の間隔で蠟燭が灯された廊下を見回して。

「あっ、博青様！」

　渡り廊下の向こう、夜の闇が沈む庭に、薄青い《気》を纏う痩せぎみの立ち姿を見つけた鈴花は、思わず大声で名前を呼んだ。驚いたように博青の肩がびくりと震える。

「あ……。鈴花、だったかな？」

「はい。よかった、私、博青様に会いたいって思っていたんです！」

　庭へ降りる階（きざはし）を見つけ、博青に駆け寄る。

「博青様は見回りをなさってたんですか？」

　片手に灯籠を持つ博青に尋ねると、

「ああ、念のためにね。そういうきみは、どうしてこんなところに？」

といぶかしげに問い返された。

「私ですか？　掌食にお茶の葉をもらいに行くところです」

「掌食？　ここからは遠いけれど……？」

「えぇっ⁉　禎宇さんに道を教えてもらって出てきたんですけれど……」

いったい、どこでどう間違ってしまったのだろう。

「あの、それよりも。私、博青様に聞きたいことがあるんです！」

ぐっと両の拳を握りしめて身を乗り出す。

「二か月前、菖花姉さんとどんなことを話されたんですか⁉　私、行方不明になった姉さんを捜しに、奉公に来たんです！」

「菖、花……⁉」

尋ねた瞬間、博青の目が驚きに瞠られたのが、夜の闇の中でもはっきりわかった。

「博青様は姉さんのことを知っているんですよね⁉　いったい姉さんとどんなことを話したんですか⁉　どんなささいな手がかりでも欲しいんです！　教えてください！」

縋りつきたい気持ちをこらえ、身を二つに折るようにして頭を下げる。博青の気配がためらうように揺れた。

「その……。きみは姉さんに、見気の瞳のことを話していたんだろう？」

博青の問いに、戸惑いながら頷く。

「え？　はい……。見気の瞳って呼ぶというのは、夕べ、珖璉様に教えていただいて初めて知ったんですけれど。姉さんだけなんです。色が見える人がいると私が言っても、馬鹿にせずに信じてくれたのは」

　鈴花の言葉に、博青が申し訳なさそうに吐息した。

「すまないが、菖花と話したのは大したことじゃないんだ。妹が人に色がついて見えると言っている。宮廷術師のわたしなら、その原因がわかるんじゃないかと相談されてね。その、わたしもまさか、見気の瞳の持ち主だとは思いもよらなくてね。本人を見てみないことには何とも言えないと答えるだけになってしまったんだが……」

「姉さんがそんなことを……」

　奉公に来てまで故郷の妹のことを気にかけてくれていたと知って、じんと胸が熱くなる。後宮を出たのが本当だとしても、そんな姉が故郷へ戻ってきていないなんて、やっぱりおかしい。絶対、姉の身に何かよからぬことが起こったのだ。

「あのっ、博青様は姉さんがどこにいるのか知ってらっしゃいますか⁉」

　藁（わら）にも縋る思いで尋ねると、「いや」と首を横に振られた。

「まさか菖花がいなくなっているとは、今、きみに聞くまで知らなかったんだ。話したのも、ほんの数度なんだよ。そうか、きみが菖花の妹なのか……。確かに、言われてみれば、姉妹だけあって顔立ちが少し似ているね」

「いえ、私なんて、姉さんにまったく似ていない役立たずなんです」

とんでもないとかぶりを振るが、博青は信じてくれない。

「見気の瞳を持っているのに何を言うんだい？　けれど、姉が行方知れずだなんて、心配なことだろう。無事に見つかることを祈っているよ」

「ありがとうございます」

いたわりに満ちた言葉に、もう一度、深々と頭を下げる。

「もし他に姉さんについて何か思い出したことがあったら、教えていただけますか？」

「ああ、かまわないよ。ただ、あまり期待はしないでくれると嬉しい。わたしも十三花茶会の準備やら何やらで忙しくてね」

「はいっ、それはもちろん。お忙しいのに夜も見回りされているなんて、博青様は本当にすごいですね！」

こくこくと頷いた鈴花は、照れたように笑う博青をおずおずと見上げた。

「ところで、もうひとつ教えていただきたいことがあるんですけれど、あの、掌食の棟にはどうやって行ったらいいんでしょうか？」

博青と別れ、教えてもらった廊下を進んでいた鈴花は、いくばくも行かぬうちに立ち止まった。教えてもらった通りなら、そろそろ掌食の棟が見えるはずなのだが、それらしいものはまったく見えない。

　また迷ってしまったかと周囲を見回したところで、ちょうど廊下の先を曲がってきた数人の宮女を見つけた。妃嬪の宮から食事を下げてきた帰りだろうか。それぞれが手に器を載せた盆を持っている。宮女達のお仕着せはお揃いだが、衣襟の色が部門によって違う。あの色は掌食の宮女達だ。

　助かった、道を教えてもらおうと宮女達のそばへ行こうとすると、それより先に、鈴花に気づいた宮女達が駆け寄ってきた。

「あなた！　今日、珖璉様のお供をしていた宮女よね⁉」

「えっ⁉　はい……っ」

　勢いに呑まれながら頷くと、宮女達の目が吊り上がる。

「いったいどういうつもりなの⁉」

「なんであんたみたいな貧相なのが、お美しい珖璉様の供なんてしているのよ⁉」

「どうやって取り入ったのか白状なさいよ！　どうせロクな手段じゃないでしょう⁉」

「えっと……」

　詰め寄る宮女達の勢いにたじろぎ、一歩後ずさる。が、すかさず距離を詰められた。

「あんた、掌服の宮女だったんでしょう⁉　知り合いから聞いたわよ！　とんでもない役立たずの新入りが入ってきたって！」

　一人の宮女の糾弾に、他の宮女が色めき立つ。

「何ですって⁉　そんな奴が珖璉様の侍女になってるっていうの⁉」

「いったいどんな不正をしたのよっ⁉」

「ち、違います！　不正なんて……っ」

　ぶんぶんと首を横に振るが、宮女達は納得してくれない。

「嘘おっしゃい！　不正でもしない限り、あんたみたいなちんちくりんが、麗しい珖璉様の侍女になれるはずがないでしょう⁉」

　宮女達の言うことは嫌というほどわかる。鈴花自身、自分が珖璉に仕えているのが信じられないでいるのだから。

「どんな手を使ったのか知らないけど、あんたなんかが珖璉様にお仕えするなんて、身の程知らずなのよ！」

　宮女の一人が、やにわに盆の上の器のひとつを摑んで振りかぶる。

よけなくてはと思うのに、恐怖に身体がすくんで動けない。襲い来る痛みを覚悟して、固く目を閉じた瞬間。

　ぐいっと力任せに腕を引かれる。とすりと何かに当たると同時に、爽やかな香の薫りが鼻をくすぐった。がしゃんっ、と投げられた器が割れた耳障りな音が、夜気を破るように響く。

「――わたしの侍女に、何用だ？」

聞く者の心を凍らせずにはいられない、氷よりも冷ややかな声。

「お、お許しくださいっ！」

ざっ、と宮女達がひざまずいた衣ずれの音がする。

おそるおそる目を開けた鈴花は、庇ってくれた珖璉を見上げた瞬間、黒曜石の瞳に宿る苛烈な怒気に息を呑んだ。とっさに、宮女達と一緒にひざまずかねばと思う。だが、背中からしっかりと珖璉に抱き寄せられていてかなわない。

「無意味な謝罪は不要だ。おぬしらは掌食の者だな。名は？」

お許しくださいお許しくださいと、すすり泣きながら、宮女達が珖璉に名を告げる。

宮女達の怯えがうつったかのように、鈴花も身体の震えが止まらない。

「沙汰は追って下す」

淡々と告げた珖璉が、鈴花を抱き寄せていた腕をほどき、踵を返す。

解放され、鈴花はほっと息を吐き出すと同時に思わずその場にくずおれそうになった。が、それよりも早く、腕を取った珖璉が鈴花を引っ張る。とたた、と鈴花はおぼつかない足取りで珖璉を追った。

恐怖と緊張のせいだろうか。まだ、心臓がばくばくと高鳴っている。

「なぜ、一人であんなところにいた？　禎宇はどうした？」

廊下の角を曲がったところで、珖璉が振り向きもせず鈴花に問うた。

「その、掌食にお茶の葉をもらいに行く途中でして……」

珖璉から発される威圧感に震えながら答えると、突然、珖璉が立ち止まった。うっかりぶつかりそうになり、あわてて立ち止まる。

「掌食!? 正反対だろう!?」

「そうなんですか!?」

振り返った珖璉に呆れ果てた様子で告げられ、驚いて問い返す。

「ちゃんと禎宇さんに教えていただいてから出たんですけれど。その、途中で迷ってしまって……」

「そういえば、初めて会った時も、迷ったと言っていたな」

「す、すみません」

情けなさに身を縮めて詫びる。

「私は掌食でお茶の葉をいただいてから戻りますので、珖璉様は先にお帰りください」

珖璉に掴まれていた手を引き抜き、身を翻そうとすると、ぐいっと肩を掴まれた。

「よい。茶葉など禎宇か朔に任せておけ。そもそも、ここから掌食へ行けるのか？」

「それは……」

視線をさまよわせたところで、大切なことに気づく。

「助けていただいてありがとうございました！」

深々と頭を下げる。

「珖璉様が通りかかってくださらなかったら、私……っ」

ぶるり、と恐怖に身体を震わせる。だが、それが器を投げられそうになったからなのか、珖璉の冷ややかな怒りを目にしたからなのか、鈴花自身も判断がつかない。

「偶然、通りかかっただけだ。だが」

黒曜石の瞳が、鋭く鈴花を睨みつける。

「よいか。わたしの侍女となったからには、今後、あの程度の小物などに侮られるな」

「えぇっ⁉」

厳しい声で告げられた命令に、思わず情けない声が出る。

「無茶です！　だって、私は役立たずの下級宮女で……っ！　そんな私がお美しい珖璉様のおそばにお仕えしてたら、そりゃあ周りだって面白くないに決まってますよっ！」

「はっ、『お美しい』か」

鈴花の言葉に、珖璉が嘲るように吐き捨てる。

「若い娘でもあるまいに、見た目に何の意味がある？　官吏に必要なものは能力のみだろう？」

怒りと苛立ちに満ちた声に、反射的に身体が震える。だが、口は勝手に動いていた。

「で、でも、昼間に姉さんの同僚さんからすんなりと情報を得られたばかりか、協力まで取りつけられたのは、珖璉様のおかげじゃないですか！　皆さん珖璉様にうっとりと見惚れて……。たとえ、ご自身では価値がないと思われていても、珖璉様が光り輝く美貌をお持ちだというのは誰もが認めるところですよ！　……あっ、いえ、私には珖璉様が実際に光って見えるので、あんまりよくわからないんですけれど……っ」

話しているうちに上司に向かって反論しているのだと気づき、尻すぼみになる。鈴花などが抗弁するなんて不快に思われただろうか、とおずおずと珖璉を見上げると。

珖璉が目を見開き、呆気にとられた顔で鈴花を見下ろしていた。かと思うと、ぷっ、とこらえきれないとばかりに吹き出す。

「そうか。お前にとっては、余人と変わらんか」

笑うと、いつもの堅苦しくて張りつめた雰囲気が霧散する。

「えっ、いえ！　あの、珖璉様のお顔立ちがとんでもなく整ってらっしゃるのはわかっておりますよ⁉」

驚きながらも、あわててぶんぶんと両手を振り弁明するが、珖璉は楽しげに笑うばかりだ。なぜ急に珖璉が機嫌を直したのか、鈴花にはさっぱりわからない。

「そういえば、なぜ禎宇ではなく、方向音痴のお前が掌食へ行くことになったのだ？」

「禎宇さんがお菓子をくださるっておっしゃったんです！　そんな禎宇さんに行っていただくなんて申し訳なくて、代わりに私が来たんです」

説明しているうちに、どんどん気持ちが昂ってくる。

「お菓子をいただけるなんて、官正様ってすごいんですね！ しかも私なんかにまで菓子をくださるなんて……っ！ 嬉しすぎます！」

珖璉の侍女になってよかった点はと問われたら、鈴花は迷わず、おいしいご飯を三食いただけることだと断言する。

鼻息も荒く説明する鈴花を眺めていた珖璉が、不思議そうに首をかしげた。

「菓子が、それほど嬉しいのか？」

「もちろんです！ だって、お菓子なんて、村の祭りの時に年に一度食べられるかどうかなんですよ⁉ 食べると甘くって嬉しくって、幸せになりますよねっ！」

こくこくこくこくっ、と頷くと、ふたたび珖璉がふはっと吹き出した。

「わたしのそばに仕えることになって、菓子が食べられると喜ぶ者は初めてだ」

くつくつと笑いながら、珖璉が踵を返す。

「行くぞ。一晩中、後宮を彷徨いたくなければついてこい」

「はいっ」

ただ歩くだけでも凛とした気品が漂う主の後を、鈴花はあわてて追いかけた。

翌朝、珖璉や禎宇とともにおいしい朝食をたっぷりと食べた鈴花は、禎宇を手伝って片づけを終えたところで、無意識に深い溜息をついた。胃が重く感じるのは、ご飯をお腹いっぱい詰め込んだから、だけではないと思う。たぶん。

「今日も、昨日のように各部門を回られるんですよね？」

茼花の手がかりを得るために力を尽くすことは、鈴花にとっても本望だ。が、昨日、嫌というほど投げつけられた憎悪の視線を思い出すと、出発する前から憂鬱な気持ちに襲われる。

「当たり前だ。すぐに出発するぞ。宮女と宦官を合わせれば数千人はいる。主だったところを調べるだけで、まだ何日も……」

鈴花を促して立ち上がった珖璉が、ふと口ごもる。

「……鈴花。お前、掌服に術師がいると言っていたな？」

「へ？」

言葉の意味が摑めず、間抜けな声をこぼす。掌服に術師なんていない。だが、《気》を纏っているのが術師なのだとしたら、思い浮かぶ人物は一人だけだ。

「夾さんのことですか？　確かに夾さんは《気》を纏っていますけれど、術師かどうかまでは……」

答える途中で、はっと気づく。

「もしかして、夾さんが泥棒じゃないかって疑ってるんですか!?　夾さんが盗みなんてするはずがありません！　私なんかにも優しくしてくださるすごくいい方なんです！」

鈴花の抗弁を無視して、珖璉が廊下に控えていた朔に、夾を調べよと命じる。短く応じる朔の声が聞こえた。次いで珖璉が禎宇を振り向く。

「禎宇。夾とやらを連れてこい」

「珖璉様!?　ですから、夾さんは泥棒なんかじゃないと……っ！」

卓の向こうに回り込んで訴えるが、珖璉の返事はにべもない。

「ならばむしろ、変な疑いをかけられる前に、潔白を証明したほうがよいだろう？」

「ですが……っ」

「下手な警備兵に目をつけられてみろ。無実にもかかわらず、拷問で自白を引き出されて、下手人に仕立て上げられるやもしれんぞ？」

「そ、そんなこと！」

珖璉の言葉に、鈴花は息を呑んでぶんぶんとかぶりを振る。

「そんな無体なこと、官正である珖璉様がお許しになりませんでしょう!?」

「っ⁉」

たった二日仕えただけだが、珖璉の言動にはきっちりと一本芯が通っていると、ちゃんと知っている。真っ直ぐ見上げて告げると、珖璉が鋭く息を呑んだ。

「……何にせよ、お前のように、後宮に入る宮女や宦官は、術師であるならば申告せねばならぬ規則がある。お前のように、自覚がないという可能性もあるが……。術師やもしれぬ者をそのままにはしておけぬ。調べはわたしと禎宇で行う。お前は立ち会わずともよい」

「いえっ！　お願いですから私も立ち会わせてください！」

鈴花が夾の名を不注意に出してしまったせいで、疑いがかけられているというのに、放っておくことなどできない。鈴花は頭を下げて珖璉に懇願した。

鈴花には何刻ものように感じられる時間が過ぎた後、最初に珖璉の私室に戻ってきたのは朔だった。

何も手につかず、うろうろと部屋の中を回っていたせいで、卓で書類仕事をしていた珖璉に、「目障りだ。床でも磨いておけ」と命じられた鈴花は、朔が入ってきたのを見て、あわてて雑巾を置いて立ち上がる。

「珖璉様」

鈴花を無視して珖璉に近寄った朔が何やら耳打ちするが、鈴花には聞こえない。

「あの……っ」

瘦せぎすの朔が薄く開けた扉の隙間から音もなく出ていき、鈴花が意を決して珖璉に尋ねようとしたところで、夾を連れた禎宇が戻ってきた。

「いったい、あたしに何の用だって言うんですか。こちとら十三花茶会の準備で忙しいんですよ。余計なことをしている時間なんて――」

ぶつぶつと禎宇に文句を言いながら入ってきた夾が、珖璉を見とめた途端、無言になる。ぽうっと珖璉に見惚れる表情は、瞬きすら忘れたかのようだ。そばに鈴花がいると気づいてさえいないに違いない。惚けている夾に、珖璉が単刀直入に斬り込んだ。

「お前が装飾品を盗んだな？」

冷ややかな声音に、現実に引き戻された夾の顔が凍りつく。と、弾かれたように首を横に振った。

「き、急に何をおっしゃるんですか⁉　証拠もないのにそんなことをおっしゃるなんて、いくら珖璉様でも……」

「下手な芝居は要らぬ。お前の荷物から、盗まれた簪などをすでに見つけている」

斬り伏せるかのような珖璉の言葉に、夾の唇が色を失ってわななく。と、そこでようやく鈴花の存在に気づいたらしい。夾が刺すような視線で鈴花を睨みつけた。

「違います！　あたしは犯人じゃありません！　犯人はこの小娘ですよ！　こいつが盗んで、あたしに罪を着せようとして隠したんだ！」

「ち、違……っ」

憎悪のこもった視線に射貫かれ、震える声でかぶりを振る。珖璉がはっ、と呆れ果てた冷笑をこぼした。

「言い訳ならもっとましなものにするのだな。方向音痴の此奴が、妃嬪の宮まで行って、迷わず帰ってこられるわけがないだろう？　お前が術師だというのも調べがついている。おとなしく罪を認めたほうが身のためだぞ？」

珖璉の言葉に、夾が噛み千切りそうなほど強く唇を噛みしめる。鈴花を睨む瞳には、憎悪の炎が燃え盛っていた。

「あんたが！　あんたがあたしを売ったんだね⁉」

殺意すらこもった視線に、身体が震えて声すら出せない。

「鈴花はお前を盗人だなどと、一度も口にしておらぬぞ」

珖璉の言葉は、夾の耳に入らなかったらしい。

「可愛がってやったっていうのに、恩を仇で返されるとはこのことだよ！　あんたのせいで捕まったんだ！　この疫病神が！　恨んでやる！　あんたを一生祟ってやる！」

「っ！」

身体の震えが止まらない。昨日も宮女達からさんざん嫉妬や憎しみの視線を浴びたが、鈴花を名指しで放たれた夾の怨言は、比べ物にならない。

声も出せずに震えていると、不意に視界が陰った。椅子から立ち上がり、夾の視線を遮るように鈴花の前に立った珖璉が、夾を見下ろす。

「それは別の話だ。世話になったからと言って、罪を犯した者を庇う必要はなかろう」

珖璉が庇ってくれるとは思いもよらなかった鈴花は、驚いて広い背中を見上げる。同時に、固まっていた頭がようやく動き出した。

「ど、どうして……っ⁉　どうして盗みなんてしたんですか⁉」

「おい⁉」

珖璉を押しのけるようにして前へ出る。

「あとひと月ほどで年季が明けるって言ってたじゃないですか⁉　そうしたら、娘さんを引き取って一緒に暮らすんだって……っ！」

「その前にあの子が死んだら意味がないじゃないか！」

血を吐くように叫んだ夾が、糸が切れたように床にへたり込む。

「今も鈴花は病に苦しんでるんだ！　あたしがお金を持って行ってやらなきゃ……！」

「鈴花？」

珖璉がいぶかしげな声を上げる。

「夾さんの娘さんです！　私と同じ名前で……っ」

早口に説明しながら、鈴花は思わず自分も床に膝をついて、くずおれた夾の手を取る。

「娘さんが病気なんですか？　それで、薬代のために盗みを……？」

「だったらなんだいっ⁉　あんたが黙ってりゃあ、ばれなかったのに……っ！」

目を怒らせた夾がばしんと鈴花の手を振り払う。じん、と指先にしびれが走った。

「夾よ。お前は蟲招術を用いて盗みを働いた、で間違いないな？」

一歩踏み出した珖璉が刃のように鋭い声で問う。夾が震えながら頷いた。

「蟲招術だなんて……。あたしが使えるのは《縛蟲(ばくちゅう)》くらいで……」

「縛蟲か。なるほど、細長いあの蟲ならば、人が入れぬ隙間からでも忍び込めるな。鈴花。此奴の《気》の色は何色だ？」

「う、薄茶です！　黒じゃありませんっ！」

珖璉の意図を察した鈴花は声を張り上げる。

「あ、あの、珖璉様……。夾さんはどうなるんですか……？」

禁呪使いでないとはいえ、夾が盗人なのは確かだ。不安を隠さず問うと、珖璉が冷ややかに答えた。

「盗品はまだ売っておらぬようだが、妃嬪の物を盗んだ犯人を見逃せば、陛下の威信に関わる。よくて縛り首、悪ければ死ぬまで笞打ちだ。どちらにしろ、死刑は免れん」

「死刑……っ⁉　じゃあ、娘さんはどうなるんですか⁉」

まさか、そこまで重い罰だとは思ってもいなかった。

身を乗り出した鈴花に、だが、珖璉は表情ひとつ変えない。

「そもそも病から回復できるかもわからんだろう？　生き残ったところで、稼ぎ手を失えば遠からず困窮する。結果、奴婢（ぬひ）として売られるか、そのまま野垂れ死にするか……。わたしの知るところではない」

「そんな……っ⁉」

このままでは、夾だけでなく娘まで死ぬことになる。珖璉の宣言を聞いた夾はがくがくと震え続けている。紙よりも白い顔色は、早くも死人になったかのようだ。

「な、なんとかならないんですか⁉　夾さんは盗品をまだ売ったりしていないんでしょう⁉　返したら減刑とか……っ⁉」

「妃嬪の持ち物に手をつけただけで大罪だ。減刑など、あるはずがなかろう？」

氷のような声で告げた珖璉が、ふと考える表情になる。

「そうだな……。そこまで言うのなら、ひとつ方法がないこともない」

「何ですかっ⁉」

一縷（いちる）の望みにすがって珖璉を見上げると、黒曜石の瞳と視線が合った。形良い唇が挑むように吊り上がる。

「鈴花。お前には褒美を得る権利がある。盗難事件の犯人を見つけた褒美に、菖花について調べてやろうかと考えていたが……。どうする？　姉の行方を調べる代わりに、此奴の助命を嘆願してみるか？」

「そんなことができるんですかっ⁉　ではお願いします！　夾さんと娘さんの命を助けてあげてください！」

間髪入れずに即答すると、珖璉の眉がきつく寄った。

「返事をするなら、ちゃんと考えてからにしろ。こいつは赤の他人だろう？　しかも盗人だ。そんな奴のために、姉の情報を得る貴重な機会を使うとは……。正気か？　お前は姉を捜しに後宮へ来たのだろう？」

珖璉の鋭いまなざしに気圧されそうになる。鈴花は唇を噛みしめるときっぱりと首を横に振った。

「ですが、お世話になった人が私のせいで死刑になるなんて、そんなの見過ごせません！　それに……」

迷いを断ち切るように固くつむった眼裏に浮かぶのは、大切な姉の姿だ。

『あなたは嘘なんて言わないわ。鈴花がいい子だと、ちゃんと知っているもの』

嘘つきだと村の子ども達にいじめられるたび、菖花は鈴花の頭を撫でながら慰めてくれた。姉が信じてくれたから、鈴花は世を儚むことなく、ここにいられるのだ。

鈴花はまぶたを開けると、強い意志を込めて珖璉を真っ直ぐ見上げる。

「ここで夾さんを見捨てて姉を見つけられたとしても、姉さんの前に堂々と立てるとは思えません！　きっと、姉さんも私を叱ると思います。ですから……。どうか夾さんをお助けください！　お願いします！」

床に額をこすりつけるように深く頭を下げる。

そのまま、どれほど待っていただろうか。珖璉が洩らした吐息が沈黙を破る。

「よかろう。そこまで言うなら、夾を助けてやろう」

弾かれるように珖璉を見上げる。なぜか、珖璉はひどく苦い顔をしていた。

「女の術師は貴重だからな。洞淵預かりにして労役で罪を償わせることにすれば、死刑にはならん。……まあ、問題は洞淵がそんな面倒を引き受けるかどうかだが」

「では、私からも洞淵様にお頼み申し上げます！」

「ならん！」

告げると、予想以上に強い声で制された。

「お前が頼めば、洞淵に言いくるめられてどんな無茶な約束を取りつけられるか、予想もつかん。洞淵への話はわたしが通す」

と、珖璉が涙を浮かべて震え続けている夾に視線を移す。「夾」と名を呼んだだけで、夾の身体が大きく震えた。自分の身に起こったことが信じられぬと言いたげに呆然（ぼうぜん）と見上げる夾に、珖璉が薄く笑む。

「とんでもないお人好(ひとよ)しがいて命拾いしたな。だが、他の者も同じだと思わぬことだ。わたしも洞淵も、此奴のように甘くはない。お前はきっかけを掴んだに過ぎぬ。生き延びたければ、よくよく身を慎め」

低い声は氷片をちりばめたかのようだ。夾ががくがくと壊れた人形のように頷く。

「ひとまず、此奴を牢(ろう)へ」

珖璉の命に、禎宇が夾を連れて部屋を出ていく。

夾の命が助かった安堵で緊張の糸が切れて、身体に力が入らない。鈴花は床にへたりこんだまま、夾と禎宇を見送った。

◆　◆　◆

夾の助命のため、夜更けに珖璉は、ひとり私室で洞淵への文をしたためていた。

宮廷術師の筆頭である蚕家は宮中でも特殊な立ち位置で、かつ大臣にも肩を並べる権力を持っている。その洞淵から夾の罪を労役で償わせたいと要望すれば、盗難事件が後宮外にまで洩れていない現状であれば皇帝も否と言うまい。

後で洞淵からどんな無理難題を言われるやら、と苦笑とも嘆息ともつかぬ吐息をこぼした珖璉は、かすかに耳に届いたすすり泣きの声に、筆を持つ手を止めた。

一瞬、皇帝の寵愛を失って悲観し命を絶った妃嬪の霊だの、他の妃嬪に嫉妬され毒殺された妃の怨霊などの噂が脳裏をよぎるが、違う。声が聞こえるのは、鈴花に与えた隣室からだ。

だが、いつも能天気な顔で嬉しそうにご飯を食べる少女と、泣き声という組み合わせが、どうにも結びつかない。風に舞う蝶のようにくるくると表情が変わる鈴花だが、怯え震えている表情は見たことがあっても、泣き顔は記憶にない。

珖璉は筆を置くと、立ち上がって隣室に通じる内扉へ歩み寄った。

「鈴花？」

扉の向こうへ呼びかけるが、返事はない。が、すすり泣く声は続いている。

「入るぞ」

ひと言断ってから扉に手をかけ、押し開ける。

部屋の中は暗かった。背後から差し込む明かりが、珖璉の影を床に長く落とす。部屋の片隅にあるのは、日中、禎宇に命じて運び込ませた寝台だ。侍女として仕えさせるというのに、さすがに長椅子で寝ろというわけにもいかない。

寝台の掛け布団はこんもりと人の形に盛り上がっている。が、ここからでは様子まではわからない。足音を忍ばせ、寝台に歩み寄った珖璉の目に飛び込んだのは。

「姉さん……」

愛らしい面輪を切なげに歪め、眠りながらはらはらと涙をこぼす鈴花の姿だった。

「姉さん、どこ……？」

聞く者の心まで軋むような哀しげな声に、釘を打ち込まれたように珖璉の胸がずくりと疼く。同時に、強い罪悪感に襲われた。

昼間、姉について調べる代わりに夾の助命を持ちかけたのは、悪戯心からだ。あれほど必死に取引をもちかけてきた鈴花ならば、迷わず夾より姉を選ぶだろうと。後宮は甘い世界ではないのだと世間知らずの娘に教えてやろうと、その程度の気持ちだったのに。

まさか、鈴花が迷いなく夾の助命を願い出るとは、思ってもいなかった。

珖璉はまじまじと眠る鈴花を見つめる。

本当に変な娘だ。他の宮女なら、珖璉に何としても近づこうと獲物を狙う狐のように機会を窺うというのに、鈴花ときたら侍女になれたことを喜ぶどころか、姉のことがなければ、辞退したいと言わんばかりだった。しかも、珖璉に仕えられて一番嬉しいのは、豪華な食事と菓子が食べられることだという。

まったく、これほど変わり者の娘には、今までの人生で一度も会ったことがない。

夕べ、結局禎宇がとってきた茶葉で淹れた茶を飲みながら、満面の笑みで菓子をほおばっていた鈴花を思い出すと、無意識に口元がほころぶ。あまりに嬉しそうに食べるものだから、珖璉の分をひとつやると、こちらが驚くほど感激された。

本当に、読めない娘だ。怯えているかと思えば、時に驚くような行動力を見せる。能天気に笑っているかと思えば、一人きりでひそやかに泣き……。

「姉、さん……」

湿った声で呟いた鈴花が、姉を求めて手を彷徨わせる。考えるより早く、珖璉はその手を取っていた。途端、ぎゅっと驚くほど強い力で握り返される。

「よかったぁ……っ。見つけたぁ……」

ふにゃ、と鈴花がとろけるような笑みをこぼす。思わず魅入ってしまう、あどけなく愛らしい笑顔。

「鈴花」

そっと呼びかけ、手を引き抜こうとするが、鈴花はいやいやをするようにさらに強く握りしめると、涙で濡れた頬をすり寄せてくる。姉を見つけた夢でも見ているのか、珖璉がもう片方の手で涙をぬぐってやっても、嬉しそうににやけたままだ。

が、珖璉とて一日中働き通しで、いい加減眠い。しかし、無理やり指を引き抜いて幸せそうな鈴花の笑顔を曇らせる気には、どうしてもなれなかった。

「おい、鈴花」

今までより強い声で呼ぶが、すよすよと寝息を立てる鈴花は起きる気配がない。

仕方がない、と珖璉は大きく吐息した。

「……言っておくが、引き止めたのはお前だからな……」

絶対に聞こえていないだろう鈴花に告げると、珖璉はもう片方の手で掛け布団をめくりあげ、寝台に身をすべり込ませた。

寝返りを打とうとして、鈴花は身体をうまく動かせないことに気づき、ゆるゆると覚醒した。布団よりも固くあたたかなものに、ぎゅっと身体を包まれている。

何だろうと疑問に思うより早く、鼻をくすぐったのは高貴で爽やかな香の薫りだ。珖璉の薫りだと気づくのと同時に、さっきのはやっぱり夢だったんだと哀しくなる。

故郷で、菖花と一緒に昇龍の祭りの灯籠の飾りつけをする夢。

昇龍の祭りの時には、建国神話に基づいて家々の軒先に美しい灯籠が飾られる。灯籠を飾るのは乙女の役割だと決まっていて、村にいた頃は、菖花と二人で年頃の娘がいない家の飾りつけを手伝ったものだ。

菖花がいない寂しさにすんと鼻を鳴らすと、不意にぎゅっと抱きしめられた。驚いてぱちりとまぶたを開けた鈴花の視界に飛び込んだのは。

すこやかな寝息を立てる珖璉の、銀の光に包まれた美貌だった。

「なっ、な……っ⁉」

わけがわからず固まる鈴花を、珖璉がさらに強く抱きしめる。

「ええっ⁉　ちょ……っ」

ぱくんっと跳ねた心臓が口から飛び出しそうだ。必死で押し返すが、顔立ちは妃嬪のように美しいのに、鈴花を抱き寄せる腕は間違いなく力強い男性のもので、まったく緩む気配がない。

戸惑う鈴花をよそに、珖璉の端麗な面輪が近づき。

ちゅ、と額にくちづけられた瞬間、鈴花は大音量の悲鳴を上げていた。

「何事ですか⁉」

すぐさま部屋に飛び込んで来たのは禎宇だ。が、禎宇は寝台の鈴花達を見た途端、凍りついたように動きを止めた。

「て、禎宇さん……っ」

半泣きになりながら眠る珖璉をぐいぐいと押し返す鈴花の声すら、聞こえていないようだ。と。

「……何だ？　騒がしいな」

ふぁ、とのんきにあくびをしながら、珖璉がようやく目を開けた。

「こ、ここここ珖璉様っ⁉　これはいったい……っ⁉」

　血相を変えた禎宇が寝台に駆け寄ってくる。が、珖璉は泰然としたものだ。

「禎宇。お前がそこまで狼狽(うろた)えている姿は初めて見るな」

「当然でございましょう⁉　こんな、こんな……っ！」

　禎宇が大きな身体をわなわなと震わせる。鈴花もここぞとばかりに、一向に放してくれない珖璉をぐいぐい押し返した。

「どうして珖璉様が私の部屋にいらっしゃるんですかっ⁉　しかも、し、寝台になんて……っ⁉」

　話しているうちに、どんどん顔が熱を持ってくる。異性と同衾(どうきん)した経験など、あるわけがない。一瞬、まだ夢の中にいるんじゃないかと疑うが、背中に回された腕の強さも、揺蕩う香の薫りも、これは現実なのだと雄弁に伝えてくる。

　と、珖璉が悪戯っぽく微笑んだ。

「どうしてとはつれないな。そもそも、お前が放してくれなかったのだろう？」

「そ、そんなことしていませんっ！」

　愕然(がくぜん)とした様子の禎宇に凝視されたが、珖璉を寝台に招き入れた記憶など、まったく全然、天地神明に誓って、決してない。

　即座に言い返した鈴花に、珖璉が「何を言う」と笑う。

「夕べは、わたしの手を握ってあどけなく微笑んでいたではないか」

見惚れずにはいられない甘やかな笑みを浮かべた珖璉が、もう一度ちゅ、と額にくちづける。

「な、なななななになさるんですか――っ!?」

「こ、ここここ珖璉様っ!?　まさか、本当に……っ!?」

今にも気を失いそうな鈴花と禎宇を見た珖璉が、くつりと喉を鳴らす。

「冗談だ。鈴花が眠りながら泣いていたのでそばへ寄ったら、姉と間違えて手を握られてな。無下に振り払うのも可哀想（かわいそう）だったゆえ、そのまま……」

「な、なるほど……。しかし……」

珍しく渋面の禎宇に、珖璉が鼻を鳴らす。

「そこまで警戒することはなかろう。別に、子どもができることをしたわけでもあるまいし」

瞬間、鈴花は自分の顔が爆発したかと思った。

「あ、あああ当たり前ですっ！　なんてことをおっしゃるんですか!?　というか、いい加減お放しくださいっ！」

半泣きで訴えると珖璉がようやく腕を緩めてくれた。即座に布団をはねのけるようにして寝台から下り、ざっと夜着を確認するが、帯がほどけた様子はない。

「寝心地はなかなかだったぞ」

ゆったりと寝台に身を起こした珖璉に、禎宇が頭痛を覚えたように額を押さえる。

「不用意な発言は、わたしの寿命が縮まりますのでおやめください」

「お前がどんな想像を巡らせているかは知らんが、そもそも宦吏蟲で不可能だろう？」

うんざりした声を出した珖璉に、禎宇が「いいえ！」ときっぱりとかぶりを振る。

「珖璉様はご自分の影響力を甘く見積もってらっしゃいます。たとえ何もなかったとしても、珖璉様が侍女と同衾したという噂が広まれば、後宮がどれほどすさまじい混乱に陥るか……っ！」

その様子を想像したのだろう。わなわなと身を震わせる禎宇の様子に、鈴花にも恐怖が押し寄せる。

珖璉の供をしていただけでも、あれほどの憎悪の視線を受けたのだ。事故みたいなものとはいえ、珖璉と同じ寝台で眠ったという話が外に洩れてしまったらどうなるか。

「そんなものは杞憂に過ぎぬ。誰も知らなければ済む話だろう？」

「い、言いません！　絶対ぜったい、口が裂けても言いませんっ！」

珖璉の語尾を食い気味に力いっぱい宣言する。

今朝のことは夢だと思おう。犬にでも嚙まれたと思えばいい。でないと……。

珖璉と同衾しただけで死ぬなんて、あまりにも理不尽すぎる。

第三章　思惑渦巻く後宮で妃嬪達はあでやかに咲き誇る

龍華国の後宮では、妃嬪達には花の名が冠される。

梅、菊、蘭、牡丹の名で呼ばれるのが四妃とも言われる上級妃達であり、蓮、躑躅、桂花、水仙、芍薬、茉莉花、菖蒲、芙蓉、梔子の名を冠する九嬪が中級妃だ。さらにその下に定員のない下級妃達がいるが、現皇帝は四妃と九嬪までしか置いていない。

この十三人の妃嬪達が一堂に会する儀式のひとつが、間もなく行われる十三花茶会だ。十三花茶会の主催は一年交代で四妃が持ち回りすることになっており、今年の担当は牡丹妃である玉麗だ。

夾を捕らえ、盗まれていた装身具を回収した翌日。朝から鈴花や禎宇と騒がしいひとときを過ごした珖璉は、隙無く身支度を整えた後、ひとりで蘭妃である翠蘭の宮を訪れていた。鈴花には朔と二人で後宮の各棟を回り、禁呪使いを探索するように命じてある。

(取り繕ってはいるが、やはり、雰囲気が荒んでいるな)

取次ぎを頼んだ侍女が戻ってくるまでの間、それとなく蘭宮の様子を確認していた珖璉は、心の中で呟いた。主である翠蘭の勘気のせいか、珖璉に見惚れたり、媚を含んだ視線を送ってくる侍女達も、どことなくびくびくと怯えている様子だ。それでも上級妃の宮としての体面を保っているのは、翠蘭の気位の高さゆえだろう。

三か月前までは後宮内で一番の権勢を誇っていた点を考えると、その落差には隔世の感を禁じえない。

蘭妃が初めて身籠った皇帝の御子を流産したのは、三か月前だ。

今年三十二歳となる現皇帝・龍漸には、未だ一人も子がいない。

上級妃である翠蘭が男子を産めば、皇太子は確実。女子であっても皇帝の初の姫君として、翠蘭の権勢は後宮で並ぶ者がないほど高まるかと思われたが……。

翠蘭自身も周りの侍女達も細心の注意を払っていたにもかかわらず、腹が目立つようになる前に、赤子は流れてしまった。

流産した時の翠蘭の嘆きぶりは凄まじく、側近くに仕えていた侍女達は、主人の怒りを買って何人も解雇され、果ては、翠蘭が真っ先に懐妊したことを恨んで、他の妃嬪達が呪いをかけたのだという噂がまことしやかに流れたほどだった。むろん、官正である珖璉も調査に乗り出し、呪いによって流産したわけではないことを確認している。

だが、女の嫉妬が常に渦巻くのが後宮という場所だ。実際には何の力もないものの、翠蘭への呪詛が書かれた呪符だの木簡だのは、おびただしいほどに見つかった。

皇帝の寵愛の多寡と御子を授かるかどうかが妃嬪の権勢に結びつく後宮において、妃嬪同士の足の引っ張り合いは日常茶飯事だ。むしろ、それらの悪意に晒されても己を律し、敵意を受け流す強さを持った妃嬪でなくては、後宮で生き残れない。

珖璉には後宮内の不正を取り締まる役目と同時に、妃嬪の資質を見極める任務も皇帝より密かに下されている。

以前、皇帝が揶揄して言ったところによると、珖璉の美貌は試金石らしい。見目のよい宦官に心奪われる者など、妃嬪としてふさわしくないというわけだ。

今日の翠蘭の対応如何では、皇帝に報告せねばならぬやも知れぬ、と珖璉は心の内で考える。

流産以後、表向きは翠蘭の身体をいたわるためという理由で、皇帝のお渡りは一度もない。が、実際は翠蘭の激しい悲嘆を慰めるのを、皇帝が厭ったためだろう。

皇帝である龍漸は、第四皇子として生まれながらも、皇太子の死亡や、それに続く政争の中で皇位に昇りつめただけあって有能だ。だが、裏を返せば、冷徹で情に薄いということでもある。龍漸にとって、妃嬪とはあくまでも皇帝を悦ばせ、子を産む存在であり、皇帝のほうが妃嬪に気を遣うなどありえないのだろう。

だが、このまま皇帝のお渡りがなければ、翠蘭は荒れる一方だろう。後宮の治安を守る官正としては、それは困る。十三花茶会が近づく中、殺人事件が起こり、ただでさえ平穏が破られているのだ。これ以上のもめ事は勘弁願いたい。

翠蘭が落ち着くというのなら、皇帝へお渡りを進言してもよいやもしれぬ、と珖璉は顔には出さず考えを巡らせる。

そもそも珖璉が蘭宮を訪れた理由は、盗人を捕らえたことを報告し、盗品を返却するためだ。

被害届があったものと夾の供述を照らし合わせ、どの宮から盗まれたのか調べたのだ。一部、夾の記憶があやふやであったり、盗難されたと広まれば外聞が悪いと考えたのか、被害届が出ていない品もあったが、幸い妃嬪や侍女達は、それぞれに与えられた花を題材とした装飾品を身につけるのが慣例となっているため、ほとんど迷うことはなかった。

四妃の中で蘭宮に一番に来た理由は、気位が高い翠蘭は、後回しにされたと知れば、必ずや面倒事の種となるに違いないと判断したためだ。

「珖璉様。お待たせして申し訳ございません。蘭妃様がお会いするとおっしゃっております」

媚を含んだ声の侍女に案内され、翠蘭が待つ部屋へと通される。

「珖璉殿がいらっしゃるのは久方ぶりですわね。いったい、どんな御用かしら？　わたくしに呪いをかけた者がついに見つかりまして？」

両膝をついて恭しく挨拶を述べた珖璉に、開口一番、椅子に座した翠蘭が高圧的に問いかける。頭を垂れたまま、珖璉は内心で嘆息した。

三か月前、あれほど調べ、禁呪などがかけられた形跡はないと報告したというのに、翠蘭はまだ、流産の原因が他の妃嬪の呪いだという疑いに囚われているらしい。

　その身に宿す強大な《龍》の力ゆえか、代々の皇帝はあまり子宝に恵まれていない。身籠っても、月満ちる前に流れてしまうことも多いのだ。後宮が設けられているのは、皇帝の権力を示すためというだけでなく、一人でも多く皇帝の子が生まれる可能性を増やすという現実的な側面もある。

「いいえ。残念ながら本日は別の用件で参りました」

　顔を上げた珖璉の視界に、翠蘭の後ろに控える茱栴の姿が入る。

　茱栴は本来は後宮付きなのだが、懐妊した翠蘭が身を守るために護衛として欲し、一時的に蘭宮付きとなった。そのまま、流産した今も、呪われたと信じ込んでいる翠蘭は茱栴を手放そうとしない。珖璉にとってはこれも頭の痛い問題のひとつだ。だが翠蘭の様子を見る限り、茱栴の解放はまだまだ先になりそうだ。

「後宮を騒がせていた盗人を捕らえることが叶いまして。本日は、盗まれた品をお返しに参ったのでございます」

　珖璉は手にしていた小箱を開け、絹布に包んであった蘭の透かし彫りが入った簪を翠蘭へ見せる。蘭宮の侍女の一人から被害届が出ていたものだ。

　珖璉の返答に翠蘭が細い眉をひそめる。期待していた内容と違っていたためだろう。

「被害届を出した侍女の物で間違いないかどうか、確認していただけますか」

珖璉の言葉に、控えていた侍女の一人が緊張した様子で進み出て、簪を確認する。

「は、はい。確かにわたくしの簪でございます」

頷き、簪を受け取ろうと手を伸ばしたところで。

「珖璉殿」

翠蘭のとがった声に、侍女は怯えたように動きを止めた。

「せっかくお持ちいただきましたが、持ち帰って処分してくださいます？　盗人が手をふれた物を侍女が身につけるなど……。主であるわたくしの身まで穢れるようですわ」

見るのも嫌だと言いたげに美しい面輪をしかめた翠蘭が冷ややかに告げる。険のきつい顔立ちには、ありありと嫌悪が浮かんでいた。盗まれた侍女がやけに怯えていたのは、翠蘭の怒りを恐れていたためかと得心する。おそらく、管理が甘かったせいで盗人などにつけ入られたと、ひどく責められたに違いない。

「これはこれは、蘭妃様のお心にまで考えが及ばず、誠に失礼いたしました」

珖璉は反論せず、恭しく頭を垂れて謝罪する。

「蘭妃様のお望み通り、こちらはわたしが持ち帰り、責任をもって処分いたしましょう」

精緻な彫金が施された銀の簪は、この一本だけで庶民なら一年は遊んで暮らせるほどの値打ち物だが、裕福な高官の娘である翠蘭にとっては、路傍に咲く花ほどの価値もないのだろう。

もし鈴花が翠蘭の言葉を聞いていたらどんな反応をするのだろうと、珖璉は埒（らち）もない想像を巡らせる。お仕着せが麻から綿へ変わっただけで感動していた鈴花のことだ。

「えっ⁉　ほんとにいらないんですか⁉　だったらいただいてもよろしいですか⁉」くらい言い出しそうだ。粗相をしそうだったため鈴花は置いてきたのだが、もし連れてきたら、さぞかし面白いものが見られたに違いない。

他愛のない妄想に、わずかに気分が晴れる心地がする。が、あくまで顔は生真面目な表情を崩さない。

「お時間をいただき、ありがとうございました。では、わたしはこれにて――」

「珖璉殿」

いとまの口上を翠蘭が遮る。

「陛下から何かお言葉を賜ってはいないかしら？　陛下のご厚情でもう十分静養させていただきましたわ。感謝の気持ちをお伝えしたくて、先日、陛下に文を送ったのですけれど……。まだお返事をいただけておりませんの」

期待に満ちたまなざしに、内心で嘆息する。皇帝の心の内を珖璉が知るわけがない。が、ここで下手な返答をすれば、翠蘭が機嫌を損ねるのは明らかだ。

「申し訳ございません。陛下からご伝言を承ってはおりません。まもなく執り行われる

『昇龍の儀』のお支度でお忙しいのではないかと推察いたしておりますが……」

「あら。でも牡丹宮に通われるお時間はおありなのでしょう」

翠蘭の声が険を帯びる。

皇帝の寵愛の行方は、妃嬪達にとって何よりの重要ごと。妃嬪自身は滅多に宮から外出しないが、侍女達によって、皇帝の動向は逐一主へ報告される。

翠蘭が言う通り、翠蘭の懐妊と流産により、皇帝の寵愛はいまや牡丹宮の主・玉麗が独占しているといっていい状態だ。翠蘭の懐妊前は、蘭妃と牡丹妃へのお渡りが多く、次いで菊妃、梅妃だったが、現在はお渡りのほとんどを牡丹妃・玉麗が占めている。

「きっと、十三花茶会の主催であるのをよいことに、陛下に相談をもちかけ、お手を煩わせているに違いありませんわ。忌々しいこと……」

翠蘭がまるで見てきたように吐き捨てる。

四妃が持ち回りで主催する十三花茶会は、今年は玉麗が主催だ。

そういえば翠蘭への皇帝の寵愛が深まったのは、去年、翠蘭が主催を務めてからだと気づいたが、口に出しては何も言わない。

「陛下の深遠なお考えは、わたしのような凡夫ではわかりかねます。ですが……」

視線を伏せながら恭しく述べる。

「十三花茶会で蘭妃様があでやかに咲き誇るさまが陛下のお耳に入れば、陛下もお心を動かされるやもしれませぬ」

　翌日に昇龍の儀が控えているため、皇帝は茶会には臨席しない。が、王城で行われる昇龍の儀と、龍華国の繁栄を祈願して行われる十三花茶会は表と裏のようなもの。茶会の成否は必ず皇帝の耳に入る。

「確かにその通りですわね。牡丹妃などに後れを取るわけにはまいりませんわ。後宮で最も美しく、陛下にふさわしい花は誰なのか、皆に示してさしあげなくては」

　勢い込む翠蘭の言葉に安堵する。こう言っておけば、たとえ玉麗が気に食わないとしても、茶会の邪魔はすまい。

「わたしも、蘭妃様のお美しいお姿を拝見できるのを心待ちにしております」

　駄目押しで翠蘭へ世辞を述べ、珖璉は蘭宮を辞して次の上級妃の元へ向かった。

　蘭妃のあと、菊妃、梅妃の宮を訪れ、四妃の中で珖璉が最後に向かった先は、玉麗が住まう牡丹宮だった。

「まあっ、珖璉。来てくれて嬉しいわ」

　にこやかに珖璉を迎えてくれた玉麗は二十代半ばの女ざかりで、皇帝の寵愛を一身に受けているという自信からか、もとからの美貌がさらに磨かれ、光り輝くようだ。

珧璉が返却しにきた盗品を自ら確認していた玉麗が、牡丹の図柄が刻まれた銀の簪を手に取る。牡丹の花弁の部分に珊瑚があしらわれた見事な細工だ。

「こちらの簪ですけれど」

玉麗が手にした簪は、被害届が出ていなかったものだ。だが、牡丹の飾りならば牡丹宮の誰かの物に違いないと持参したのだが。

「これは、おそらく芙蓉妃の物ですわ」

玉麗の言葉に珧璉は己の早計を悔やんだ。教育が行き届いた牡丹宮の侍女ならば、主の怒りを恐れて盗難の被害を隠すことなどあるまい。

妃嬪が身に着ける装飾品は己に与えられた花を題材としたものがほとんどだが、上位の妃嬪が、下位の妃嬪の後ろ盾となっていることを示すために、自分の花をあしらった品を下賜することがある。

そういえば、玉麗の家は芙蓉妃・迦佑の実家を庇護していたと、珧璉は今さらながらに思い出す。迦佑の存在感があまりに薄いため、すっかり頭から抜け落ちていた。

芙蓉妃・迦佑は、後宮に入ってまだ一年足らずの二十歳の妃だ。だが、その名が人々の口に上ることは滅多にない。後宮へ上がってすぐ、皇帝のお渡りがあった際にひどい粗相をしたらしく、以来、一度もお渡りがないというい わくつきの中級妃だ。

もともと内気で引っ込み思案な性格らしく、ずっと宮に引きこもっている状態だ。そんな状況でも暇を出されていないのは、皇帝が中級妃達にはあまり興味を示していないのと、迦佑を追い落としてまで娘を後宮に入れたいと願う貴族が現れていないためだろう。もちろん、押しも押されもせぬ名門大貴族である玉麗の実家が、迦佑の後見であるということも一因だ。

迦佑から被害届が出ていなかった理由は、あろうことか玉麗から下賜された簪を盗まれたと、畏れ多くて言い出せなかったためだろう。牡丹宮からの被害届の中になかった時点で、それに思い至るべきだった。

手抜かりを悔やんでいると、珖璉の表情を読んだかのように玉麗が穏やかに微笑む。

「誤解したのも無理はないわ。この簪には、牡丹しかあしらわれていないのだもの。後宮へ上がった芙蓉妃が挨拶に来られた日に、わたくしの簪を褒めてくれて……。芙蓉妃があまりに緊張していたものだから、お守り代わりにと、その場で簪を贈ったの。可哀想に、きっと盗まれたことが明るみに出るのを恐れて、届けられなかったのでしょう」

玉麗に怒っている様子はない。むしろ迦佑に同情的だ。

「珖璉。この簪はあなたから芙蓉妃に渡してもらえるかしら。わたくしが芙蓉宮を訪れては目立ってしまうもの。あなたからのほうがよいでしょう。その際に、わたくしは怒ってなどいないと伝えてくれる？　それと、十三花茶会を楽しみにしているわ、と」

「かしこまりました。芙蓉妃様にとっては、初めて参加される十三花茶会。不安なくご参加いただけるよう、牡丹妃様のお心遣いをしっかりとお伝えいたします」

「ええ、お願いね」

花の顔(かんばせ)をほころばせた玉麗が、

「……で」

と、不意に悪戯っぽい笑みを浮かべ、わくわくした様子で身を乗り出す。

「あなたが宮女をそばに置いたという話で、後宮中がもちきりよ？　今まで側仕えは宦官ばかりで、頑なに侍女は置いていなかったというのに、いったいどういう心境の変化なの？　あなたが侍女に選ぶなんて、いったいどんな子なのかしら。侍女達からは鈴花という名前だということしか聞いていないのよ」

矢継ぎ早に質問を繰り出す玉麗の瞳は、好奇心で輝いている。

「まさか、わたくしに隠し事なんてしないでしょう？」

笑顔で圧をかけてくる玉麗に、これは隠し立てしても無駄だと珖璉は早々に察した。こうなった玉麗が決して追及の手を緩めぬことを、珖璉は長年の経験で身に染みて知っている。

茶会が迫る中、盗人は捕まえられたものの、宮女殺しのほうはまったく手がかりが摑めていない。今後、鈴花が後宮内を動くにあたり、玉麗に見気の瞳のことを伝えて助力を約束してもらうことは、必ずや珖璉の利となろう。

そう己を納得させ、珖璉は小さく吐息して頷く。

「わかりました。牡丹妃様に請われては、話さぬわけにいきますまい。ですが……」

ちらりと目配せした珖璉に、打てば響くように応じた玉麗が人払いを命じる。頰を染めて珖璉と主のやりとりを見守っていた侍女達は、名残惜しげに、それでも素直に出ていった。応接間に残ったのは珖璉と玉麗、そして玉麗が幼い頃から仕えている侍女頭の三人だけだ。

「さあ、人目もなくなったし、もう堅苦しいのはなしよ」

侍女達が下がった途端、一段高く設えられた壇の上の椅子から軽やかに降りた玉麗が、片膝をついたままの珖璉に歩み寄って手を取る。

「牡丹妃様……」

困った声を上げた珖璉に、玉麗が美しい面輪をしかめる。

「嫌だわ。昔みたいに『玉麗姉様』って呼んでくれていいのよ？」

「もう、姉様と呼ぶ年ではないでしょう。……玉麗様」

妃嬪達は基本、与えられた花の名で呼ばれる。本来の名を呼ぶことが許されるのは、気心が知れた限られた者だけだ。

珖璉は苦笑して、手をつないだまま立ち上がる。立って向き合うと、玉麗の身長は珖璉の鼻くらいまでしかない。

「もう幼い童子ではないのですよ。ほら、玉麗様の背を抜いてから、何年経ったとお思いですか」

「あら。わたくしにとっては、あなたはいつまでも可愛らしい弟よ」

不満そうに玉麗を見下ろした珖璉に、気にした風もなくころころと玉麗が笑う。

弟といっても、血のつながった姉弟ではない。珖璉より五つ年上なだけだが、玉麗は珖璉の叔母にあたる。珖璉の父の一回り以上年の離れた妹が玉麗だ。

「せっかく同じ後宮内にいるというのに、あなたったら滅多に会いに来てくれないのだもの。たまに来てくれた時くらい、昔のように親しくしてもよいでしょう？」

玉麗が童女のようにぷくっと頬をふくらませる。そんな表情をしても玉麗の魅力は少しも損なわれることがない。

「官正であるわたしが、用もないのに足しげく通うわけにはいかぬでしょう」

玉麗に手を引かれるまま壁際の長椅子に隣り合って腰かけ、なだめるように告げると、玉麗がふくらませていた頬から、勢いよく息を吐き出した。

「まったく。身分を偽っていてさえ、思うように会えないなんて不便なものね。妃嬪も皇族も」

「……ですが、『龍璉（りゅうれん）』であれば、このように隣り合って座ることすらかなわぬでしょう？」

侍女頭が諦め顔で何も注意しないのをいいことに、ここぞとばかりに腕を絡ませてもたれてくる玉麗に、珖璉は余人には決して聞かせられぬ名を紡ぐ。

珖璉の本当の名は「龍璉」だ。龍華国において、皇族の男性のみに許された「龍」の字を冠する名。

龍璉の母は皇帝の姉だ。そして、皇帝の甥である龍璉は、皇帝に子がいない現在、唯一の皇位継承者でもある。本来ならば王城で数多の者にかしずかれ、皇帝の補佐をするべき龍璉が、身分を隠し、官正として後宮勤めをしているのは――ひとえに、皇位を狙う野心はないと、行動でもって皇帝に示すためだ。

そもそもの原因は、龍璉の祖父であり玉麗の父でもある大臣が、己の血を引く男子に皇位を継がせたいという野望に囚われたことに始まる。

手始めに祖父は、美貌の息子を皇帝の姉と娶わせた。それにより生まれたのが龍璉だ。玉麗が後宮へ入ったのも、祖父の差し金に他ならない。だが、強力な外戚が政を乱す事態を懸念した皇帝は、皇太子の不在を案じる高官達の再三の勧めにも、『御子ならば、これから何人も生まれるであろう』と、決して龍璉を皇太子として立てようとしなかった。翠蘭の流産が起こるまで、玉麗に深い寵愛を与えることがなかったのも、大臣を警戒したためだ。

龍璉自身、祖父の駒になる気など毛頭ない。だが、皇帝を除けば唯一の男性皇族であり、《龍》を喚ぶことのできる龍璉を、周りが放っておくはずがない。

兄皇子達との政争を勝ち抜き、皇位を手にした皇帝は、有能であると同時に非情でもある。龍璉の存在が皇位を脅かすと判断すれば、甥であろうともためらわずに粛清するだろう。そうならぬために龍璉が選んだ道が、身分を偽り、決して表舞台に出ることはない後宮の役人として皇帝に仕え、働きをもって忠誠を示すことだった。何より、後宮ならば、龍璉を己の野望の道具としか見ていない祖父の手からも逃れられる。

表向きには、龍璉は《龍》を喚び出す力こそ発現したものの、《龍》の強大な力に身体が耐えられず、公務につくこともかなわず屋敷の奥深くで静養中ということになっている。

龍璉が人前に姿を現すのは年に一度、昇龍の儀において皇帝とともに露台に立ち、民衆の前で《龍》を喚び出す時だけだ。

いっそのこと、昇龍の儀に出ずに済むのなら、龍璉に取り入ろうとする者も減るだろうに、民に龍華国の繁栄と安寧を信じさせるためには、たとえ張りぼてのお飾りといえども、皇位継承者の存在を示さねばならぬらしい。

珖璉自身は皇太子になりたいわけではない。皇位を欲してもいない。

だが、表舞台で己の力を試すことすら許されず、ただ皇子が生まれるまでの中継ぎとして飼い殺しにされている現状は、不本意以外の、何物でもない。

珖璉は己の隣でにこやかに笑う玉麗を見やる。玉麗が後宮に入ってから早三年。大臣の野望のせいで、上級妃として入ったにもかかわらず、なかなか皇帝のお渡りのない不遇をかこっていたはずなのに、玉麗からは暗い過去は微塵も感じられない。

翠蘭の流産がきっかけだったにせよ、現在、玉麗が皇帝の寵愛を独占しているのは、彼女自身が持つしなやかさが皇帝を魅了したからなのだろう。

甥として、また幼い頃は姉弟のように過ごしてきた者として、玉麗が幸せを掴むのは素直に嬉しい。何より、玉麗ほど皇后にふさわしい女人を、珖璉は他に知らない。玉麗ならば、いつかきっと皇后として立后するだろう。そして、皇帝を補佐し、龍華国をさらなる繁栄に導いてくれるに違いない。

だが、幸せを願うと同時に、陽の当たる場所を歩む玉麗への嫉妬が、胸の奥で軋むように疼く。

「難しい顔をしてどうしたの？」

玉麗の声に、珖璉は思惑の海から浮上する。敬愛する彼女に、嫉妬を覚えていたなど知られたくない。

「いえ、盗難事件は解決したものの、宮女殺しのほうは未だ五里霧中……。なんとしても、十三花茶会の前に解決せねばと考えておりました」

殺人事件も盗難事件も、箝口令を敷いている。だが、玉麗にだけは朔に文を託し、事件のあらましを密かに伝えていた。妃嬪の情報は、同じ妃嬪である玉麗のほうが得やすいので、情報を流してもらうためだ。

殺人犯の真意はわからぬが、十三花茶会が迫る中、殺人を繰り返しているということは、茶会の妨害が狙いに違いない。だが、上級妃である玉麗の力をもってしても、今のところ有用な情報は集まっていなかった。

今年の主催は玉麗だ。茶会が成功すれば玉麗の権勢は高まるが、不手際があれば失墜につながる。他の妃嬪は全員、皇帝の玉麗への寵愛を苦々しく思っていることだろう。つまり、容疑者は数え切れぬほどいるわけだ。

「盗難事件の犯人だって捕らえられたのだもの。遠からず殺人犯も捕らえられるに違いないわ。あなたが幼い頃から優秀なのは、よく知っているもの」

信頼に満ちたまなざしで玉麗が珖璉を見上げる。

「実は玉麗様にお伝えしたいことがございまして」

珖璉は鈴花の見気の瞳のことを、手短に説明した。

「あら。あなたが初めて侍女を得たというから、どんな理由かとわくわくしていたのに」

聞き終えた玉麗が、つまらなさそうに唇をとがらせる。

「見気の瞳がなければ、下級宮女を侍女として召し上げたりなどしませんよ。使いに出せば迷子になるわ、思いがけぬ言動を取るわ、まったく手のかかる……。あなたに迷惑をかけたくはありませんが、不慮の事態が起こった際はご容赦ください」

むろん、そんな事態を引き起こす気はないが、なんせ相手はあの鈴花だ。いったい何をしでかすのか、珖璉にも読めない。

「さあ、どうしようかしら？」

玉麗が思わせぶりに唇を吊り上げる。

「あなたの頼みだけれど、引き受けるかどうかは、その鈴花とやらを実際に見てから決めましょうか」

うきうきと楽しげに告げられ、絶句する。

「本気ですか⁉　鈴花はとてもではありませんが、玉麗様の御前に連れてこられるような礼儀作法は備えておりません。どんな失礼を働くことか……っ！」

必死で言い募る珖璉に、玉麗は何が楽しいのか鈴を転がすような笑い声を上げる。

「いいのよ。わたくしが会ってみたいのだもの。礼儀作法なんて気にしなくてよいわ。いつも冷静沈着なあなたにそんな顔をさせるなんて……。どんな子なのかしら！　今から楽しみだわ！」

珖璉は思わず憮然と己の顔に片手をやる。いったい何がこれほど玉麗を喜ばせているのか、さっぱりわからない。ただひとつはっきりしているのは、こうなった玉麗は絶対に言を翻したりしないということだ。

「……わかりました。近いうちに鈴花を連れてまいります」

鈴花のことを話したのは失敗だったかもしれないと悔やむが、今さらなかったことにはできない。珖璉は嘆息とともに玉麗に請け負った。

姉の優しい声が紡ぐ子守唄がかすかに聞こえた気がして、茂みの陰から通り過ぎていく宮女や宦官達を観察していた鈴花は、耳をそばだてた。幻聴だろうか。後宮に入ってから子守唄なんて聞いたことがない。皇帝には、未だに御子が生まれていないのだから。

だが、幻ではなく、かすかな歌声は確かに聞こえてくる。姉によく似た慈しみに満ちた優しい声。まだ鈴花が小さい頃、夜ひとつの布団に一緒にくっついて寝ながら歌ってくれた子守唄だ。

「朔さん、いますか？」

鈴花をここまで連れてきてくれた少年の名をそっと呼んでみるが、返事はない。

今日は珖璉が盗品の返却のために各妃嬪の宮を回っており、禎宇も別の用事があるということで、宦官の格好をした朔にここまで連れてきてもらった。

「ったく、珖璉様の頼みじゃなかったら、なんでこんな奴を……。違う！　そっちじゃない！　おいっ、ほんとに頭がついてるか⁉」

　と、文句を言いながらも、宦官達がよく行き来するという広い通路の近くまで案内してくれた朔は、

「また宮女に絡まれたら面倒だし、この木陰から怪しい奴を探せば？　言っとくけど俺は頼まれても助けないからな！　俺だって、いろいろ調べなきゃいけないことがあるんだから。動かなければ、さすがに迷子にもならないだろ」

　と一方的に告げると、さっさとどこかに行ってしまった。呼んでも反応がないなら、そばにいないのだろう。

　どうしよう、と迷う。来る道すがらも、

「俺は目立つわけにはいかないのに、なんでこいつのお守りなんかを……。いいか⁉　見気の瞳のおかげで、非の打ちどころのない珖璉様にお仕えできるという幸運に恵まれたんだからな⁉　そこんところを勘違いするなよ⁉　でなかったらお前みたいな間抜けが珖璉様の侍女になれるはずがないんだからな⁉　ご恩を感じてるんなら、目を皿のようにして怪しい奴を見つけろよ！」

　と、大いに叱咤(しった)激励してくれたのだ。勝手に持ち場を離れたと知ったら、きっと怒るに違いない。けれど。

（姉さんの声に、すごく似てる……）

そう思うだけで、居ても立ってもいられなくなる。もし本当に菖花だとしたら、一生悔やんでも悔やみきれない。

（ちょっとだけ……。歌っているのが誰か確認して、すぐに戻ってくれば……）

ぐずぐずしている間に去られたら大変だ。焦燥に急き立てられ、鈴花はそろりと茂みから離れた。かすかに聞こえる歌声を頼りに、茂みの間を通り過ぎ。

「あの……っ！」

歌いながらゆっくりと歩く若い女人の後ろ姿を見つけた鈴花は、大声で呼び止めた。

「なぁに？」

おっとりと女人が振り返る。その面輪は——髪飾りから垂れる薄い紗によって、隠されていた。

「どうしたの？」

「し、失礼いたしました！」

呆然と女人を見つめていた鈴花は、声をかけられ、あわててひざまずいて頭を垂れる。

女人が纏っているのは美しい絹の衣だ。おそらく、どこかの宮の妃嬪がお忍びで散策しているに違いない。

「綺麗なお声の子守唄が聞こえたので、いったいどなたが歌ってらっしゃるのかと思いましして、思わずお声をかけてしまいました」

妃嬪の不興を買ったのではないかという焦りに、あわあわと言を紡ぐ。声はそっくりだが、彼女は菖花ではない。姉ならば鈴花に気づかぬはずがない。

うつむいたままの鈴花の心に、落胆が広がっていく。一瞬、姉かもしれないと期待してしまった分だけ、落胆が激しい。と。

「ふふっ、素敵な歌でしょう」

女人が弾んだ声を上げる。

「眠れぬ夜に教えていただいたの。だから、今度はわたくしが歌ってあげるのよ」

愛情にあふれた優しい声に、鈴花は思わず顔を上げて女人を見た。紗の向こうの表情は見えない。けれど、声だけで彼女が幸せそうに微笑んでいるのがわかる。

姉に似た声の女人が幸せそうにしているのは、それだけで嬉しくなる。行方が知れぬ姉も、せめてどこかでこんな風に笑っていてくれたらと、心から願わずにはいられない。

それにしても、と鈴花は女人を見上げたまま、不思議に思う。彼女の全身にうっすらと《気》が見える。博青と同じ、薄い青の《気》と、清浄さを感じさせる白い《気》。

どういうことだろうとしげしげと見つめ、鈴花は《気》が彼女が纏う衣から発せられていることに気がついた。

「不思議なお召し物を着てらっしゃるのですね」

口に出してから、失礼だっただろうかとあわてる。が、女人は気を悪くした様子もなく、おっとりと頷いた。

「あら、わかるの？　蚕家の護り絹なの。悪いモノから守ってくれるんですって。博青が《気》をこめてくれたのよ」

うふふ、と女人が嬉しげに笑みをこぼす。

「護り絹、ですか」

掌服に入った時に聞いた覚えがある。

なんでも、代々宮廷術師の筆頭を務める蚕家の屋敷には、破邪の力を持つ御神木の桑が植えられていて、桑の葉を食べた蚕から紡ぎ出される絹糸は、御神木と同じ破邪の力を持っているのだという。そして、その絹で織られた布は護り絹と呼ばれ、同じ重さの金よりもさらに高価だそうだ。妃嬪の中には護り絹を纏う者もいるが、掌服の中でも許された一部の宮女を除いて、指一本ふれてはならないと厳命されている。もちろん鈴花は、見たのも今が初めてだ。

鈴花の目に白い清浄な《気》が見えるということは、破邪の力は本物なのだろう。ということは、やはりこの女人は妃嬪なのだ。

だが、いくらお忍びとはいえ、妃嬪が侍女もつけずに散歩していていいのだろうか。おっとりとした女人の様子からは、焦りなどはまったく感じられないため、ひとりきりのちょっとした冒険を楽しんでいるのかもしれない。

と、不意に近くの茂みが揺れる。飛び出してきたのは、五十歳くらいの侍女だった。

「お嬢様！」

女人の姿を見とめた途端、侍女が安堵と恐怖が入り混じった叫びを上げる。

「大切なお身体だというのに勝手に出歩かれるなんて……っ！　どれほどご心配申し上げたか……！」

裾を蹴散らすように駆けてきた侍女が、ひざまずく鈴花に気づいた途端、息を呑む。

鼻の横に目立つ黒子（ほくろ）がある侍女の顔から、一瞬で血の気が引いた。

「何者です⁉」

刃のように鋭い誰何の声に、あわててふたたび頭を下げる。

「こ、珖璉様の侍女で、鈴花と申します」

「珖璉様の⁉」

侍女の声は悲鳴に近い。顔を上げずとも、侍女からそそがれる視線の圧が強まったのがわかった。きっと、鈴花などが珖璉の侍女だなんてと呆れているのだろう。おとといさんざん投げつけられた敵意に満ちた視線を思い出し、つきりと胸が痛む。

「珖璉様の侍女が、こんなところで何をしているのです⁉」

「その……」

怪しいものを探していましたと、正直に言うことはできない。そもそも今の鈴花は、任務を放り出している状態だ。言い淀んでいると、助け舟は意外なところから出た。

「わたくしの子守唄を、褒めてくれたの」

嬉しそうに告げた女人の言葉に、好機とばかりに説明する。

「そうですっ。美しいお声に魅せられ、ついこちらへ参ってしまいました」

「わかりました。もうお黙りなさい」

ぴしゃりと言われ、あわてて口をつぐむ。何が原因かわからぬが、侍女の機嫌をひどく損ねてしまったらしい。

「あなたが聞いたのは子守唄だけ？　他にお言葉を交わした内容は？」

探るような声音で侍女が詰問する。鈴花はうつむいたまま、急いで口を開いた。

「お召し物が護り絹だとうかがいました。お話ししたのはそれだけです」

「ならば、この方がやんごとない御方であるとわかりますね」

「はい……っ」

否定は許さぬと言いたげな声に、こくこく頷く。

「この方は、本来ならばお前ごときが会うはずのない御方。今日のことは早々に忘れてしまいなさい。決して誰にも他言せぬように」

冷ややかに侍女が命じる。侍女が言うことはもっともだ。下級宮女だった鈴花が妃嬪に拝謁するなど、こんな偶然でもない限りありえない。

「よいですね？」

「はいっ！」

強い口調に弾かれたように首肯する。

「その言葉、ゆめゆめ忘れぬよう。さあ、下がりなさい」

「はい、失礼いたします」

視線を伏せたまま立ち上がった鈴花は、丁寧に一礼すると、背を向けそそくさとその場を離れる。きっとあの妃嬪は、侍女に黙って宮を抜け出したのだろう。細かい事情はわからないが、鈴花が知るべきではないことだけはわかる。

まだ若そうなあの妃嬪は、厳しそうな侍女に後で注意されるのだろうか。姉に似た声のおっとりした彼女が、あまり厳しく叱られなければいいなと思う。だが、きっと彼女に会うことは二度とないだろう。

早く持ち場へ戻らねばと鈴花は足早に歩く。が。

「あれ……？」

ここだと思って茂みを曲がった先にあったのは、見知らぬ建物だった。ここがどこかはわからないが、朔に指示された場所でないことだけはわかる。

「ど、どうしよう」

　このまま戻れなければ、さぼっていたのが朔にばれてしまう。あわてて引き返して別の道を行くが、出た先はまた見知らぬ場所だ。正しい道を思い出そうとしても、記憶がおぼろげで思い出せない。途方に暮れて立ち止まった、その時。

「おいっ!?」

「わぁっ!?」

　右手の茂みから怒声とともに朔が飛び出してきて、鈴花は悲鳴を上げた。驚愕に固まる鈴花に、吊り目をいつも以上に吊り上げた朔が足取りも荒く近づいてくる。

「持ち場を離れるなって言っただろ!?　どこに行ってたんだ!?」

　鈴花を探してくれていたのだろう朔の息は荒い。

「ごめんなさい！」

　がばりと頭を下げた鈴花に、抑えきれぬ怒りに満ちた声が飛んでくる。

「ごめんなさいじゃないだろ!?　持ち場でおとなしくしてろって、それだけのこともできないのかよ!?」

　容赦のない声に、鈴花はさらに謝罪を紡ごうとしていた唇を噛みしめる。朔の言う通りだ。勝手に持ち場を離れた上に、迷った鈴花が全面的に悪い。

「ちょっと変わった力を持ってるからって、自惚れてるんじゃないだろうな!?　珖璉様がどれほど大変かわかって――」

「朔？　鈴花もいるのか？」

不意に茂みの向こうから聞こえてきた美声に、朔がはっとして口をつぐむ。

朔が来たのとは違う方向から姿を現したのは珖璉だった。珖璉の姿を見た瞬間、朔がさっと片膝をついてひざまずく。鈴花もあわてて朔に倣った。

「妃嬪の宮へのご訪問は終わられたのですか？」

鈴花に対するのとは打って変わって恭しく問うた朔に、珖璉が「いや、あと一件残っておる」と応じる。

「そういうお前達は、朔が大声を上げるなど珍しいが、何かあったのか？」

珖璉の問いに、鈴花の肩が無意識に震える。

「申し訳ありません！　その、私が勝手に持ち場を離れて迷ってしまって……っ！」

珖璉にも叱責されるに違いないと声が震える。だが。

「何か、あったのか？」

案に相違して、珖璉から放たれたのは気遣わしげな声だった。

「え……？」

ぽかんと見上げた鈴花に、さも当然といった様子で、珖璉が言を次ぐ。

「お前は何の理由もなく、持ち場を離れたりはせぬだろう？　何か気にかかるものでも見つけたのか？」

穏やかな問いかけに、思わず涙があふれそうになる。何の証拠もないのに鈴花を信じてくれる人なんて、今まで、姉以外に会ったことがない。それなのに……。

珖璉の信頼を裏切ってしまうことに、心が裂けるように痛くなる。だが決して涙は見せまいと、鈴花は震える声を押さえつけるように、いっそう深くうつむいた。

「申し訳ありませんっ！　違うんです！　姉さんによく似た声が聞こえて、思わず追いかけてしまって……っ。でも、全然別の方で……」

泣いてはいけない。そうわかっているのに、落胆と胸の痛みに、どうしようもなく声が潤む。

「申し訳ございません……っ」

土下座し、地面に額をこすりつけようとした鈴花は、珖璉がこぼした溜息にびくりと震えて動きを止めた。これから落とされるだろう雷に身を強張らせていると。

「朔。調べた結果はどうであった？」

珖璉が静かな声で朔を呼ばう。朔が不承不承といった様子で口を開いた。

「菖花ですが、調べたところ、書類の上では二か月前に後宮を辞し、里帰りしたことになっておりました」

「でも、姉さんは故郷に帰ってきてないんです！　だから私が捜しに……っ！」

「落ち着け。書類上は、と朔も言っただろう？」

反射的に言い返すと、珖璉になだめられた。

「だが、書類まで整えられているとは予想外だったな。やけに手が込んでいる。まるで、菖花の失踪を誰にも不審に思われぬよう、細工を凝らしたかのように……」

考えをまとめるように、珖璉が低い声で呟く。

「菖花の失踪は、宮女殺しとは別なのか……？」

「そうなんですか⁉」

思わず立ち上がろうとすると、朔に「おいっ！」と叱られた。

「早まるな。まだ証拠があるわけではない」

珖璉にも釘を刺される。

「宮女殺しの犯人を捕らえられれば、一気に判明するのだろうが……。なにぶん、手がかりがまったく見つかっておらぬからな」

「珖璉様」

顔を上げた朔が珖璉を真っ直ぐ見据える。

「下手人の手がかりを見つけられず、情けない限りでございます。ですが、だからこそ今は余計なことは調べず、一点に集中するべきかと……」

朔が責めるような視線を鈴花に寄越す。案内してくれた時にこれから調べることがあると言っていたが、あれは菖花についてだったのだ。

「ああ、わかっておる。今回は詫びだ」

「詫び……？」

わけがわからず、首をかしげる。

「珖璉様にお詫びいただくようなことなんて、ないと思うんですけれど……？」

「当たり前だろう⁉　珖璉様がお前なんかに！　むしろお前が詫びなきゃいけないことばかりのくせに！」

ぼんやりと呟いた瞬間、朔に鋭い声で叱られる。

「はいっ、その通りです！　すみません！」

がばりと頭を下げると、珖璉の溜息が降ってきた。

「まあよい。ともあれ、今回の件はこれ一度きりだ。菖花のことをさらに調べてほしくば……。わかるな？」

「はい！　私が犯人の手がかりを見つけることができたら、姉さんのことをもっと調べていただけるんですよね⁉　私、頑張りますっ！」

「そう思うんなら、次から勝手に持ち場を離れるなよ⁉」

気合を入れて頷いた瞬間、朔の叱責が飛んできて、鈴花は「すみません！」とふたたび身を縮めた。

◆　◆　◆

鈴花や朔と別れた珖璉は、芙蓉妃・迦佑が住まう芙蓉宮へと向かった。

近づくにつれ、華やかな牡丹宮とは比べるのも気の毒なほど、陰気で寂れた芙蓉宮の様子が明らかになってくる。

無理もない。皇帝のお渡りが一年近くない、打ち捨てられたような宮なのだから。

まるで存在せぬかのように扱われている迦佑が、身分を偽り日陰で生きる己の境遇と重なり、珖璉はわずかに同情を覚える。本人の資質や家柄より、移ろいやすい皇帝の寵愛の多寡が権勢を決める後宮は、ある意味、非情極まりない世界だ。

突然、珖璉が訪れるとは誰ひとりとして予想していなかったのだろう。珖璉の姿を見た侍女達が浮足立つ。奥から礼を失さないぎりぎりの早足で駆けてきたのは、鼻の横の大きな黒子が特徴的な、五十がらみの侍女頭だ。

「な、何の御用でございましょう……？」

侍女頭の顔は蒼白だ。ついに皇帝から暇を出されると思っているのかもしれない。

「牡丹妃様より言伝を預かってまいりました。芙蓉妃様にお目通りを願いたい」

とっておきの笑みを浮かべた珖璉に、周りの侍女達がほう、と感嘆の吐息を洩らすが、侍女頭には通じなかったらしい。

「今をときめく牡丹妃様にお言葉をいただけるとは、光栄の極みでございます。ですが、申し訳ございません。迦佑様は人前に出られたくない――」

「それはいけませんね。体調がお悪いのですか？　牡丹妃様は、十三花茶会で芙蓉妃様とお会いできるのを楽しみになさっているというのに。医師を手配しましょうか？」

珖璉はあえて侍女頭の言葉を途中で遮る。玉麗のためにも、茶会で妃嬪がそろわぬという事態は看過できない。この目で迦佑の様子を確かめておくべきだろう。

「いえっ、体調は何も……っ！」

疑われてはたまらないと、あわてた様子でかぶりを振った侍女頭が、観念したように吐息する。

「もう一度、迦佑様に確認してまいります。もう少々お待ちくださいませ」

しばらく待った後ようやく対面できた迦佑は、応接間の椅子に居心地悪そうに座し、顔には髪飾りから垂らした薄い紗をかけていた。

「申し訳ございません。不作法をお許しくださいませ。迦佑様は、憂いに沈んだ顔を光り輝くような美貌の珖璉様にお見せするのは恥ずかしいと申されておりまして……」

身を縮めて詫びる侍女頭に、

「お気になさらないでください。突然、訪問した非礼はこちらにあるのですから」

と、ゆったりとかぶりを振る。が、同時にそれとなく迦佑を観察することも忘れない。

珖璉が迦佑に会ったのは、後宮へ入った時、一度だけだ。その時も気弱でおどおどした令嬢だと思ったが、皇帝の不興を買って宮に引きこもっている間に、さらに悪化したらしい。芙蓉の花の彫刻が施された背もたれの高い椅子は、芙蓉宮の主であることを示すものだが、身の置き所がない様子で座るさまは、珖璉と迦佑のどちらが主でどちらが客かわからぬほどだ。これは玉麗が気にかけるのも頷ける。

「芙蓉妃様の花の顔を拝見するのは、十三花茶会の楽しみといたしましょう。牡丹妃様も、芙蓉妃様とお会いできるのを楽しみにしているとおっしゃっておられました」

十三花茶会には妃嬪としてふさわしい姿で参加するよう、言外に伝えたが、迦佑からは何の言葉もない。代わりに答えたのは、母親ほどの年齢の侍女頭だ。

「牡丹妃様からのありがたいお言葉、確かに承りました。華やかな茶会の空気にふれれば、迦佑様のお心も晴れることでございましょう」

応対も満足にできぬ迦佑を庇う様子は、まるで子猫を守る母猫のようだ。

「芙蓉妃様も茶会を楽しみになさっていると、牡丹妃様にはわたしよりお伝えしておきましょう。それと」

珖璉は懐から件(くだん)の簪を包んだ絹布を取り出す。

「牡丹妃様より、こちらを密かにお渡しするよう申しつかっております。牡丹妃様はこのたびのことをまったく怒ってらっしゃいません。むしろ、芙蓉妃様はご自分を責め、お心を痛めてらっしゃるだろうと……。それゆえ、わたしを遣わされたのでございます」

誤解を与えぬよう、説明したうえで絹布をほどいて簪を見せた瞬間、迦佑達が息を呑んだ。

「そ、それは、牡丹妃様より賜った簪……っ！」

侍女頭が今にも気絶しそうなかすれた声を上げる。

「芙蓉宮からは届け出がなかったゆえ、誤って牡丹宮へお持ちしてしまいまして」

玉麗が怒ってなどいないことをもう一度丁寧に説明すると、侍女頭が血色を取り戻して大きく頷いた。

「牡丹妃様のご配慮には、どれほど感謝を捧げても足りません……！」

庇護者である上級妃から賜った簪を盗まれるなど、もし相手が蘭妃だったら、とんでもない大事になっていたに違いない。叱責を受けるだけでは済まなかっただろう。

「牡丹妃様のご恩に応えられたいと思われるのでしたら……。為すべきことは、おわかりでしょう？」

「……かしこまりました」

珖璉の言葉に侍女頭が硬い表情で頷く。迦佑も無言でこくりと頷いた。気鬱だが、まともな判断力は残っているらしい。

「では、わたしはこれにて」

一礼して立ち上がり、踵を返そうとしたところで。

「あ、あのっ！ 珖璉様……っ！」

初めて、迦佑が口を開いた。

「何でございましょう？」

玉麗に礼を伝えてほしいとでも言うのだろうか。必死な声音に、珖璉はゆったりと微笑んで続きを待つ。

「あの……っ」

震える声で言い淀んでいた迦佑が、意を決したように顔を上げる。紗に遮られた瞳が、真っ直ぐに珖璉を見た気がした。

「珖璉様は最近、鈴花という名の宮女を側仕えにされたと耳にしました。その者は……。どのような者なのですか？」

「迦佑様！」

侍女頭が悲鳴のような声を上げる。

「はしたのうございます！ 皇帝陛下以外の殿方のことをお聞きになられるなんて！ いくら珖璉様が見惚れずにはいられぬ美貌の御方とはいえ……！ あのっ、珖璉様、違うのです！　これはその、侍女達が口さがなく噂しているのをたまたま耳になされて、興味を持たれただけでして……っ！」

侍女頭がなんとか取り繕おうとおろおろと言い訳を口にする。だが、珖璉は己の心がしんと冷えていくのを感じていた。

不要なほど整った顔立ちのせいで、宮女はおろか、宦官達からも熱い視線を送られる事態には慣れている。が、仮にも妃嬪の地位につく者が、その辺りの宮女と変わらぬのは憂うべき事態だ。皇帝のお渡りが絶えているのも、こういった軽はずみなところが原因かもしれない。

だが、迦佑のやけに必死な様子が珖璉の心に引っかかる。先ほどの声音は、単なる興味本位で聞いたようには思えなかった。しかし、玉麗でもあるまいし、迦佑が鈴花に何の用があるというのか。とはいえ妃嬪の問いに答えぬわけにはいかない。

「わたしの侍女、ですか」

まだたった四日しか経っていないというのに、驚くほど多彩な鈴花の表情が脳裏に浮かぶ。きょとんと惚けた顔、おろおろとうろたえる顔、姉のことに必死になっている顔、菓子を前にした時の輝くような笑顔。

とんでもない方向音痴で、食いしん坊で、お人好しで……。

鈴花のことを考えると、我知らず口元が笑みの形を描く。ほう、と侍女達が感嘆の吐息を洩らしたのがかすかに聞こえた。ささくれ立っていた気持ちがゆるりとほどけていくのを感じながら、珖璉は返事を紡ぐ。

「甘い菓子が大好きな……。そばで見ていて、飽きぬ者ですよ」

華やかな牡丹宮の応接間で、全身に冷や汗をにじませながらひざまずいて頭を垂れる鈴花は、未だに状況を把握できていなかった。

いったいどういうことなのだろう。二日前の偶然の出会いを除けば、中級妃にさえ拝謁したことのない鈴花が、まさか四妃の一人である牡丹妃の宮に招かれるなんて。

「ほ、本日は牡丹妃様に拝謁の栄誉を賜り、恐悦至ぎょっ！」

死ぬ気で覚えろと珖璉に叩き込まれた挨拶の途中で舌を噛み、痛みに呻く。

「ひょ、ひょうえつしぎょくにぞんじまふ……っ」

不明瞭になりつつも痛みをこらえて口上を言い切ると、周りに控える侍女達から失笑が洩れた。恥ずかしいやら情けないやらで、かぁっと頬が熱くなる。やっぱり、鈴花などがこんな華やかな場所に来るなんて、身の程知らずだったのだ。

だが牡丹妃・玉麗は鈴花のしどろもどろな挨拶を意に介した様子もなく、

「あなたが鈴花ね。来てくれて嬉しいわ」

と何やら上機嫌だ。

「珖璉は上役としてどうかしら？　厳しくて毎日泣いているのではなくて？」

「と、とんでもございませんっ！」

玉麗のご下問に、鈴花は顔を伏せたまま、ぶんぶんと首を横に振る。

「珖璉様はとてもお優しいです！　道に迷ったら引き戻してくださいますし、わからぬことは教えてくださいますし、それにえっと……。あっ、おいしいお菓子をくださいますっ！」

気合をこめて珖璉の素晴らしさを讃えたのに、なぜか玉麗に吹き出された。

「……わたしの一番の価値は菓子なのか？」

憮然とした珖璉の声に、失敗したのだと気づく。心なしか、周りにいる侍女達の視線の圧が高まった気がする。

「あのっ、えっと……っ」

頭が真っ白になって何も思い浮かばない。鯉みたいに口をぱくぱくさせていると。

「ふふっ、なんて楽しい子かしら！　わたくしの侍女にしたいくらいだわ！」

玉麗がころころと鈴が転がるような笑い声を上げる。

「恐れながら、おやめになられたほうが賢明かと。牡丹宮の品位が一気に下落してしまいます」

真面目くさった声で進言した珖璉に、玉麗がさらに笑う。

「大丈夫よ。無理やり召し上げたりしないから安心なさい」

「いえ、わたしがご心配申し上げているのは、牡丹妃様で……」

珖璉の言葉を軽やかに無視した玉麗が、「鈴花」と呼びかける。

「面を上げることを許します」

「は、はい。ありがとうございます」

さらに深く頭を下げてから、そろそろと顔を上げる。一段高く設えられた壇に置かれた椅子に、優雅に座していたのは、天上の仙女もかくやというたおやかな美女だった。

珖璉を除けば、こんなに美しい方は見たことがない。いや、珖璉のように薄ぼんやりとしておらず、はっきり見える分、玉麗に軍配が上がる。玉麗がいるだけで、部屋の中に光が満ち、芳しい薫りが広がってゆくような気がする。不敬だとわかっているのに、目が離せない。

だが、何より鈴花の目を捕らえたのは。

「どうしたの？」

くすくすと笑いながら玉麗が尋ねる。

「牡丹妃様のお美しさに、驚嘆しているだけでしょう」

すげなく珖璉が応じるが、玉麗は納得しない。

「あら。そんな様子ではないようだけれど……。どうしたの？　言ってごらんなさい」

「いえっ、あの……っ」

どうすればよいかわからない。縋るように隣でひざまずく珖璉を見つめると、

「牡丹妃様のご下問だ。失礼のないよう、重々気をつけてお答えせよ」

と諦めた様子で促された。

「その……っ」

珖璉に背中を押され、玉麗に視線を戻す。

やっぱり見間違いではない。優雅に座る玉麗の中に。

「ぼ、牡丹妃様のお腹に、かすかな光が宿っているのが見えます……っ」

告げた瞬間、珖璉と玉麗が同時に息を呑んだ。玉麗が白い繊手で己の腹部を押さえる。

「光の色はわかるか⁉」

嚙みつくように問うたのは珖璉だ。

「ぎ、銀色の光です……っ」

うっかり「珖璉様と同じ」と続けそうになり、あわてて口をつぐむ。

「まさか……。わたくし自身も自覚はないというのに……。鈴花！　偽りではないのですね⁉」

玉麗がお腹を押さえたまま、身を乗り出して問う。偽りは許さぬと詰め寄る迫力に気圧され、鈴花はこくこくと頷いた。

「はいっ！　まだ小さく弱々しい光ですが、確かに……っ！」

術師ではない玉麗からは《気》の色は見えない。ということは、銀色の《気》はお腹の子どもが放つ《気》に違いない。

だが、なぜ珖璉と同じ銀色の光なのだろう。それとも、狭い村で暮らしていた鈴花が知らないだけで、銀の《気》を持つ者は何人もいるのだろうか。確かに、後宮に来て珖璉の侍女になってからというもの、今まで想像もしなかったことばかり起こっている。

が、今の状況は疑問を口に出せる雰囲気ではない。

玉麗が感嘆とも呆れともつかぬ吐息をこぼす。

「あなたが侍女にするだけあると言うべきか、本当に思いもかけない事態を引き起こす子ね。──珖璉」

玉麗の呼びかけに、珖璉がさっと一礼する。

「はっ、ただちに医師を手配いたします」

「ええ、お願い。それと……」

「存じております。このことは、他言無用でございますね」

打てば響くように応じた珖璉の声は、緊張を孕んでひどく硬い。

珖璉が立ち上がったのを皮切りに、周りの侍女達があわただしく動き出す。

「行くぞ、鈴花」

「はいっ」

珖璉に促され立ち上がろうとした鈴花は、玉麗に呼び止められた。

顔を上げた鈴花と玉麗の視線がぱちりと合う。幸福に光り輝く玉麗の面輪は、同性の鈴花ですら思わず見惚れるほど美しかった。

愛おしげに腹部に手を当てながら、玉麗が花のように微笑む。

「教えてくれて、ありがとう。感謝します」

「も、もったいないお言葉でございます」

一瞬で頬が熱くなり、目の前がくらくらする。

まさか、鈴花などが、雲の上にも等しい存在の玉麗に礼を言ってもらうなんて。

「おいっ⁉」

ふらついたところを珖璉に腕を摑まれる。

「急にどうした⁉」

「ぼ、ぼぼぼ……っ、牡丹妃様がお美しすぎて、感動で……っ」

やっぱりこれは夢なのではなかろうか。それにしては、珖璉の腕がやけに力強い気がするが。

「……今頃か？」

珖璉の呆れ声に、玉麗の笑い声が重なる。

「本当に楽しい子だこと。鈴花、今日のお礼に後でお菓子を届けさせましょうね」

「えっ⁉ よろしいんですか⁉ ありがとうございますっ！」

深々と頭を下げると、玉麗が吹き出した。

「ころころと表情が変わる子ねぇ。これは、珖璉が可愛がる気持ちもわかる気がするわ」

「お言葉ですが、わたしは鈴花を可愛がったことなどありません」

間髪入れず、珖璉が憮然とした声で抗議する。

「あら。では、今はそういうことにしておきましょうか」

楽しくてたまらないとばかりに優雅に笑む玉麗に見送られ、鈴花は腕を放した珖璉の後について牡丹宮を出た。

塵ひとつなく掃き清められた石畳を進み、牡丹宮から離れたところで、鈴花は今さらながら不安に襲われ、珖璉の凜々しい後ろ姿を見上げておずおずと尋ねる。

「あの、珖璉様……。私、もしかしてとんでもないことを口にしてしまったんでしょうか……？」

妃嬪の懐妊が後宮の一大事だというのは、鈴花でもわかる。にもかかわらず、雰囲気に呑まれて考えなしに口にしてしまった。

　不安を隠さず問うた鈴花に、珖璉が重々しく頷く。

「今回のことが広まれば、後宮に大きな動きが起こるのは確かだろう。だが」

　息を呑んだ鈴花をあやすように、珖璉の大きな手が鈴花の頭を撫でる。

「お前は牡丹妃様のご下問に答えただけだ。責任を感じる必要はない。なにより、早めに知れたのは、牡丹妃様にとってもよいことだ。茶会の主催ゆえ、お忙しくなさっていたが、さすがにお身体をいたわられるだろうからな」

　玉麗を案じる珖璉の表情は、別人のように優しい。

　鈴花の頭を撫でる手は不安を融かすかのようだ。わけもなく鼓動が速くなり、鈴花は熱を帯びてきた顔を見られまいと下を向く。鈴花を慰める手のひらが優しいのは、玉麗を思いやる気持ちの欠片がうつったからだろう。心臓がぱくぱくと高鳴っているのも、姉以外に頭を撫でられた経験がないからだ。ましてや、珖璉は本来なら鈴花などが仕えられない高位の官職なのだから、緊張してしまうのも当然だ。

「どうかしたのか？」

「いえ、珖璉様にそう言っていただいて安心しました！　ありがとうございます」

　いぶかしげな珖璉の声に、鈴花は礼を言ってさらに深く頭を下げた。

だが。

珖璉が箝口令を敷いたにもかかわらず。

「牡丹妃、ご懐妊」の報は、燎原（りょうげん）の火のように、一夜にして後宮中に知れ渡った。

◆　◆　◆

鈴花とともに牡丹妃を訪れた翌日の夜。

牡丹宮を辞して私室へと歩きながら、珖璉は無意識に深い溜息を吐き出した。桃の花の薫りをかすかに乗せた夜風が、嘆息を吹き散らしていく。

耳の奥で渦を巻いて巡るのは、揶揄するような皇帝の声だ。

「玉麗が男児を産めば、おぬしも、後宮から出られるやもしれんな、龍璉」

鎖につながれ飢えた犬の前で餌をちらつかせるような皇帝の表情が、頭から離れない。

「表にいようと後宮にいようと、わたしの務めはただひとつ。身を粉にして至上の御方にお仕えするだけでございます」

頭を垂れた己の声は、真摯に聞こえただろうか。ささいなことで皇帝の猜疑（さいぎ）心を買うような事態は御免こうむりたい。

今宵（こよい）、皇帝が牡丹宮を訪れた理由は、医師の診察を受けて懐妊が明らかになった玉麗をねぎらうためだ。そこに珖璉を呼んだのは、昇龍の儀を前に、珖璉に釘を刺しておきたかったからだろう。

「懐妊した玉麗に負担がかかっては困る。十三花茶会までには、後宮内に平穏を取り戻してほしいものだな」

絶大な権力を持つ皇帝にとっては、宮女の命など塵芥と同じ。

だが、それが寵妃に影響を及ぼすとなれば、捨ておけぬのだろう。

「お前とて、心おきなく昇龍の儀に参加したいだろう？　本来の身に戻れる数少ない機会だからな。――龍璉」

いたぶるように秘められた名を呼ばう皇帝に、珖璉は、

「我が身の不徳を恥じ入るばかりでございます。なにとぞ、今しばらくのご猶予をくださいませ」

と詫びるしかできなかった。実際、宮女殺しの犯人の手がかりはないに等しいのだ。

「陛下。珖璉はしっかり働いてくれておりますわ」

と庇ってくれたのは玉麗だ。

「たった一人の甥が可愛いのはわかりますが、わたくしもかまってくださいませ。今宵は陛下とわたくしの御子のために来てくださったと思っておりましたのに……。珖璉ばかりかまわれていては、寂しゅうございますわ」

拗ねたように唇をとがらせ、皇帝の腕に手を絡めて気を引く玉麗に、珖璉は心から感

謝した。珖璉は皇位など望んでいないというのに、ありもしない二心を疑われ続けるのは心が削がれていく心地がする。

「はっ、可愛いか。大の男を評する言葉ではないな」

「まあ。では、女であるわたくしでしたら、陛下に可愛いと評していただけるのでしょうか？」

皇帝へ向けた玉麗の笑顔は彼女を昔から知る珖璉でさえ、思わず見惚れるようなあでやかさだ。

「当たり前だろう？　でなければこうして訪れぬ。珖璉、もう下がってよいぞ」

用は済んだとばかりに手を払われ、牡丹宮を辞して私室へと戻っているのだが。

未だに手がかりひとつ摑めぬ下手人のことを思うと、嘆息しか出てこない。

襲われた宮女に共通点があるのではないかと調べたが、所属も年齢もばらばら、目についた者を手にかけたとしか思えない状況だ。十三花茶会が近いため風紀を乱さぬようにと、宮女や宦官が夜間に出歩かぬよう通達を出し、同時に警備兵も増やしてはいるが、なんせ後宮はひとつの町ほどの規模がある上に、建物や茂みも多く、死角が多い。目撃者の情報も、未だにひとつも得られていない。

だが、見気の瞳を得られたのは僥倖だ。

犯人はこちらに見気の瞳があるとは知らぬだろう。しかも、玉麗の懐妊に誰よりも早く気づいたように、鈴花の瞳は思いがけぬものまで見えるらしい。鈴花をうまく活用すれば、きっと犯人を見つけられるだろう。いや、必ず捕らえてみせる。

皇帝への拝謁で疲労した心を奮い立たせ、私室の扉を開けると、「お帰りなさいませ」と珖璉の帰りを待っていたらしい鈴花が出迎えてくれた。

ぱたぱたと駆け寄ってきた鈴花が、じっと珖璉を見上げて小首をかしげる。

「あのぅ、お疲れでいらっしゃいますか？　このところずっと働き通しで、あまり休まれてらっしゃらないのでは……？」

「ああ、まあな」

鈴花からそんなことを問われるとは思わず、戸惑いながら頷く。

禎宇と朔は忠臣だが、珖璉が無理をしている時は、無理をしなければならないだけの理由があると承知しているため、よほどのことがない限り尋ねてこない。その代わり、影に日向（ひなた）に珖璉を支えてくれる。というか、鈴花にもわかるほど疲れた顔をしていたのか。私室に戻って気が抜けたのかもしれない。

「あのっ！」

珖璉を見上げていた鈴花が、やけに気負った様子で口を開く。

「よろしければ、肩をおもみしましょうか？」

「……肩？」

思いがけない申し出に呆気に取られて呟くと、鈴花がわたわたと両手を上げ下げした。

「珖璉様はいつも夜遅くまで書類仕事をなさってらっしゃるでしょう⁉　ですので肩が凝ってらっしゃるんじゃないかと思いまして。私、肩もみだけは、姉さんにも褒めてもらってて……。だからえーっと……。あっ、でも私などがお肩にふれるなんて、不敬ですよね……？」

「肩もみか。たまにはよいかもしれんな」

頷くと、鈴花のつぶらな瞳がこぼれんばかりに見開かれた。

「よろしいんですか⁉」

「うん？　お前から言い出したのだろう。それとも、してくれぬのか？」

「いえっ、いたします！　させてくださいっ！」

珖璉に媚を売り、取り入ろうとする宮女などに肩をもんでほしいとは欠片も思わない。が、純粋に珖璉を心配してくれている鈴花なら、むしろ望むところだ。

「では、こちらにいらしてください」

鈴花に言われるまま、椅子に座ると、

「失礼いたしますね」

と背中に回った鈴花の手が肩に置かれた。かと思うと、ぐっぐっ、と肩をもまれる。

心地よさに思わず声を洩らすと、ぱっと鈴花の手が離れた。

「すみません、痛かったですか⁉」

「いや、大丈夫だ。続けてくれるか？」

「かしこまりました」

おずおずとふたたびもみ始めた鈴花が、驚きの声を上げる。

「珖璉様！　肩ががっちがちですよ⁉」

「そうなのか？」

「そうなのかじゃありませんっ！　こんなに凝ってらしたら、寝てもろくに疲れがとれないのではないですか？」

ぽんぽんと言いながらも鈴花の手は止まらない。気遣いといたわりに満ちた手が、肩だけでなく心までほぐしていくようだ。気を抜くと睡魔に襲われそうになる。あくびを噛み殺すと、

「そんなに疲れてらっしゃるなんて……。今日はお帰りも遅かったですし、何かあったんですか？」

と遠慮がちに問われた。

「ああ。今宵は皇帝陛下が牡丹妃様に会いに来られていてな。茶会までに、なんとしても宮女殺しの犯人を捕らえよと」

話すつもりのなかった言葉が、するりとこぼれ出る。案の定、鈴花が「ひぇっ！」と

悲鳴を上げた。

「そ、それは疲労困憊しちゃいますね……。私だったら、畏れ多くて気絶しちゃいそうです……」

まるで幽霊でも怖がっているような口ぶりに、思わず笑みがこぼれる。

お前がいま肩をもんでいるのは恐ろしがっている皇帝陛下の甥だぞ、と鈴花を驚かせてみたい悪戯心が湧き、すぐさま己を叱咤する。

身分を明かすことなど、決してできぬというのに。どうやら本当に疲れているらしい。

「洞淵様にご助力を願うことはできないんですか？」

珖璉の沈黙をどう受け取ったのか、鈴花がおずおずと提案する。

ちなみに、洞淵からは三日前に手紙が来ている。「鈴花が見たってゆー黒い靄だけど、間違いなく、人の命を糧にした禁呪だろーね。そーゆー禁呪は種類がありすぎて、特定はできないけど。せめて、これ以上は被害者を出さないようにするのがいいと思うよ？ っていうかさ、鈴花はどうしてるの⁉ 珖璉だけ独占しててズルイ！ 昇龍の儀の準備がなければ、ワタシだって後宮に入り浸るのにさ！ 鈴花でイロイロ遊びた――い！」と前半はともかく、後半はひたすら蛇足だった。

「確かに、洞淵は人格はともかく、術師としては一流だからな。助力を得られれば心強いが、筆頭宮廷術師として昇龍の儀の準備をないがしろにはできん」

「そうなんですね」

背後にいる鈴花の声がしゅんと沈む。

「まあ、お前を餌にすれば来るだろうが……」

取りなすように告げた途端、なぜか、もやりとした感情が胸の奥に湧き上がる。

「珖璉様？」

「いや。今日はここまででよい。おかげで少し疲れが癒やされた気がする」

かぶりを振って鈴花を振り向く。

「また、頼めるか？」

「もちろんです！　珖璉様のお役に立てるなんて嬉しいです！」

花が咲くような満面の笑みで頷いた鈴花が、あわてて言い足す。

「あっ、もちろん、禁呪使いを捜すのも頑張りますから……っ」

「ああ、頼んだぞ」

無意識に手を伸ばし、鈴花の頭を撫でる。

「わわっ⁉」

途端、鈴花からすっとんきょうな声が上がって、珖璉は思わず吹き出した。

◇　◇　◇

「鈴花、頼む」

「はいっ！」

私室に帰ってきた珖璉に呼ばれ、鈴花はぱたぱたと主へ駆け寄った。

ぐったりと椅子にもたれた珖璉の面輪には、疲労の色が濃い。無理もない。ここ数日、朝早くから夜遅くまで休む間もなく働き通しなのだから。禎宇と朔もまだ後宮内を走り回っているのか、帰ってきていない。気だるげな様子の珖璉は、かえって凄絶な色気を纏っていて、銀の光に包まれて薄ぼんやりとしていなければ、直視できそうにない。

噂に伝え聞いたところによると、珖璉が歩いているだけで、色気にあてられて仕事が手につかない宮女や宦官が続出しているのだという。

「すみません。私が迂闊なことを言ってしまったせいですね」

いつものように珖璉の後ろに回り、肩をもみながら鈴花はうなだれた。

申し訳なさで胸が痛い。鈴花が大勢の侍女がいる前で玉麗の懐妊を伝えてしまったせいだろう。箝口令が敷かれたにもかかわらず、いまや後宮中が玉麗の懐妊を知っている。

同時に、妊娠を望まぬ者達が暗躍しているのだ。呪いの言葉が書かれた呪具や木簡が見つかるのは可愛いほうで、昨日など食事に毒物が混入していたらしく、玉麗付きの毒見役が腹痛を起こした。もし玉麗が口にしていたらと思うと、ぞっと血の気が引く。

「御子のご誕生は喜ばしいはずなのに……。牡丹妃様はどれほどおつらい思いをなさっていることでしょう」

一度だけ拝謁した玉麗の美しい姿を思い出しながら沈んだ声でこぼすと、珖璉が吐息した。

「皆がお前のように、ご懐妊を純粋に喜んでくれればよいのだがな。実際にはそうもいかん。妃嬪達は皆、己の権勢を伸ばすため、しのぎを削っておるからな」

「ですが、《気》が宿るほど呪うなんて……っ」

恐怖のあまり、思わず身が震える。

報告のため珖璉の元に持ってこられた呪いの言葉が刻まれた物の半分近くが、うっすらと薄墨色の《気》を放っていたのだ。常人が《気》を放つことはほとんどない。だが、強い感情に支配された時だけは、薄く色を纏うのだ。

薄墨色の《気》は、怒りや嫉妬といった負の感情が凝り固まったものに他ならない。

「鈴花」

不意に、珖璉が肩をもんでいた手を摑む。鈴花の恐怖を融かすかのような、あたたかくて力強い手のひら。ほっとすると同時に涙がにじみそうになる。が、これでは肩がもめない。

「珖璉様、あの……？」

おろおろと声を上げると、指先を摑む珖璉の手にぐっと力がこもった。

「泣いているのか？」

立ち上がった珖璉が身体ごと振り返る。摑まれていない手で顔を隠して退こうとしたが、珖璉が腕を引くほうが早かった。

「ひゃっ⁉」

よろめいた身体が珖璉に抱きとめられる。ふわりと爽やかな香の薫りが揺蕩った。

「あの……っ⁉」

鈴花の声を無視して、珖璉の手が伸ばされる。目の端ににじんでいた涙を、長い指先が優しくぬぐう。そのまま大きな手のひらが頰を包み、そっと上を向かされた。

鈴花を真っ直ぐに見つめる黒曜石の瞳と、ぱちりと目が合う。鈴花には読み取れぬ不可思議な熱を宿したまなざし。珖璉の指先が頰から顎へとすべり、くいと持ち上げ――。

「珖璉様。いらっしゃいますか？」

扉を叩く音と同時に聞こえた博青の声に、珖璉が我に返ったように動きを止めた。

「何用だ？」

さっと身を翻した珖璉が扉へ歩み寄りながら応じると、「失礼いたします」と博青が入ってきた。

「また呪具が見つかりました」

「っ！」

博青が差し出した物を見た途端、鈴花は息を呑む。

それは、玉麗を模したとおぼしき、高さ七寸ほどの木彫りの人形だった。血文字だろうか、赤黒い字で「淫婦死すべし」と前面に大きく書かれ、腹部には五寸釘が裏まで貫きそうなほど深く刺さっている。深い憎悪がそのまま形を成したかのような呪具に、震えが止まらなくなる。

「そ、それ！　よくないモノです……っ！」

たまらず声を上げる。人を呪う物がよいもののはずがないが、それだけでなく。人形からのぼる薄墨色の《気》が、まるで獲物を探す蛇のようにゆらゆらと揺らめいている。

鈴花を見た博青が、やはりと言いたげに頷いた。

「よほど強い感情がこめられているのでしょう。これが埋められていた場所に、小さな蟲が集まっておりました。放っておいてはますます蟲を集め、疫病発生の原因になるのではないかと思い、すぐに掘り出してお持ちしたのです」

博青の説明によると、蟲が人に取り憑いて、病になる場合があるのだという。そして、人に害をなす蟲は、負の感情にひかれて、術師の手によらず勝手に界を渡って湧き出てくるのだと。蟲があまりに多く集まると、疫病が発生する場合もあるという。

「蘭妃様がご懐妊なさった時も後宮が荒れたが、今回はその比ではないな」

嘆息した珖璉が、博青から受け取った人形を右手で握る。

「滅せよ」

珖璉が呟くと銀の《気》が炎のように揺らめき、人形に宿っていた《気》が霧散した。

「どうだ、鈴花？」

「はいっ、もう薄墨色の《気》は見えません！」

こくこくと頷くと、珖璉が「後の始末はおぬしに任せる」と博青に人形を返す。

「しかし……。これでは牡丹妃様の身が心配だ。心根のしなやかな御方でいらっしゃるが、こうも敵意を向けられては、心より先に身体がまいってしまうやもしれん。今は大切な時期だというのに……」

珖璉が無力を嘆くかのように拳を握りしめる。

「わたし自身がずっと牡丹妃様についているわけにはいかぬ」

珖璉の声は地に沈みそうなほど低く、苦い。珖璉達を嘲笑うかのように、二日前にも宮女がまた一人、殺されている。珖璉や禎宇が休む暇もないのは、ただでさえ十三花茶会の前で忙しい上に、宮女殺しの犯人捜しに加え、ここ最近は玉麗を害そうとする不埒者の取り締まりまでしなければならないためだ。

「博青。茉梅を……」

「差し出がましいことを申し上げるのは恐縮でございますが」

何やら言いかけた珖璉を遮って、博青がかぶりを振る。

「牡丹妃様のご懐妊により、蘭妃様はひどくお心を乱されておられるようでございます。己の流産は牡丹妃様の陰謀だと断じ、証拠を探してくるよう、毎日侍女達を責め立てているとか」

妃嬪への遠慮ゆえか言葉こそ控えめだが、博青の表情も声音も、それ以上のものを感じさせる。引き寄せられるように鈴花は博青が持つ呪いの人形を見つめた。

もしかしたらこれは、蘭妃が指示したものかもしれない。

「蘭妃様は、茶会の主催と懐妊を機に牡丹妃様が一気に皇后の座に昇りつめようとしていると、疑心暗鬼に囚われていらっしゃいます。いま茉梅を蘭妃様から外し、牡丹妃様付きにすれば……」

「……手に負えなくなるに違いない、か」

苦い声で呟いた珖璉に、博青が無言で、だがきっぱりと頷く。

「わかった。残念だが、茉梅は茶会が終わるまで蘭妃様につけておくのが無難であろう」

「はい……。茉梅も苦労しているようでございます」

博青が同情を隠さぬ声音で頷く。

鈴花は、珖璉に仕えることになった翌朝に一度会ったきりの美しい女性術師を思い出す。あの時も巻物を抱えてあわただしく退室していたが、蘭妃はかなり厳しい主人なのだろう。厳しいながら、決して無体な要求はしない珖璉に仕えられた幸運に、今さらながら感謝する。

「わかった。もう下がってよい。今宵も見回りをしていたのだろう？　あまり無理をするでないぞ。お前も大切な宮廷術師なのだからな」

「ありがたいお言葉でございます。ですが、わたしが今できるのは、この程度に過ぎません。またご指示がありましたら、何なりとお申しつけください」

恭しく一礼した博青が退室する。扉が閉まると同時に、珖璉が心の底からの嘆息を吐き出した。

「まったく。思うようにならぬことばかりだな」

鉛のような疲労をにじませる珖璉の姿に、鈴花の心まで締めつけられる。少しでも珖璉の役に立てることはないだろうか。役立たずの鈴花にできることなど、限られている。それでも、わずかなりとも珖璉のためにできることはないかと、知恵を絞り――。

「あのっ、珖璉様！　寝室へまいりませんか!?」

ありったけの勇気を振り絞って告げると、珖璉が目をむいた。愕然とした表情に、鈴花は己が言葉足らずだったと気づく。

「そ、そのっ、お肩だけじゃなくて、全身をもみほぐしたら、少しは疲れも取れるんじゃないかと思いまして……っ」

変な誤解をさせてしまっただろうか。鈴花と珖璉が、なんて、そんな事態などありえるはずがないのに。

呆気にとられた顔で鈴花を見つめていた珖璉だが、ようやく頭が動き出したらしい。瞬きしたかと思うと、ふはっと思いきり吹き出される。

「そうか。それほどわたしを気遣ってくれるか。では、その気持ちを無為にしてはならんな」

くつくつと楽しげに喉を鳴らした珖璉が、「おいで」と鈴花の手を引いて歩き出す。

「あの……？」

「わたしを癒やしてくれるのだろう？」

寝室へとつながる扉を開けながら、珖璉がからかうように告げる。

「はい！」

掃除のために寝室に入ったことは何度もある。が、珖璉と一緒に入るのは初めてだ。

「《光蟲》」

珖璉が呟くと、それまで何もなかった空中で銀の光が渦巻き、光蟲が姿を現す。ぱたぱたと羽ばたいた光蟲が寝台の縁にとまり、暗い室内をほのかに照らす。

「どうすればよい？」

「ええっと、寝台にうつぶせになっていただけますか」

珖璉が鈴花の言葉に従って、掛け布団をのけた寝台にうつぶせになる。

「失礼しますね。もし痛かったりしたら、お教えください」

身を乗り出し、珖璉の背中や足をもんでいく。どこもかしこも、筋肉が張ってがちがちだ。よくこんな身体で毎日働いてらっしゃるなと、感心するより先に、珖璉の健康が心配になってくる。

「鈴花。お前の姉のことだが……」

「はいっ」

もみ始めてすぐ、珖璉がうつぶせのまま話し出す。まさか姉の話題が出るとは思っていなかった鈴花は、うわずった声で返事をした。

「菖花が里帰りしたという文書を誰が偽造したのか、まだ摑めておらん。門番も調べさせたが、菖花らしき宮女が出た形跡はない。宮女や宦官が無断で後宮を出るのは、そう簡単にできることではない。何か策を弄したのなら別だが……。まだ、後宮内にいる可能性はある」

「お忙しいのに調べてくださったんですか⁉　ありがとうございます！」

感激に声が震える。まさか、これほど忙しい中、姉のことを調べてもらえるとは思わなかった。

「怪しい者の出入りがないか調べたついでだ」

珖璉の声はそっけないが、鈴花には気にならない。

「それでも、姉さんについて調べていただけたなんて、本当にありがとうございます！　なんとお礼を申し上げればよいか……っ！」

「それなら」

珖璉がふと何かを思いついたように、悪戯っぽい声を出す。

「何か話してくれ」

「ええっ⁉　話すって、何をですか⁉」

「なんでもよい。お前の他愛のない話は心がほぐれる」

「急にそう言われましても……」

こんなことが礼になるのなら、応じないわけがない。とはいえ、いったい何を話せばいいのか。困って周りを見回した視線が、寝台の縁にとまる光蟲を捉える。

「そういえば、昇龍の祭りの灯籠が飾られて、後宮がいつも以上に綺麗ですよね！　私、光蟲の灯籠なんて、後宮へ来て初めて見ました！　幻想的でとっても綺麗ですねぇ」

今も窓の向こうに広がっている景色を思い描き、鈴花はうっとりと声を出す。

昇龍の祭りの時に家々の軒先に灯籠が灯されるのは、建国神話にちなんだ風習だが、なんと後宮では蠟燭の代わりに光蟲を光源として入れているのだ。

光蟲が羽ばたくたび、さまざまな色の薄い紗を通してちらちらと光が揺れるさまは、仙境に迷い込んだような心地がする。昼間も綺麗だが、夜となればさらに美しい。

「ひたすら光蟲ばかり喚ばねばならん宮廷術師達は大変らしいがな。洞淵が毎年、文句を言っている」

「なんだか想像できる気がします」

たった一度会っただけだが、洞淵の人となりは強烈な印象を残している。

くすくすと笑った鈴花は、そういえば珖璉に聞きたいことがあったのだと思い出した。他愛なさすぎて申し訳ないくらいだが、今なら聞けそうだ。

「あのぅ、王都に住んでいる方は、王城前の広場に集まって昇龍の儀で皇族の方々が喚ばれた《龍》を見ることができるって、聞いたことがあるんですけれど……。後宮からでも、《龍》は見えるんでしょうか？」

「ああ。天高く昇った時なら小さく見えるかもしれんな。……見たいのか？」

意外そうに問い返す珖璉に「もちろんです！」と大きく頷く。

「だって、《龍》を見ながら願い事をしたら、叶うって言われているんでしょう⁉　一日も早く姉さんが見つかるようにってお願いするんです！」

「そう、か。そんな風に心待ちにしている者がいるとは、考えたこともなかったな」

「珖璉様？」

うつぶせのままこぼされた呟きがよく聞き取れず問い返すと、やにわに珖璉が寝返りを打った。

「あの……、はわっ⁉」

かと思うと、急にぐいと腕を引かれる。体勢を崩して倒れ込んだところを、珖璉の力強い腕に抱きとめられた。ふわりと珖璉の香の薫りが揺蕩う。

「こ、珖璉様⁉」

うろたえた声を上げた鈴花の耳に、珖璉の低い呟きが届く。

「お前は、いつもわたしの気づかぬことを教えてくれるな」

「あ、あのっ、お放し……」

身動ぎしても、珖璉の腕はまったく緩まない。逃れようとするが、珖璉の腕は重さを増すばかりだ。髪が乱れるのもかまわず、何とか戒めから抜け出して。

「珖璉様？」

抗議しようとした鈴花は、珖璉が目を閉じ、寝息を立てているのに気がついた。疲労のあまり、気絶するように寝落ちてしまったのだろう。

「寝てらっしゃるんです、よね……？」

おそるおそる問いかけるが、反応はない。このままでは、絹の衣に変なしわがついてしまうのではないかと心配になるが、健やかな寝息を立てる珖璉を起こすのは忍びない。銀の光を纏う面輪は、思わず魅入ってしまいそうになるほど端麗だ。さっきからずっと心臓がぱくぱくと騒ぎ続けている。

「えっと……。失礼いたします」

こんなところを禎宇や朔に見られたら、何を言われるかわからない。鈴花は寝台の端に寄せられていた掛け布団をそっと珖璉にかけると、そそくさと部屋を出た。

今日も今日とて、鈴花は禎宇と一緒に後宮内のあちらこちらをうろついていた。

珖璉に仕えてからというもの、ほぼ毎日歩き回っているので足がぱんぱんだ。とはいえ、毎日朝早くから深夜まで働き通しの珖璉や禎宇達に比べたら、何ほどのこともない。

最初の日は珖璉と歩き回ったものの、それ以降は珖璉が忙しくなったため、今は禎宇か朔が迷子防止のために一緒に回ってくれている。珖璉と一緒だと宮女達の視線が突き刺さるため、正直、鈴花としてはこちらのほうがありがたい。

本当は鈴花一人で回ればいいのだろうが、「お前は糸の切れた凧だからな。迷子になったお前を探す方が手間だ」と、決して一人でうろつくなと珖璉に厳命されている。鈴花自身、毎日歩いているものの、どこがどこやらさっぱりわかっていないため、もし一人だったら確実に迷子になる自信がある。

毎日、足を棒にして歩き回っているのは、もちろん禁呪使いの手がかりを摑むためだ。だが、鈴花が見たどす黒い靄は、初めて見た夜以来、一度も見ていない。その代わりとばかりに。

「禎宇さん、ここから薄墨色の《気》が立ち昇っています」

「よしきた」

鈴花の言葉に、禎宇が慣れた様子で鍬で地面を掘り起こす。出てきたのは、玉麗の流産を願う呪いの言葉が刻みつけられた五寸ほどの長さの木簡だ。

「また……」

鈴花は土を払った木簡を手にし、かぼそい声で呟く。

木簡からは、負の感情がこめられていることを示す薄墨色の《気》が揺らめいている。いったい、どれほどの人間が玉麗の懐妊を憎んでいるのだろうか。禁呪使いの手がかりはまったく見つからないのに、玉麗を呪う呪具はこれでもかとばかりに見つかる。まだ午前中だというのに、今日はこれで七個目だ。

「これも、珖璉様に祓っていただかないといけませんね」

術師なら、この程度の《気》など簡単に祓えるらしいが、見気の瞳を持っていても術師としての修練をまったく積んでいない鈴花は、やり方すらわからない。ろくに役に立てていない己が情けなくてうなだれていると、鈴花の手から取った木簡を肩にかけていた布袋に放り込んだ禎宇が、慰めるように頭を撫でてくれた。

「大丈夫、牡丹妃様は強い御方だ。面と向かって言うこともできない輩の嫉妬や憎しみなんかに、負ける御方じゃない。何より、悪意が凝り固まって悪い蟲を喚ばないよう、こうして回収してるんだ。だから大丈夫だよ」

「禎宇さん……っ！」

目から鱗が落ちた心地だ。禎宇の言う通りだ。直接、玉麗に立ち向かう勇気がないから、呪具などという卑劣な手段をとるのだ。玉麗がこんな卑怯者に負けるはずがない。

「おっしゃる通りですね！　じゃあ私達は、牡丹妃様に害意が及ばないように、悪いものを見つけてしっかり祓わないと！　もちろん、本命もしっかり探しますけれど！」

忙しい中、姉についてわざわざ調べてくれた珖璉の厚意に応えるためにも、これ以上の犠牲者を出さぬためにも、何としても禁呪使いの手がかりを見つけなくては。

ぐっと拳を握りしめ、気合を入れたところで。

「禎宇様！　よかった、ようやく見つけられました！」

三十歳ほどの侍女が、息を切らして駆けてくる。牡丹の花が刺繍されたお仕着せを着ているところを見るに、玉麗の侍女らしい。

「大変なんです！　牡丹妃様が……っ！」

「何事ですか⁉」

穏やかな面輪を瞬時に険しくした禎宇が侍女に問う。鈴花達の元まで駆けてきた侍女が荒い息のまま、かぶりを振った。

「そ、それが……。私もよくわからないのですが、牡丹妃様が至急、珖璉様に来ていただきたいとおっしゃったのですが、珖璉様が捕まらず……っ！」

牡丹宮は上を下への大騒ぎになっており、とにかく珖璉か禎宇を探すようにと命じられて何人もの侍女が走り回っているのだと、息も絶え絶えに説明する。

「お願いです、禎宇様！　すぐに牡丹宮へ来ていただけませんか⁉」

玉麗の身に何かあったのだろうか。先ほど見つけた木簡や、先日、博青が持ってきた釘を刺された人形などが脳裏をよぎり、血の気が引く。

「わかりました。すぐに向かいましょう」

厳しい顔で言った禎宇が、一瞬だけ鈴花を見やる。考えるより早く鈴花は口を開いていた。

「私はもう少しこの辺りを調べてから珖璉様の私室へ戻ります！　ですから禎宇さんはすぐに牡丹宮に行ってください！」

女の足では禎宇に迷惑がかかるに違いない。

「鍬と袋も、私が持っておきますから」

玉麗への呪いがかけられたものを本人に見せるわけにはいかない。

「悪いが、頼む」

鈴花に鍬と呪具が入った袋を預けた禎宇が気ぜわしく侍女を振り向く。

「すまないが、この子についてやってくれ。わたしはすぐに牡丹宮へ向かうから」

言うが早いが、侍女の返事も待たずに禎宇が駆け出す。どうか、玉麗が無事でありますようにと祈りながら、鈴花は禎宇の大きな背中を見送った。

建物の角を曲がった禎宇の姿が見えなくなったところで、いぶかしげに侍女に尋ねられる。

「ついてやってくれって言われたけれど、いったい何をしていたの？」

「その、呪具がないか調べているんです」

「呪具？」と不思議な顔をした侍女に、なんと説明すればいいだろうかと悩む。珖璉には、見気の瞳のことは不用意に洩らすなと命じられている。

「ええっと、何というか、嫌な気配を感じる物を探すというか……」

しどろもどろに告げた途端、侍女が息を呑んだ。

「私、さっきここへ来るまでに、すごく嫌な気配を感じた場所があったの！」

「どこですかそれは⁉　案内してください！」

思わず身を乗り出す。常人である侍女がそんな風に感じるなんて、もしかしたら禁呪使いの手がかりが残っているのかもしれない。

「こっちよ。ああ、重いでしょう。持ってあげる」

「いえ、申し訳ないですから」

遠慮したが、結局、侍女に押しきられて鍬を渡す。

侍女に案内されたのは、人気のないさびれた蔵のひとつだった。

「なんだか、この蔵が不気味に感じて……」

「ここ、ですか……？」

侍女は気味が悪いというが、鈴花には、《気》らしきものは何も見えない。戸惑っているうちに、壁に鍬を立てかけた侍女が扉を開けた。どうやら鍵はかかっていないらしい。

「そうなの。中に何かよくないモノがあるんじゃないかしら？」

「では、ちょっと見てみますね」

侍女が開けてくれた扉から中を覗いた途端。

どんっ！　と力任せに背中を押される。

「ひゃっ⁉」

よろめいた拍子に抱えていた布袋を落とす。足を踏み出し体勢を整えるより早く、扉の陰から伸びてきた腕が鈴花を絡めとった。

どうして蔵の中に見知らぬ男が、と驚く間もなく腰に腕を回され引き寄せられる。

とっさに叫ぼうとした口に細い竹筒を突っ込まれる。

口の中に流れ込んできた物を反射的に飲み込んでしまう。苦みのある液体に混じって、ぬるりとなめくじのようなものが喉を通り、全身が粟立つ。

同時に苦みと熱が喉を灼いた。

何を飲まされたのか。

わからない。だが、これがよくないモノだということだけはわかる。

本能が命ずるままに吐き出そうとすると、いきなり口をふさがれた。がさがさと荒れた大きな男の手。窒息するという恐怖に、呻きながら必死に身をよじる。

胃が熱い。頭ががんがんして身体に力が入らない。

がくりとくずおれた拍子に、男の腕がほどける。

早く吐かないと。

「うぅ……っ」

空気を求めて喘ぎながら床に手をつき身を起こそうとすると、男がのしかかってきた。

魚でも引っ繰り返すように力任せに仰向けにされた拍子に、床に後頭部をぶつける。

「なんだ。ずいぶん警戒していたが、なんてことはねぇ。かよわい小娘じゃねえか」

鈴花に馬乗りになった男が、へへへ、と嘲る。

飲まされたもののせいだろうか。視界が霞む。一回り以上体格のいい男にのしかかられて、怖くてたまらない。

これから何をされるのか。怖い。恐ろしい。けれど。

恐怖に鳴る奥歯をぐっと噛みしめ、必死に男を睨みつける。

「あ、あなたが、宮女殺しの犯人なんですか……っ⁉」

声がかすれてうまく出ない。

けれど、決して逃すものかという気持ちを込めて男を睨みつける。

だが、鈴花の決意を嘲笑うかのように男が唇を吊り上げた。にちゃあ、と音が聞こえそうな、粘ついた笑み。

「そんなことを聞いてどうする？　これから殺されるってのに」

「っ！」

真正面から殺意を叩きつけられ、息を呑む。

凍りついた鈴花の反応を楽しむように、男がくつくつと喉を鳴らした。

「ああ、やっぱりそうやって怖がってもらわなきゃなぁ。張り合いがないぜ」

満足そうに呟いた男が、不意に暴れて乱れた衣の裾から手を差し込んでくる。ざらざらと荒れた手のひらに足を撫で上げられ、一瞬で全身が総毛立つ。

「いや……っ」

必死で抗い、男を押しのけようとするが、男は鈴花の抵抗などものともせずに歪んだ笑みを浮かべながらのしかかってくる。と、ちっ、と忌々しげに舌打ちした。

「くそっ、アレがあれば、もっと楽しめたってのによぉ」

べたべたと肌にふれていた手が引き抜かれ、ほっとしたのも束の間。

男の両手が、首にかかる。

「っ！」

男の手を掴み、爪を立てて引きはがそうとするが、大きな手は離れるどころか、じわじわと力を込めてくる。

苦しい。怖い。

恐怖に突き動かされ全力で暴れる。だが、男の手はびくともしない。

息ができない。耳の奥でがんがんと音が鳴る。

どうして。なぜ自分が殺されなければならないのか。

わからぬまま、鈴花の意識は昏い闇へと沈んでいった――。

◆　◆　◆

「珖璉様！」

　取り乱した禎宇の声に振り返った珖璉は、血相を変えて駆け寄る忠臣の姿を見とめた。

「牡丹妃様に何事か起こったようでございます！」

　昔から珖璉に仕える禎宇は、珖璉の本当の身分や玉麗が叔母であることを知っている。禎宇の言葉に珖璉は眉をひそめた。

「牡丹妃様に？　先ほど牡丹宮を辞した時には、特にお変わりはなかったが」

「っ⁉　侍女に呼ばれて牡丹宮へ行かれたのですか⁉」

「いや、呼ばれてはおらぬ」

　かぶりを振った珖璉の言葉に、禎宇が凍りつく。滅多に穏やかさを失わぬ禎宇の急変に、珖璉の警戒心が反応する。今日、禎宇は鈴花についていたはずだ。だというのに。

「鈴花はどうした？」

「それが、侍女に牡丹宮が大変なことになっているので、至急来てほしいと請われまして、侍女に鈴花のことを頼んで別れたのですが……」

　話しながら、禎宇の顔から血の気が引いていく。が、珖璉はろくに見ていなかった。

「《感気蟲》！」

知っている《気》であれば、その《気》の主を追うことができる蟲を喚び出す。禁呪使いの《気》はわからぬが、鈴花の《気》ならば労もなく思い出せる。

蜻蛉によく似た姿をした感気蟲が、珖璉の指示に応え、鈴花の《気》を察知して羽ばたく。

風を斬るように飛ぶ感気蟲を追う。術師でないため蟲が見えぬ禎宇も、主の後を追って駆けてくる。

一歩進むたび、嫌な予感がひたひたと胸に押し寄せる。珖璉の侍女という立場に嫉妬した誰かの悪戯ならばよい。だが――。

人気のない一画まで飛んできた感気蟲が、扉が開いたままの古びた蔵へ迷いなく入る。

続いて駆け込んだ珖璉が見たものは。

床に組み伏せられた鈴花と、彼女に馬乗りになって首を絞める男の姿だった。

激昂に、一瞬で思考が灼ける。

「《刀翅蟲》！」

刃の羽を持つ蟲を喚び出し、男の首を掻き斬ろうとして。

「珖璉様！」

禎宇の叫びに、わずかに冷静さを取り戻す。刀翅蟲が男の背中を斬り裂き、男が悲鳴を上げて転がり落ちるように鈴花から降りた。

「鈴花！」

男が離れた途端、身体を丸め激しく咳き込む鈴花に駆け寄り、抱き起こす。空気を求めて苦しげに喘ぐ鈴花の面輪を見ただけで、刃を差し込まれたように胸が痛む。

「む、むし、を……っ」

荒い息の中、苦しげに鈴花が呻く。視界の端で床に転がる竹筒に気がついた。胃を掻きむしるように着物の合わせを握りしめ、ひどく苦しげな鈴花の様子に、もしや《毒蟲》を飲まされたのかと、疑念が浮かんだ瞬間。

珖璉は鈴花の顎をつかみ、無我夢中でくちづけていた。くちづけから己の《気》を送り込む。どんな強力な毒蟲であろうと、鈴花を傷つけることなど許さない。即座に滅してやる。

唇を離すと、鈴花がはっ、と息を吐き出した。まだ荒いが、苦しげな表情が少し緩んだ気がする。と、不意に腕の中の身体が重みを増した。

「おいっ!?」

気を失っただけ——。

理性ではわかっているのに、心がどうしようもなく粟立つ。飲まされたのが毒蟲だけとは限らない。一刻も早く、医師に診せなくては。

気を失った鈴花を横抱きにし立ち上がったところで、珖璉はようやく禎宇が男を縛り上げているのに気がついた。鈴花の姿を見た途端、男のことなど頭から消し飛んでいた。

「よくも、わたしの大切な侍女を傷つけてくれたな」

ほとばしる怒りのままに男を睨みつけると、「ひぃぃっ！」と男が情けない悲鳴を上げた。

「ただで済むと思うな。禎宇、引っ立てろ！　それとすぐに医師を呼べ！」

禎宇に命じ、踵を返す。足早に歩いても、腕の中の鈴花はぐったりと目を閉じたまま身動ぎもしない。きゅっと眉を寄せた面輪を見るだけで、斬られたように胸が痛む。

自分で自分を殴ってやりたい。鈴花が襲われる事態を、予測してしかるべきだったというのに。

鈴花は侍女達の前で、玉麗に宿る銀の光を言い当ててみせた。玉麗の懐妊が広まったのならば、同時に見気の瞳のことも広まっていると考えるべきだった。禁呪使いにとって、見気の瞳を持つ鈴花は脅威に違いない。鈴花の排除に動く恐れがあったのに警戒を怠ったのは、珖璉の過失以外の何物でもない。

鈴花を横抱きにして脇目もふらず歩む珖璉を、すれ違う宮女や宦官達が何事かと振り返っていく。だが、余人の視線に気を向ける余裕など、今はない。

私室の扉を肩で押し開け、内扉でつながった鈴花の寝室に足を踏み入れる。壊れ物を扱うようにそっと寝台に下ろすと、鈴花がかすかな呻き声を上げた。

「鈴花」

呼んでも鈴花は苦しげに眉を寄せたまま、目を開ける気配がない。床に膝をつき、頬にそっとふれようとして。

首に刻まれた赤い手形に気づいた瞬間、珖璉は怒りに奥歯を嚙みしめた。

「《癒蟲》」

即座に、傷を癒やす力を持つ蟲を召喚する。羽も脚もない白い芋虫のような姿をした癒蟲が鈴花の首筋に融けるように消えていき、赤い手形がゆっくりと薄れていく。

こんな手形がつくまでかよわい乙女の首を絞めるなど、言語道断だ。今からでも、あの男を怒りのままに叩っ斬ってやりたい。

血の気が引いた面輪は、いつもくるくると表情が変わる鈴花とは別人のように表情がない。癒蟲は怪我には効くが、毒を消すことはできない。

早く医師が来てくれと、居ても立ってもいられぬ気持ちになる。いっそのこと、代われるものなら珖璉が代わってやりたい。

鈴花が襲われている姿を見た時、一瞬にして怒りで我を忘れた。禁呪使いにつながる貴重な手がかりだというのに、禎宇が止めてくれなければ、男の首を掻き斬っていただろう。

それほど、胸を灼いた怒りは苛烈で激しかった。

己以外の男が鈴花にふれるなど許せぬ、と。

心の内で洩れた呟きに、珖璉は息を呑む。今、自分は何を考えたのかと。

最初は、珍しい見気の瞳を得られたと単純に喜んだだけだった。珖璉が官正として後宮で生き残るため、犯人を見つける手立てになればいいと。道具に等しい存在のはず、だったのに。

なんと愚かな娘だろうと呆れていた。せっかく稀有な力を持つというのに、使い方も知らぬ上に、この広大な後宮で何の当てもなく姉を捜しているとは。さらには、罪人の他人を助けるために、姉の情報を得られる機会を自ら放棄するなんて、と。

鈴花の言動はいつも突拍子がなくて、それゆえに目が離せなくて。

女人など、玉麗などのごく一部を除けば、珖璉の美貌と身分だけを見て媚を売ってくる存在だと思っていた。けれど鈴花のまなざしはいつも裏表がなく、真っ直ぐで――。

毎晩、鈴花に肩をもんでもらいながら、癒やしと同時に渇きを感じていた理由が、今わかった。

自分が求めているのは――。

「鈴花」

そっと指先で頰を辿る。目覚めて微笑んでくれるだけでいい。そのためならば、できることは何でもする。だから。

「どうか、早く目覚めてくれ……。鈴花」

祈るように、珖璉は愛(いと)しい少女の名を呼んだ。

嫌だ。怖い。気持ち悪い。誰か――っ！

「嫌……っ！」

己の上げた悲鳴で、鈴花は目を覚ました。

「鈴花！」

途端、目の前にとんでもなく整った珖璉の面輪が飛び込んできて、悲鳴を上げる。

「す、すまん」

「い、いえ……」

初めて見る叱られた犬のようにしょんぼりしている珖璉の様子に、おろおろと首を振り、寝台に身を起こす。まだ日も高いというのに、どうして寝台にいるのか。

疑問に思った瞬間、意識を失う寸前のことを思い出す。

「っ⁉」

「鈴花！」

着物の合わせを握りしめ、ほとばしりそうになった悲鳴をこらえた瞬間、ぎゅっと珖璉に抱き寄せられた。自分より大きな身体に、男にのしかかられた時の恐怖が甦り、反射的に突き飛ばしそうになる。

だが、かぎ慣れた香の薫りが、鈴花を襲った男とは別人なのだと教えてくれる。

「大丈夫だ。もうお前を傷つける者はおらぬ」

珖璉の力強い声が、ゆっくりと心に染み込む。背中を撫でるいたわりに満ちた大きな手のひらが、氷を融かすように強張りをほどいてゆく。

「珖璉様が、助けてくださったんですか……？」

男の重みが離れ、身体が楽になったのは薄ぼんやりと覚えているが、正直なところ気を失った後、何がどうなったのか、まったくわからない。

「恐ろしいことを思い出す必要はない。男はすでに捕らえた。何も心配はない」

鈴花に回された腕に、ぎゅっと力がこもる。

「どうだ？　身体につらいところはないか？」

問われて、蟲を飲まされたことを思い出す。無意識に震えた身体をなだめるように、珖璉の大きな手が背中を撫でてくれる。

「私……。何かの蟲を飲まされて……っ」

「蟲ならば、わたしが滅した。医師にも来てもらい、お前が眠っている間に薬湯を飲ませたが、まだ身体に違和感があるか？」

言われてみれば、口の中にかすかに苦みが残っている気がする。だが、これが飲まされた毒のものなのか薬のせいなのか、判然としない。

「その……。首も癒蟲で治しておいた」

言いづらそうに珖璉が告げた途端。

首を絞められた時の恐怖が一気に甦り、呼吸ができなくなる。

「……っ！」

もう首を絞められてはいないのに、息ができない。恐怖に全身が粟立つ。

「鈴花⁉」

急変に珖璉の美貌が凍りつく。

「大丈夫だ！　もうあの男はいない！」

首を押さえ、身体を丸めようとする鈴花の顔を両手で包み、珖璉が強引に上げさせる。

「わたしを見ろ。大丈夫だ、ゆっくり息を吐け。何があろうと、わたしがそばについている」

身体の芯にまで届くような力強い声とまなざし。視線を合わせると、安心させるように優しい笑みが返ってきた。とんとんと背中を軽く叩く拍子に合わせて必死に息を吐くと、吐ききったところで自然に息が吸い込めた。が、加減がわからず咳き込んでしまう。

「ゆっくりでよい。焦るな」

優しい声とともに、あたたかな手がずっと背中を撫でてくれる。

ようやく、鈴花の呼吸が落ち着いたところで。

「恐ろしい目に遭わせて、本当にすまなかった……っ！」

がばりと深く頭を下げられ、度肝を抜かれる。

まさか、主である珖璉にこんな風に詫びられるなんて想像もしていなかった。

「お、おやめください！　謝らなければいけないのは、ご迷惑をおかけした私のほうですっ！　お願いですからお顔を上げてくださいっ！」

「だが……」

珖璉はなかなか顔を上げようとしない。

「珖璉様に頭を下げられているほうが、どうすればいいかわからなくて、頭が痛くなってしまいます！」

とにかくこの状況を打破したくて必死に言い募ると、うつむいたまま、珖璉がふはっと吹き出した。

「お前はいつも予想もつかぬことを言うな」

くつくつと笑いながら身を起こした珖璉が、そっと鈴花を抱き寄せる。ふわりと爽やかな香の薫りが揺蕩った。

「あ、あの……っ」

胸がぱくぱくと騒ぎ出す。こんな風に異性に抱きしめられたことなんてない。

さっきも抱き寄せられたが、あれは鈴花を落ち着かせるためで……。

今はもう落ち着いているのだから不要だ。むしろ、逆にどきどきしすぎて落ち着かない。鼓動が速くなりすぎて、心臓が壊れるんじゃないかと思う。

「こ、珖璉様……！　胸が……っ」

ぎゅっと胸元を押さえ、かすれた声を出すと、珖璉が息を吞んだ。

「まだ毒の影響が残っているのか⁉　おいっ、顔が真っ赤だぞ⁉　熱か⁉」

言うなり珖璉が額と額をくっつける。

「ひゃあっ！」

至近距離に迫ったとんでもなく整った美貌に、すっとんきょうな悲鳴を上げる。

珖璉の美貌は間近で見るのは心臓に悪すぎる。まるで、一度見たら魅入られて目が離せなくなる術でもかけられているようだ。くっきりと見える美貌から、必死で目を逸らそうとして――。

鈴花は、ようやく異変に気づく。

――いつも珖璉が纏っている銀の光が、まったく見えない。

「こ、珖璉様の《気》の色が見えません……っ！」

震える声で告げた途端、珖璉の面輪が凍りついた。

「これは見えるか？」

「《縛蟲》」と、珖璉が細長い紐のような蟲を喚び出す。喚び出された縛蟲が戯れるように珖璉の腕に絡みつく。

「蟲は見えます。けど……っ」

いつもなら蟲の周りに召喚した術師の《気》が見えるのに、蟲の姿しか見えない。

「《気》の色が見えません……っ」

いったい、なぜ急に見えなくなってしまったのだろう。

「毒蟲のせいか？　いや、確かに毒蟲は滅した。これは、洞淵を呼ばねばならんな」

珖璉がきつく眉を寄せ、苦い声で呟く。

「申し訳ありませんっ！　見気の瞳が使えなくなるなんて……っ」

土下座する勢いで、がばりと深く頭を下げる。鈴花が珖璉に仕えていられるのは、見気の瞳があるからなのに。見気の瞳を失ったら、姉を捜すことができない。

男に襲われた時とは別の恐怖が全身に満ちる。またうまく息ができなくなりそうだ。

「心配するな。菖花は必ず捜してやる」

「えっ⁉」

珖璉の言葉に驚いて顔を上げる。黒曜石の瞳が、いたわるように鈴花を見つめていた。

「すぐには無理だが、茶会が終われば必ず捜そう。お前を危険な目に遭わせてしまった詫びだ。いや、この程度では詫びにもならんが……」

「いえっ、とんでもないですっ！　ありがとうございます！」

ぶんぶんとかぶりを振り、頭を下げる。珖璉が約束してくれたのなら、きっとこれで大丈夫だ。安堵のあまり涙がこぼれそうになる。

「本当に、ありがとうございます……っ」

深く頭を下げたまま、ぐすっと鼻を鳴らすと、

「泣いているのか？」

と気遣わしげに問われた。

「いえっ、これは安心して……」

おろおろと顔を上げると、ぱちりと視線がぶつかった。思いがけず近くにある美貌に瞬時に顔が沸騰しそうになって、あわててうつむく。

「鈴花？」

いぶかしげに名を呼ばれるが、赤く染まっているだろう顔を見られるのが恥ずかしくて、顔を上げられない。

珖璉を見た宮女達が見惚れて仕事が手につかなくなる気持ちが、今ならよくわかる。

こんな美貌が目の前にあったら、どきどきしてしまって何も手につかない。

「どうした？」

声と同時に珖璉の手が伸びてくる。大きな手に頰を包まれ、鈴花は反射的に肩を震わせた。途端、ぴたりと珖璉の動きが止まる。

「……すまん。驚かせたな」

泥水を飲んだように苦い声。

「いえ……っ」

かぶりを振って顔を上げると、痛みを孕んだまなざしとぶつかった。

熱を宿したまなざしに、身体が炙（あぶ）られるような心地がする。

「ゆっくりであれば、怖くないか？」

今まで聞いたことがないような、不安に満ちた珖璉の声。

「も、もちろんですっ。珖璉様を怖いだなんて……」

珖璉は鈴花を襲った男とは、絶対に違う。頭ではわかっているのに、なぜか動悸（どうき）が治まらない。

鈴花の返事に、ふっとこぼされた笑みを見るだけで、ますます鼓動が速くなる。はっきり見えるようになった珖璉の美貌の威力が、それほど高いということか。

壊れ物にふれるように、珖璉の手のひらがそっと鈴花の頰を包む。

「鈴花……」

背中に回されたもう一方の手のひらが、そっと引き寄せようとした瞬間。

「珖璉様！」

扉を叩く間さえ惜しいと言いたげに、切羽詰まった声とともに禎宇が飛び込んでくる。

「牢に捕らえていた男が、何者かに殺されました！」

「っ！」

鋭く息を呑んだのは鈴花か、それとも珖璉か。

禎宇の言葉を理解した瞬間、全身に一気に鳥肌が立つ。

ついさっき鈴花を殺そうとした男が殺されたなんて。まるで、悪い夢を見ているかのようだ。首を絞めあげた男の手を思い出し、息ができなくなる。

「鈴花！　大丈夫だ、ゆっくり息を吐け」

力強い声と背中を撫でる大きな手のひらに、わずかに冷静さを取り戻す。さっきも醜態を晒したばかりなのに、これ以上、情けないところを見せるわけにはいかない。

「だ、大丈夫です。ちょっとびっくりしただけで……」

珖璉を押し返すと、しぶしぶといった様子で腕がほどかれる。が、珖璉も時間を無駄にはできないとわかっているのだろう。素早く立ち上がり、禎宇を振り返る。

「わたしはすぐに牢へ向かう。禎宇、お前はわたしが戻るまで鈴花についていてくれ」

「大丈夫です！　私なら一人で……」

あわてて口を挟むと、「駄目だ」と決然とした声が返ってきた。

「こんな状態のお前を、一人になどできるわけがなかろう。まだ毒が抜けきっていない可能性もある。お前は薬湯を飲んでゆっくり休め」

反論は認めんと言外に告げる口調に、頷くしかない。珖璉の気遣いは素直に嬉しい。いま一人きりにされたら、きっと恐怖で圧し潰されてしまうだろう。

「ありがとうございます……」

「ああ。ゆっくり休むのだぞ」

いたわるように鈴花の頭を撫で、あわただしく出ていく珖璉を、鈴花は禎宇とともに見送った。

第四章　途切れた糸

すでに日が暮れた時刻にもかかわらず、珖璉は禎宇とともに殺された男が住んでいた宦官用の住居へ向かっていた。

鈴花のそばには、今は朔をつかせている。男が殺されたのは陽動の可能性もある。何より、殺されかけた恐怖に怯える鈴花を、一人になどできるわけがない。

胸の中では、行き場のない怒りと苛立ちが炎のように渦巻いている。

男が殺されたのは、牢番（ろうばん）がほんの少し目を離した隙だった。もちろん牢番は不審者に気を配っており、人の出入りもなかった。だが、男は牢番が気づいた時には、牢の中で首を絞められて殺されていた。

まるで、鈴花を殺しそこなったことを己の身で償わされるかのように。

牢の中に遺留品はなし。おそらく、格子付きの窓から忍び込んだ縛蟲に絞め殺されたと思われる。禁呪使いにつながる手がかりとなる宮女殺しの犯人を、ようやく捕らえたというのに、取り調べもせぬ間に殺されるとは。

これほど禁呪使いの動きが速いとは、珖璉も予想していなかった。鈴花を放っておけなかったとはいえ、珖璉の失態だ。

宮女殺しは男が一人で行ったのだと、牢へ引っ立てる際、禎宇が自白を取っている。だが、肝心の禁呪使いについての情報は、男が口をつぐんだため何も得られていない。これから尋問し、禁呪使いの正体を暴こうという矢先の口封じには、腸(はらわた)が煮えくり返る。禎宇とともに死んだ男の部屋を調べに来たのは、何か手がかりが残っていないかと一縷の望みをかけてのことだ。

男の所属は後宮内の工芸などに携わる掌工(しょうこう)だった。宦官とはいえ男である彼らは、妃嬪が目にすることもある掌寝につくことはあまりない。といっても、どの部門であろうと力仕事はそれなりにあるので、宦官が皆無という部門はないのだが。

日も暮れてから突然やってきた珖璉を、白髪頭の掌工長は驚いた顔で出迎えた。事情を告げられた掌工長は、「そんな、まさか⁉」と驚愕に目を見開きながらも、珖璉の要望に応じて案内を買って出た。

「あの者は実直で腕のよい職人でして、人殺しをするとは思えません」

「掌工長。信じたい気持ちはわかるが、彼奴(あやつ)が罪人であるのは事実だ。だが、その背後には、奴を唆した何者かがいるらしい。おぬしは何か心当たりはないか？」

珖璉の問いに、掌工長は情けなさそうにかぶりを振る。

「わたしには思い浮かびませんが、同室の者なら、何か知っているやもしれません」

掌工長がいくつも並んだ宦官用の居室のひとつを開ける。中にいた同僚の宦官は、珖璉の姿を見るなり、「ひぇっ」と悲鳴を上げて平伏した。

「そうかしこまらずともよい。おぬしに尋ねたいことがある」

「お、俺でわかることでしたらなんなりと……っ！」

ぽぅ、と珖璉に見惚れる同僚は饒舌だった。殺された男は、ここ二か月ほど、「きりのいいところまで仕上げたいから」とよく掌工の作業場に一人で泊まっていたこと。里帰りして以来、ずっと様子がおかしかったことなどを、問われるまでもなく話す。

「なるほど。一人で作業していたのなら、夜更けに抜け出しても見咎められんな。その作業場というのはどこだ？」

同僚が話している間に禎宇が部屋の中を検める。が、怪しい物は何も見つからなかったようだ。作業場に隠しているのかもしれない。

「ご、ご案内いたします！」

勢いよく立ち上がった同僚が先に立って歩き出す。

居室から少し離れたところにある作業場が連なる棟は、すでに明かりが落とされて暗かった。禎宇が持つ灯籠の明かりがぼんやりと辺りを照らす。遠くに昇龍の儀のために宮女達によって飾られた灯籠の明かりが見えるが、宦官しか使わないこの場所までは光も届かない。

そういえば鈴花が光蟲の灯籠が美しいと褒めそやしていたなと思い出すだけで、今すぐ私室へ駆け戻りたい衝動に駆られる。

鈴花が襲われてすぐ、私室の前には警備兵を配置させることに決めた。加えて朔がついているなら、大丈夫だと頭ではわかっていても、襲われた時のことを思い出して恐怖に震えているのではないかと思うと、居ても立ってもいられなくなる。

「ここでございます」

同僚が端に近い作業場の鍵を開ける。珖璉が喚んだ光蟲が雑然とした室内を照らした。いくつもの木工細工が置かれた部屋からは、木の香りが漂ってくる。

「あいつが使っていたのは右手のほうです」

心得たように捜索を始める禎宇を横目で見てから、珖璉は同僚の宦官を振り返った。

「里帰り以降、様子がおかしかったと申したな。理由を知っているのか？」

珖璉の問いに、同僚が気の毒そうに顔をしかめる。

「それが……。あいつから聞いた話では、四か月前の里帰りは久々の長い休みだったんで、宦吏蟲を外してもらって帰ったそうなんですが……」

珖璉の顔を見上げた宦官が、顔を赤らめ恥ずかしそうにもじもじする。大の男にそんな仕草をされても不気味なだけだが、幸か不幸か男女問わずそんな反応をされるのには慣れている。珖璉は黙して続きを待った。

「その、宦吏蟲を長く入れていたせいか、外しても男として役に立たなくなっていたそうで。そのせいで、年季が明けたら一緒になろうと約束していた許嫁に捨てられたそうでして……」

空恐ろしいと言いたげに宦官が首をすくめる。宦吏蟲を抜けば男としての機能を取り戻すが、体質か長期間のせいか、まれに、抜いても男の機能が戻らない者が出るという話は、珖璉も聞いたことがある。

「なるほどな」

宮女を乱暴し、首を絞めて殺したのは、許嫁に捨てられた腹いせからか。それとも後宮を混乱に陥れたかったからか。死んだ男に確かめることはできないが、動機が見えた気がする。

むろん、だからといって鈴花や他の宮女を襲った罪が軽くなるわけではないが。

宦吏蟲を入れねばならぬ後宮勤めを選んだのは、男自身だ。男の機能を失ったからといって、怒りや絶望を他の者に転嫁するなど、言語道断極まる。だが、男以上に悪辣なのは、男の絶望をいいように操り、自分の手は汚さずに殺人を繰り返させた禁呪使いに他ならない。

「その話は、他の者も知っておるのか？」

「あいつと親しかった宦官は知っております。俺達にとっちゃあ他人事とは思えませんから」

確かに宦官達にとっては身につまされる話に違いない。おそらく、宦官達の間では密やかにかなり広まっていただろう。知る者が限られていれば、そこから禁呪使いにつながるかもしれないと期待したが、その線を辿るのは難しそうだ。いや、噂を知っていたということは、禁呪使いは男である可能性が高まったと見るべきか。

と、作業場を探索していた禎宇が、難しい顔で珖璉を振り返る。

「調べましたが、宮女を乱暴した際に使ったと思われる道具や、黒幕につながりそうなものは見当たりません。それらしいものは何もないようです」

「何ひとつとしてか？」

思わず声がきつくなる。おかしい。犯人の男は己が捕まって殺されるとは思ってもいなかったはずだ。少し捜索すれば、暴行に使った道具なり、禁呪使いに与えられた呪具なりが見つかると思っていたが、まさか何も見つからないとは。

「これは鈴――」

言いかけて、鈴花が見気の瞳を使えなくなっていたことを思い出す。

同時に、なぜ禁呪使いが手足となる男が捕まるやもしれぬ危険を冒してまで、鈴花を排除しようとしたのか得心する。

鈴花ならば、一目見ただけで、禁呪に関する物の有無やどれが呪具なのか判別できただろう。禁呪使いが鈴花を危険視した理由が、嫌というほどわかる。

そして、鈴花が生き残ったと知った禁呪使いは――まさか、見気の瞳を使えなくなっているとは思わず、今後も鈴花を狙うに違いない。鈴花がふたたび危険な目に遭うやも知れぬと考えるだけで、凶暴な感情が胸の中で暴れ回る。

「禎宇、そこまででよい。後は警備兵達にしらみ潰しに探させる。ひとまず戻るぞ」

急いで洞淵に手紙を送らねば。洞淵ならば、見気の瞳を取り戻す方策を知っているかもしれない。

どうにも後手に回らされている感がぬぐえない。胸の奥を灼く苛立ちに、珖璉は奥歯をきつく嚙みしめた。

◇　◇　◇

ぎし、と床板が軋んだかすかな音に、鈴花は瞬時に覚醒した。男に襲われたせいで神経が過敏になっているらしい。

寝る前には、珖璉が「決して不埒者をお前に近づけさせたりはせぬ。外には警備の兵もおるゆえ、安心して休め」と優しく頭を撫でてくれた。だからきっと、いま聞こえた音は家鳴りだ。不安に思うことはない。そう思うのに、心臓がばくばくと鳴り響いて、もう一度寝つけそうにない。

鈴花は頭までかぶっていた布団をそうっと目元まで下げて、おそるおそるまぶたを開けた。途端、見えたのは覗き込む黒い影──。

「いやぁ──っ！」

自分でも驚くほどの声が喉の奥からほとばしる。

「鈴花っ⁉」

乱暴に扉を開ける音と同時に、珖璉が飛び込んでくる。だが、見気の瞳がない鈴花には、暗闇の中でどこに珖璉がいるのか、とっさにわからない。

「こ、珖璉様……っ」

潤んだ声で名を呼ぶと、駆け寄った珖璉にぎゅっと強く抱きしめられた。爽やかな香の薫りに泣きたくなるほど安堵する。

「何者だ⁉」

光蟲を喚んだ珖璉が、鈴花を抱きしめたまま侵入者を振り返り。

「洞淵っ⁉」

洞淵の姿を見た途端、目を吊り上げた。

「夜中に寝室に忍び込むなど、何を考えている⁉　鈴花は襲われたばかりなのだぞ⁉　先にわたしに声をかけろ！」

「え〜っ、ホントに見気の瞳が使えなくなったのか、確かめようと思ってさ〜。無意識だったら使えるかもしれないじゃん？　ってゆーかヒドくない⁉　手紙をもらって、こりゃ一大事だと、ようやく時間を作って来たんだよ⁉」

「どう考えても、真夜中に婦女子の部屋に忍び込んだお前が悪い」

珖璉の返事はにべもない。続いて部屋に入ってきた禎宇も、

「これは誰がどう見ても、悪いのは洞淵様だと思います」

と、困り顔で告げる。そこでようやく、鈴花は珖璉に抱きしめられたままだと気がついた。一瞬で、ぼんっと燃えるように顔が熱くなる。

「こ、こここ珖璉様っ！」

ぐいぐいと押し返すが、抱きしめた腕はまったく緩まない。

「もう大丈夫ですからお放しくださいっ！」

押し続けると、ようやく珖璉の腕が緩みかけた。が。

「禎宇。上衣を持ってこい」

ふたたび包み込むように抱きしめられ、思考が沸騰する。

「だ、大丈夫です！　別に寒くなんてありません！」

「年頃の娘が、夜着を晒すでない」

不機嫌極まりない声に、「それはご無礼を……」と謝りかけ、

「いえでも、人前で抱きしめるのも十分に恥ずかしいと思うんですけれど！」

と反射的に言い返す。

「夜着を見られるより、こっちのほうが恥ずかしいです！　というか、珖璉様だって夜着じゃないですか！」

ぐいぐい押し返しながら抗議すると、

「男のわたしの夜着など、どうでもよい」

と憮然と返された。だが、納得いかない。珖璉の夜着姿を見たら、宮女達が興奮してしまって大変なことになるに違いない。

いつもの隙無く凜々しい珖璉と異なり、つややかな長い髪をほどき、少し乱れた夜着を纏う珖璉は、後宮の美姫(びき)達も裸足(はだし)で逃げ出すような色気を纏っていて……。

はっきり見えるようになった今、正直もういつ鼻血を噴いて気絶してしまってもおかしくない気がする。

「上衣をお持ちしました。……珖璉様。いい加減放してやらねば、鈴花がゆでだこのように真っ赤になっておりますよ？」

衣紋(えもん)掛(か)けにかけてあったお仕着せを取ってきてくれた禎宇が、呆れ混じりに主をいさめる。

「真っ赤にだと⁉」

「違いますから！　熱じゃありませんから、とにかくお放しくださいっ！」

この上さらに額をくっつけられたりしたら、本気で気絶する。早口でまくし立てると、ようやく珖璉が放してくれた。大急ぎでお仕着せを羽織り、寝台に座り直したところで。

「で、鈴花が《気》が見えなくなったって話だけど……。ホントに見えないわけ？」

洞淵が手のひらの上に、鈴花が見たことのない蟲を召喚する。

「はい……。今も、蟲自体は見えるんですけれど、召喚された洞淵様の《気》は見えません。その、洞淵様が纏ってらっしゃる《気》も……」

「毒蟲がまだ身体に残ってるって可能性は？」

「わたしが直接、《気》を送り込んで滅した」

寝台の端に腰かけた珖璉が即座に答える。

「でも、毒蟲が禁呪で作られたモノの可能性もあるデショ？　まあ、珖璉ならそれでも滅せられるだろうケドさ。もう一回、試しておいたら？」

洞淵に促された珖璉が、鈴花を振り返る。熱を宿したまなざしに居心地の悪さを覚えるが、意識が朦朧（もうろう）としていたせいで、助けてもらった時のことはほとんど覚えていない。

きょとんと首をかしげて珖璉を見返すと、ふいと視線を逸らされた。

「お前が帰ってから、もう一度試す」

「あと、毒蟲だけじゃなく、ふつーの毒も飲まされたんでしょ？　そっちは？」

部屋の端に控えていた禎宇がてきぱきと答える。

「医師に薬湯を煎じてもらったものを、襲われた直後と寝る前に飲んでいます」

禎宇と洞淵の視線を受けて、鈴花は自分の身体を見下ろした。

「おなかが痛いとか、気持ち悪いとか、特に違和感はありません」

ふぅむ、と洞淵が腕を組む。

「身体に異常がないんなら、後は精神的なもの、とか？　なんせ、ワタシも見気の瞳の持ち主に会ったのは初めてだから、今はそれくらいしか思い浮かばないんだけど」

「精神的なもの、ですか……？」

洞淵の言葉を繰り返した鈴花は、「でも！」とぶんぶんと首を横に振る。

「珖璉様に助けていただきましたし、犯人だって捕まりましたし……！　毒が残っていないのなら、どうして急に《気》が見えなくなったのか、本当にわからなくて……っ」

宮女殺しの犯人はいなくなっても、禁呪使いはまだ捕まっていない。今こそ、見気の瞳が必要だというのに。

話しているうちに、どんどん指先の感覚がなくなっていく。

「あ、れ……？」

がくがくと身体の震えが止まらない。視界が昏く沈み、息がうまくできない。と。

「鈴花」

ふわり、と爽やかな香の薫りが揺蕩う。同時に、珖璉のあたたかな身体に抱き寄せられていた。

「大丈夫だ。わたしがついている」

大きな手のひらが、強張りをほどくように背中を撫でてくれる。耳元で囁かれた声にぱくんと心臓が跳ね、全身に血が巡り始める。

「す、すすすすみませんっ！　大丈夫です！」

さっきまで凍えそうだったのが嘘のように、全身が熱い。

「もう大丈夫ですから！」

訴えると、しぶしぶといった様子で腕をほどかれる。

「うーん。精神的なものが原因っぽい気がするけど、それだと一朝一夕で治るもんじゃないだろうからなぁ。ま、禁呪の可能性もまだ捨てきれないし、明日は博青と茉梅も来させるよ。守りや癒やしの術については、あの二人のほうが長けてる部分もあるし。心の機微だってわかるだろうしね」

洞淵の言葉に、珖璉が驚いたように目を瞠る。

「お前……。一応、自覚はあったんだな……」

「まず、何よりもその点に驚きました」

禎宇も珖璉に続いて失礼極まりないことをのたまう。洞淵が拗ねたように唇をとがらせた。

「二人とも失礼すぎない⁉　ワタシを血も涙もない鬼畜だと思ってるだろ⁉　……まあ、確かに襲われたのが見気の瞳を持つ鈴花じゃなかったら、ここまで親身になってなかったケドさ～」

「そういうところが人でなしだというんだ」

珖璉が呆れたように吐息する。

「申し訳ありません。まだ、禁呪使いは捕まっていないというのに……っ」

宮女殺しの犯人が殺されたせいで、禁呪使いにつながる手がかりは断たれてしまった。

夕刻、珖璉達が男の部屋を調べたが、手がかりや呪具は見つからなかったと聞いている。

また、禎宇が牡丹宮の侍女達全員の顔を確認したが、鈴花を騙して男が潜む蔵へ連れて行った侍女は見つからず、代わりに牡丹宮の侍女の衣が一着盗まれていることがわかったのだという。つまり、三十歳ほどの年の宮女全員が容疑者になるということだ。

見気の瞳があれば、死んだ男が隠している呪具を見つけられたかもしれないのに。

ずきずきと胸が痛い。故郷では『役立たず』『不気味なことを言う娘』とずっと罵られてきた。珖璉と会って、見気の瞳のことを教えてもらって、ようやく自分でも人並みに役に立てることがあるんだと思い始めた矢先だったのに。

その力を、失ってしまうなんて。

「あーもうっ、ほんと惜しいな～！」

歯ぎしりせんばかりに悔しげな洞淵の声に、鈴花はうつむいていた視線を上げる。

「鈴花が感気蟲を喚べたら、禁呪使いの《気》を追わせて、居所を摑めたかもしれないのにさ～！」

「申し訳ありません……っ！」

《気》を見ることができても、蟲の一匹さえ召喚できない。やっぱり自分は役立たずなんだと痛む胸を押さえて頭を下げると、珖璉に慰めるように優しく頭を撫でられた。

「洞淵の言うことなど気にするな。感気蟲は扱いが難しい。術師であっても、使えぬ者がいるほどだ」

「っていうか、珖璉は毒蟲の《気》を覚えてないワケ？」

矛先を変えた洞淵に、珖璉が目を怒らせる。

「瀕死の鈴花を助けるのに必死だったのだ。《気》を探る余裕などなかった。もし蟲を滅するのに手間取って、鈴花の身に何かあってみろ。取り返しがつかん」

「まあ、それは確かにそうだけどさぁ」

「ところで洞淵。蚕家の当主として、禁呪使いは何を企んでいると考える？」

話題を変えた珖璉が、洞淵に視線を向ける。洞淵が「うーん」と腕を組んだ。

「そーだなぁ。やっぱり最初に考えられるとしたら、上級妃の暗殺？　牡丹妃がご懐妊したんだって？　他の妃嬪達は心穏やかでいられないだろうね～」

「だが、牡丹妃様のご懐妊がわかったのは、ごく最近のことだ。宮女殺しが二か月前から始まっているのとは矛盾する。最初から、牡丹妃様が主催の十三花茶会を狙っているという可能性もあるが……」

「後は、昇龍の儀の妨害とか？　王城で連続殺人が起こったら、兵士達総出で血眼で犯人捜しが始まるだろうけど、閉鎖的な後宮だと、そんな大々的に動けないからねぇ～。まっ、敵の狙いが何にしろ、人の命を贄にしてる禁呪だ。ロクなもんじゃないのは確かだねっ♪」

「……おい、なぜ妙に嬉しそうにしている」

珖璉に睨みつけられても、洞淵の笑顔は変わらない。

「えーっ！　だって、滅多に見られない禁呪だよ⁉　知らない術が見られるかもしれないんだよ⁉　ワクワクするに決まってるじゃん！」

まるで新しい玩具を見つけた子どものような様子の洞淵に、珖璉が顔をしかめる。

「……わたしはときどき、お前を宮廷術師の頂点に据えていてもいいのか、不安を感じるぞ……」

「なーに言ってんのさ！　色んな術を見られるからこそ蚕家の当主をしてるに決まってるじゃん！　そうじゃなかったら、こんなめんどーな役職、とっくに放り出してるって！」

「洞淵、お前な……」

珖璉が額を押さえて呻くが、洞淵は気にした様子もない。

「まあ、禁呪は見たいケド、蚕家の当主として、禁呪を放っておくワケにはいかないからね～。ちょっと対策も考えるよ」

「ああ、頼む」

珖璉が神妙な面持ちで洞淵に頭を下げる。こんな殊勝な珖璉は初めて見た。それだけ手がかりがなくて困り果てているのだと思うと、きゅぅっと胸が痛くなる。

「じゃ、今夜はもうワタシにできそうなことはないし、そろそろ帰るよ。じゃね～」

ひらりと手を振って、洞淵があっさり帰っていく。「門までお送りいたします」と禎宇も洞淵について部屋を出ていった。

珖璉と二人きりで取り残された部屋に、しん、と沈黙が落ちる。

気まずい。やっぱり土下座して詫びたほうがいいだろうか。というか……。

鈴花はちらりとすぐそばに腰かける珖璉を横目で見る。珖璉と同じ寝台に腰かけているなんて、これが現実だと思えない。はっきりくっきりと見える美貌は、銀の光を纏っておらずとも光り輝くようで、まぶしくて直視できない。心臓に悪すぎる。

やっぱり床で土下座しよう。そうすれば主と同じ寝台に腰かけているという不敬も免れるし、と本気で考えたところで、鈴花は珖璉と洞淵のやりとりを思い出した。

「そういえば、洞淵様が帰られたら試すとおっしゃっていたのは何ですか？」

「……試してみるのか？」

洞淵達が出ていった扉を眺めていた珖璉が、驚いたように振り返る。どこか挑むようなまなざしに気圧される。だが、ひるむ心を断ち切るように鈴花は大きく頷いた。

「もちろんです！ 見気の瞳を使えたら、禁呪使いを見つけられるかもしれないんですよね⁉」

「……お前らしいな」

ふっとこぼされた甘やかな笑みに、心臓が跳ねる。

「いえ……っ」

うつむき視線を逸らせるより早く、珖璉が距離を詰めた。長い指先が顎を摑んだかと思うと、くいと上げる。驚く間もなく端麗な面輪が間近に迫り。

「っ⁉」

唇をふさいだ柔らかな感触に息を呑む。とっさに突き飛ばそうとしたが、引き締まった胸板はびくともせず、反動で鈴花のほうが体勢を崩した。

「ひゃっ⁉」

仰向けに倒れた身体を、ぽふんと布団が受けとめる。その拍子に唇が離れ、ほっとするのも束の間、寝台に手をついて身を乗り出した珖璉に顔を覗き込まれ、鈴花は半泣きで睨み上げた。

「なっ、なななになさるんですか――っ⁉」

「言っておくが、昼間もこうしてわたしの《気》を送って、毒蟲を滅したぞ？」

言うが早いが、ふたたび珖璉の面輪が下りてきて、反射的に目を閉じる。

「っ！」

固く引き結んだ唇に珖璉の柔らかな唇がふれ、心臓が爆発するんじゃないかと思う。

くちづけの経験なんて、一度もない。毒蟲を滅するより、心臓が壊れるほうが早そうだ。強く薫る香に、頭の芯がしびれたようにくらくらする。

「どうだ？」

ゆっくりと唇を離した珖璉が囁くように問う。

「身体に、何か変化は？」

優しい声で問われ、固く閉じていたまぶたをおずおずと開ける。途端、目の前の端麗な面輪が飛び込んできた。

「し、心臓が壊れそうです……っ」

口から心臓が飛び出しそうだ。顔はおろか、全身がゆでだこみたいに真っ赤になっているに違いない。鈴花の返事に、珖璉がふはっと吹き出す。

「毒蟲がまだ残っているように感じるか？」

「い、いえ、それは大丈夫だと思うんですけれど……」

答えながら、へにゃりと眉が下がる。

「どきどきしすぎて、よくわかりません……」

「それは困ったな」

困ったと言いつつ、珖璉の声はどこか甘い。

「もう一度、試す必要があるか？」

問いながら、珖璉の指先が頰にふれる。指先が輪郭を辿り、首筋にふれたところで。

「っ！」

不意に首を絞められた時の恐怖を思い出し、身体が強張る。同時に、珖璉の手がぎゅっと握り込まれた。

「……すまぬ。怖がらせたな」

低い声で苦く呟いた珖璉が身を起こす。

「おそらく、もう毒蟲は残っておるまい。明日は休んでよいゆえ、ゆっくり療養せよ」

ぽんぽんとなだめるように鈴花の頭を撫でた珖璉が、返事も待たずに身を翻す。光蟲とともに去っていくその背を、鈴花は呆然と見送った。

翌日の午後、珖璉に言われた通り、薬湯を飲んで寝台で休んでいた鈴花を訪れたのは、洞淵からの指示を受けた博青と茱栴だった。二人から体調を尋ねられ、怪我を癒やすことができるという癒蟲も喚んでもらい……。

だが、二人の力をもってしても、見気の瞳を取り戻す方法はわからなかった。

「洞淵様は、精神的なものが原因かもしれないとおっしゃっていたが……」

「襲われただけでなく、殺されかけたのだもの。さぞかし怖かったでしょうね」

博青の言葉に、茱栴が美しい面輪に同情を浮かべて慰めてくれる。二人とも寝台のそばに置いた椅子に座り、寝台に身を起こした鈴花を心配そうに見つめていた。

「術師とはいえ、純粋な力比べでは、女の身で男に敵うはずがないもの。どれほど怖かったか、わかる気がするわ」

「茱栴さん……」

思いやりに満ちた言葉に目が潤みそうになる。博青があわてたように口を開いた。

「精神的な理由で見気の瞳を使えなくなったのなら、男のわたしはいないほうがいいかもしれないね。鈴花も同性の茱栴のほうが安心できるだろう。わたしは失礼するよ」

「そうね。大丈夫よ、鈴花。私がついていてあげるから」

男に襲われた時の恐怖を思い出し、いつの間にか震えていた手を、茱栴が優しく握ってくれる。

「すまないね、役に立てなくて」

「そんなことありません！　お忙しいのにありがとうございました」

部屋から出ていく博青に深く頭を下げる。鈴花の手を握ったままの茱栴が、励ますように指先に力を込めた。

「博青がいては話しにくいこともあったでしょう。吐き出したいことがあったら、何でも言ってちょうだいね。話したくないことを無理に聞き出す気はないけれど、一人で胸の内に閉じ込めていてはつらいこともあるでしょう？　決して他言したりしないから、安心して話してくれていいのよ」

「ありがとうございます……」

男に襲われた時のことを思い出すだけで、身体の震えが止まらない。けれど。

「茱栴さんのおっしゃる通りですね。早く見気の瞳を取り戻せるように乗り越えないと」

「そう、その意気よ」

茱栴が震える手をぎゅっと握りしめてくれる。

「他の殺された宮女達と違って、あなたは幸いにも珖璉様が助けてくださったんだもの。ご恩をお返しするためにも、早く見気の瞳を取り戻さなくてはね」

「そ、そうですね……っ」

珖璉の名に夕べのくちづけを思い出してしまい、一瞬で顔が熱くなる。落ち着かなくては。珖璉のあれは毒蟲を滅するためであって、他には何の意図もないのだから。

「そういえば、私を蔵まで連れて行った侍女は見つかったんですか？」

黙っていると夕べの珖璉の唇の感触や、ふれた熱を思い出してしまいそうで、あわてて話題を変える。昨日の段階では、鈴花を騙した宮女は見つからなかったが、禁呪使いにつながる手がかりで残されているのは、あとはあの宮女くらいだ。

鈴花の問いに、茱梅が美しい面輪をしかめた。

「いいえ、見つかっていないわ。きっと、宮女捜しは難航するでしょうね……」

「どうしてですか⁉」

もし、宮女が禁呪使いから指示を受けたのなら、そこから禁呪使いを追えるかもしれないのに。勢い込んで尋ねた鈴花に、茱梅が眉を寄せる。

「だって――」

「なかなか、興味深い話をしているな」

扉が開く音とともに届いた美声に、鈴花と茱梅はそろって息を呑んだ。

さっと立ち上がって一礼した茱梅に、「よい、そのまま座っておれ」と、珖璉が鷹揚に返す。寝台へ歩んできた珖璉は、先ほどまで博青が座っていた椅子に腰を下ろした。

「なぜ、そう思う？」

珖璉の問いに、ちらりと鈴花に視線を向けた茱梅が、言いづらそうに口を開く。

「急に大抜擢され、珖璉様付きの侍女になった鈴花に嫉妬している宮女は、多くおります。嫉妬は恐ろしいもの。鈴花を襲った男の真意を知らず、ちょっと痛い目に遭わせるのに協力してほしいと言われたら、頷く宮女は山といることでしょう」

茱梅が深々と嘆息する。

「後宮の女の争いは、皇帝陛下の寵を争うだけではございません。己の主をより高みへ昇らせるために侍女同士もいがみ合いますし、妃嬪の勢力図など関係ない宮女であっても、やれ誰が自分より若いだの、容姿が優れているだの……。ささいなことであっても、嫉妬に囚われ、いがみ合うものでございます。余人とは隔絶した美貌をお持ちの珖璉様には縁のないことでございましょうけれども……」

茱梅の言葉に珖璉が不快げに眉を寄せる。茱梅が小さく息を呑んで謝罪した。

「申し訳ございません。言葉が過ぎました。後宮ではどれほど女の嫉妬が渦巻いているのか、伝えてやらねば、今後も鈴花に危険が及ぶ可能性があるかと思いまして……」

「今後、も……？」

いぶかしげに問うた鈴花に、茱梅が痛ましげな視線を向ける。

「禁呪使いはあなたが見気の瞳を失ったことを知らないでしょう。ということは、襲撃が失敗したと思って、もう一度襲う可能性もあるわ。そして残念なことに、あなたが襲われたことをいい気味だと思って、禁呪使いに協力する宮女は大勢いるでしょうね」

「そんな……っ」

また襲われる可能性があるかもしれないなんて、思いもしなかった。震える鈴花から珖璉へ視線を向けた茱梅が、「あの！」と思いつめたように告げる。

「いっそのこと、鈴花を掌服に戻してやってはいかがでしょうか？」

「そのようなこと、できるわけがないだろう⁉」

茱梅の提案を、珖璉が間髪入れず却下する。

「もう一度襲われるやもしれぬというのに、鈴花を手元から離せるか！」

自分に向けられたわけではないのに、珖璉の激昂にびくりと肩が震える。だが、茱梅は珖璉が相手でもひるまない。

「ですが、このまま見気の瞳が戻らなかったらどうなさるおつもりですか？　十三花茶会は七日後に迫っております。ならば、信頼できる者を護衛として鈴花につけて囮とし、一刻も早く禁呪使いを捕まえたほうが、鈴花も安心できるのではありませんか？」

茱梅の言葉に目から鱗が落ちる。自分に囮としての価値があるなんて、思いもよらなかった。反射的に珖璉を見た鈴花が目にしたのは、苦い表情でかぶりを振る姿だった。

「……お前の言うことはわかった。だが、決めるのはわたしだ」

「差し出がましい口をきいて申し訳ございません。鈴花に酷なことを言っているのは承知しております。ですが、禁呪使いを捕らえ、無事に十三花茶会を迎えることこそが、鈴花の、ひいては妃嬪の皆様の安全のための最善手ではないかと思いまして」

「よい。わたしの顔色をうかがって、意見も出せぬようになるほうが有害だ。気にするでない。ところで茱梅。おぬしにひとつ確認したいのだが」

珖璉の黒曜石の瞳が、真っ直ぐに茱梅を捉える。

「このところ、蘭妃様に怪しい点はないか？」

問われた瞬間、茱梅が目を見開く。

「珖璉様はもしや、蘭妃様をお疑いでいらっしゃるのですか？」

震え声で問い返した茱梅に、珖璉が淡々とかぶりを振る。

「蘭妃様だけを疑っているわけではない。妃嬪の全員に動機があると思っておる。が、御子を流産なさった蘭妃様が、他の妃嬪を警戒されていることは確か。お前の目から見て、蘭妃様はどう見える？」

珖璉の問いに、茱梅が力なくうつむいた。

「確かに、蘭妃様は牡丹妃様に強い嫉妬心を抱いていらっしゃいますが……。まさか、禁呪まで使って牡丹妃様を害そうとされるなんて、そんな……っ！」

茱梅が恐ろしげに身を震わせる。

「私が知る限りでは、蘭妃様に疑わしい様子はないと思われます。ですが、もし何か気づいたことがあれば、すぐにお知らせいたしましょう」

「うむ。頼む」

珖璉が頷いたところで、扉の向こうから遠慮がちな禎宇の声が聞こえてきた。

「珖璉様、こちらにいらっしゃいますか？　使いの者が来ております」

「使い？　どこからだ？」

「その……」

禎宇は言葉を濁して答えない。何かを察したらしい珖璉が「わかった。すぐに行く」と席を立つ。

「ゆっくり休むのだぞ」

踵を返す直前、珖璉が鈴花の頭を撫でてくれる。たったひと撫で。けれど、大きな手のひらは心をほぐすように優しい。

珖璉が出ていってから、鈴花はおずおずと茱梅に問いかけた。

「あの、茱梅様。見気の瞳の力を失った私でも、囮が務まると思いますか……？」

「禁呪使いがそのことを知らなければ、おそらく。罠だと警戒して襲ってこない可能性もあると思うけれど。でも、さっきはああ言ったけれど、無理はしなくていいのよ？」

「でも……っ！」

ぶんぶんと激しく首を横に振る。

「見気の瞳の力を失った今、私にできることは囮になることしか……っ！　それ以外に、珖璉様のお役に立てるすべが思いつかないんです……っ！」

「鈴花、あなた……」

必死に訴える鈴花に、茱栴が何かに気づいたように目を瞠った。

「珖璉様に、恋をしているのね？」

「っ⁉」

思いもかけないことを言われ、息を呑む。

「そっ、そんなこと、あるはずがありませんっ！　そりゃあ、珖璉様は見目麗しくてお優しくて、素晴らしい主人でいらっしゃいますけれど……っ！」

姉以外で、初めて鈴花を褒めてくれた人。役立たずだとずっと蔑まれてきた鈴花を見出し、見気の瞳のことを教えてくれて……。力を失ってなお、気遣ってくれる方。

珖璉の姿を目にするだけで、心臓が痛くなるほど鼓動が速くなるようになったのは、いつからだろう。最初は、見惚れるほどの美貌がはっきり見えるようになったからだと思っていた。けれど、本当はそうではなくて――。

胸に湧き上がりかけた想いを、かぶりを振って否定する。

「ち、違うんです！　珖璉様は、役立たずの私なんかが想っていい御方じゃ……っ！」

そうだ、違う。この想いに気づいてはいけない。気づいたとしても——絶対に、叶うことのない想いなのだから。

自分に言い聞かせるように、鈴花は必死でかぶりを振る。

「私なんかが想っても、ご迷惑にしかなりませんっ！　そもそも、身分からして天と地ほども違うんですからっ！」

「……恋心は、身分が違うからなんて理由で、止められるものではないでしょう？」

胸をつくような声に、鈴花は思わずまじまじと茱梅を見た。

「茱梅様も、身分の違う恋をなさってらっしゃるんですか……？」

「さあ、どうかしら」

微笑んで明言を避けた茱梅が、からかうように尋ねる。

「そう尋ねるということは、珖璉様への恋心を認めたということでいいのかしら？」

「そ、それは……っ」

鈴花はうつむき、ぱくぱくと騒ぐ心臓の上で両手をぎゅっと握る。

「こんな気持ち初めてで、これが恋というものかどうか、よくわからないんです。珖璉様がつらそうなお顔をなさっていたら、私の胸もきゅうっと痛くなって、憂い顔をどうにもできない自分の無力さが情けなくって……。微笑まれたお姿を目にするだけで心がどきどきしてしまって……っ。これが、恋というものなんでしょうか……？」

答えを求めて縋るように茱梅を見上げると、思いがけず柔らかな微笑みにぶつかった。

「あなたらしい可愛らしい恋心ね。珖璉様を独占したいとか、そういう気持ちはないの？」

「えぇぇぇぇっ⁉　そ、そんな大それたことっ！　というか、珖璉様とどうにかなりたいだとか、そもそも想いを告げようだなんて、全然……っ！」

役立たずの下級宮女である自分などに想いを告げられても珖璉には迷惑だろう。むしろ身の程知らずと軽蔑されるに違いない。

「告げてみないことには、どうなるかなんて誰にもわからないと思うけれど？」

励ますような茱梅の言葉にも、頷けるわけがない。

「いいえっ！　珖璉様に言うなんてとんでもないです！　これ以上、ご迷惑をおかけするわけにはいきません！」

いくら鈴花の目が節穴とはいえ、見気の瞳を失って以来、珖璉がときおり物言いたげなまなざしで鈴花を見つめていることには、気づいている。

きっと、こんな大切な時期に力を失うなんて、と叱責したいところを、鈴花が襲われたばかりだからと、気遣って我慢してくれているのだ。ただでさえ呆れられているのに、これ以上、珖璉に嫌われたくない。

「お願いです！　珖璉様には絶対に言わないでください！」

身を二つに折るようにして懇願すると、茱栴が戸惑ったように頷いた。

「もちろん、あなたの気持ちをさしおいて、私が言う気なんてないわ」

茱栴の返事に、詰めていた息をほっと吐き出す。もともと鈴花などが珖璉の側仕えになれたことが奇跡なのだから、それ以上のことを望むなんて、とんでもない。

もしかしたら、襲われたのは鈴花が分不相応な想いを抱いたゆえの天罰なのかもしれない。間違っても珖璉に恋心を知られるわけにはいかないと、鈴花は己を戒めた。

◇　◇　◇

「禎宇さん！」

鈴花がようやく禎宇を捕まえられたのは、翌日、陽もとっぷりと暮れてからだった。よほど忙しいのか、珖璉は朝出ていったきり、一度も戻ってきていない。

「鈴花⁉　もう起きて大丈夫なのかい？」

「はいっ、もう身体は大丈夫ですし、ずっと寝台にいたら身体がなまってしまいます！」

大きく頷いた鈴花の頭を、微笑んだ禎宇がよしよしと撫でてくれる。大きな手の優しさに、鈴花は思わず唇をほころばせた。

不思議だ。禎宇に撫でてもらうとほっこりするのに、珖璉だと、嬉しいと同時にどきどきして、恥ずかしくて逃げ出したいような気持ちになってしまうのは、昨日、茱栴に言われたように珖璉に恋心を抱いているからなのだろうか。

「どうかしたのか？」

心配そうに禎宇に問われ、あわてて首を横に振る。

「その、二日間ずっと寝ていたので、今はどんな状況なんだろうと思いまして」

禎宇が難しい表情で嘆息する。

「正直、よいとは言えないな。十三花茶会が六日後に迫っているというのに、禁呪使いの行方は一向に摑めないし、どこから洩れたのかわからないが、宮女殺しの話が広まって妃嬪達も疑心暗鬼に囚われているし……。後宮全体がぎすぎすしているよ」

「すみません！　私が見気の瞳を使えなくなったせいで……っ」

「違うよ、鈴花のせいじゃない。侍女の言葉に騙されて鈴花をひとりにしてしまったわたしの咎だ。怖い目に遭わせてしまって、本当にすまない」

深く頭を下げられ、鈴花は千切れんばかりにかぶりを振る。

「禎宇さんのせいじゃありません！　私が勝手に持ち場を離れてしまったからなんです

から！」

「けれど、もう大丈夫だぞ。鈴花の警護役として、一人、隠密が加わることになったから。外に警備兵がいるとはいえ、日中、一人きりで不安だっただろう？」

「えっ⁉」

驚いて禎宇を見上げる。

「わ、私なんかに警護は要りませんっ！　それより、禁呪使いの捜索に加わっていただくべきなんじゃ……っ⁉」

「だが、珖璉様はもう二度と鈴花を危険な目に遭わせたくないとおっしゃってな。わざわざご実家から――」

言いかけた禎宇が、しまったと言いたげに手のひらを口に当てる。

「珖璉様のご実家、ですか？」

「すまない。聞かなかったことにしてくれ」

禎宇が焦った様子で口を開く。

「その、珖璉様はご実家と折り合いがよろしくないんだ。いつもなら決して頼ろうとなさらないんだが、今回ばかりはどうしても人手が足りなくて、仕方なく……」

禎宇の言葉に、胸が締めつけられる。自分は珖璉のことを何も知らないのだと、今さらながらに思い知らされて。

「鈴花？」

気遣わしげな禎宇の声に、びくりと肩が震える。

「な、何でもないです……っ」

珖璉への恋心を知られるわけにはいかない。仕えた当初から迷惑をかけ通しだというのに、鈴花が分不相応な恋心を抱いていると知ったら、珖璉はどれほど呆れるだろう。嫌悪感も露わに唾棄されるかもしれないと考えるだけで、身体が震えそうになる。

「大丈夫だよ」

鈴花の怯えを、襲われた時の恐怖が甦ったと思ったらしい。禎宇がなだめるように頭を撫でてくれる。

「たとえ、禁呪使いがまだ鈴花を狙っていたとしても、もう決して指一本ふれさせはしない。珖璉様も、鈴花を危ない目に遭わせたことをひどく悔やんでらしてね。腕のよい者を派遣するよう、頼んでらっしゃった」

「珖璉様が……っ⁉」

珖璉が鈴花に心を砕いてくださった。それだけで、胸の奥が喜びでじんと熱くなる。

だが、同時に。

「そんな優秀な方だったら、やっぱり禁呪使いの捜索に加わっていただいたほうがいいですよね⁉」

考えるまでもなく明らかだ。鈴花などを守るより、禁呪使いを見つけ出したほうがいいに決まっている。

「鈴花が気に病む必要はない。珖璉様が考えられた結果だ。鈴花は今は、身体を癒やすことを第一に考えたらいいいんだよ」

「はい……」

禎宇の表情は穏やかだが、声音には有無を言わさぬ強さが宿っている。釈然としない気持ちを抱えながら、鈴花は反論を飲み込んで頷いた。

珖璉が私室へ戻ってきたのは、夜もかなり更けてからだった。

「おかえりなさいませ」

お仕着せのまま帰りを待っていた鈴花を見た珖璉が、驚きに目を瞠る。

「鈴花⁉　どうした？　何かあったのか⁉」

足早に歩み寄り、肩を摑んで問いただす珖璉に、あわててかぶりを振る。

「違います！　おかげ様で体調が戻りましたので、せめて珖璉様のお出迎えをと思いまして……。禎宇さんに早く休んでいただきたかったですし」

珖璉の帰りを待つという禎宇を、「代わりに私がお出迎えしますから！　珖璉様にお礼も申し上げたいですし！」と説得して代わってもらったのだ。禎宇だって疲れているのだから、せめてこれくらいしなくては罰が当たる。

「そう、か」

鈴花の返事に珖璉がほっとしたように吐息する。が、鈴花はそれどころではなかった。珖璉の顔を見ただけで、心臓がばくばくと騒ぎ出し、顔に熱がのぼってくる。摑まれた肩から鼓動の速さが伝わったらどうしようと不安になる。

「あのっ、お疲れでございましょう？　何か召し上がりますか？　お茶とお菓子を用意いたしましょうか？」

禎宇からは食事を済ませて戻ってくると聞いていたが、これほど遅くまで働いていたのだ。お腹もすいているに違いない。珖璉の顔を見ないよう、視線を伏せて早口に問う。

「そ、それとも、お肩をおもみしましょうか？」

告げた瞬間、鈴花の肩を摑む手に力がこもった。その強さに驚きながら、急いで言を次ぐ。

「禎宇さんから、ずっと働きづめだと聞いております。珖璉様さえよろしければ――」

「不要だ」

突き放すような拒絶に、びくりと身体が震える。鈴花の反応に、しまったと言いたげに顔をしかめた珖璉が、あわてて柔らかな声音で謝罪する。

「すまん。その、疲れているのですぐに休みたいのだ。出迎え感謝する。だが、お前ももう休め」

一方的に告げて踵を返そうとする珖璉の袖をはっしと摑む。

「お待ちくださいっ！　私、珖璉様にお願いしたいことがあって……っ！」

「お願い？」

振り返った珖璉の指先が鈴花へ伸びる。長い指先が頰にふれただけで、ぱくりと鼓動が跳ねる。

「お前が願い事を言うなど、珍しいな。どうした？　何が望みだ？」

打って変わって優しい声で珖璉が尋ねる。甘く微笑まれ、かぁっと頰が熱を持つ。端麗な微笑みにうっかり見惚れそうになる己を叱咤し、鈴花は真っ直ぐに珖璉を見上げた。

「わ、私を、掌服に戻していただきたいんです！」

告げた瞬間、珖璉の手がびくりと震える。だが、必死な鈴花は気づかずに言い募った。

「禎宇さんから、新しい隠密の方が警護についてくださると聞きました！　ですが、見気の瞳を失った私なんかに警護をつけてくださっても、もったいないだけです！　それなら……っ。まだ禁呪使いが私を狙っている可能性があるなら、私を囮として使ってくださいっ！」

「そんなことをできるはずがなかろう！」

間髪入れず放たれた怒声に、ぎゅっと身を縮める。己の声の鋭さにひるんだように、珖璉の瞳が揺れた。

「これほど震えているのに……。囮など、できるはずがないだろう？」

言い聞かせるように告げた珖璉の手が、頬を包む。珖璉の言う通りだ。また襲われるかもしれないと思うだけで、恐怖に震えが止まらない。けれど。

「でも、いま私がお役に立てることは囮くらいしかありません！　珖璉様達が禁呪使いを捕らえようとお忙しくなさっているのに、私だけが安穏と部屋に閉じこもっているなんて……っ！　そんなの耐えられません！」

鈴花は泣きたいような気持ちで珖璉を見つめる。

「そもそも私は、姉さんを捜していただくために珖璉様にお仕えしたんです！　ちゃんと約束を果たさせてくださいっ！」

「だからといって自分から囮を申し出る奴がいるか！　馬鹿者！」

強い声で叱った珖璉が、わずかに声を落とす。

「前にも言っただろう？　菖花は十三花茶会が終わったら、必ず捜し出してやると」

「はい、承知しております」

珖璉の言葉がどれほど嬉しかったか、きっと告げた本人は知るまい。おとなしく十三花茶会が終わるのを待っていれば、労せず姉を捜してもらえるのに、自分から囮に志願するなんて。余人が見れば、なんと愚かな娘よと嘲笑するだろう。けれど。

この胸の想いを伝えられぬなら、せめて、少しだけでよいから珖璉の役に立ちたい。

「どうか、掌服に戻してください……っ！」

祈るような想いをこめて告げる。禁呪使いを捕らえ、十三花茶会が終われば、鈴花などお役御免になるのだ。ならば、恋心が知られぬうちに、そばを離れたほうがいい。

今ならばきっと、幸せな夢だったと忘れられる。

「……わたしは、見気の瞳を失ったからといって、お前を放り出す気はない。お前が囮役にならずとも、禁呪使いを見つけてみせる」

珖璉がゆっくりと口を開く。聞いている鈴花の胸まで痛くなるような、低く苦い声。

「もう二度とお前を傷つけさせるつもりはない。それでも」

黒曜石の瞳が、真っ直ぐに鈴花を見下ろす。苦しんでいるような、祈るような、そんな表情で。

「――わたしのそばから離れたいと？」

「はい……っ」

想いを断ち切るように、ぎゅっと目を閉じて頷いた瞬間、乱暴に腕を引かれた。顎を摑まれ、強引に上を向かされたかと思うと。

「っ⁉」

柔らかくあたたかなものが唇をふさぐ。

とっさに押し返そうとした抵抗を封じるように、背中に腕を回した珖璉が鈴花を引き寄せる。かぶりを振って逃げたくても、顎から頭の後ろへ移動した手が許してくれない。

噛みつくような深いくちづけ。長い指先が髪を梳(す)くだけで背中に漣(さざなみ)が走り、膝からくずおれそうになる。

「んぅ……っ」

息ができない苦しさに呻くと、ようやく珖璉の唇が離れた。

はっ、と肌を撫でた呼気の熱さに、融けた蠟のように身体から力が抜ける。

へにゃり、と床に座り込んだ鈴花の目が捉えたのは、踵を返した珖璉の後ろ姿と、怒りを押さえつけたような低い声だった。

「……わかった。お前がそう望むなら、掌服に戻るがいい」

べしゃり、とろくに絞られてもいない丸めた洗濯物が、鈴花の後頭部へ投げつけられた。濡れた衣の重みと投げつけられた勢いに、つんのめって膝をつくと、周りの宮女達からくすくすと嘲笑が巻き起こる。

「やだぁ、手がすべっちゃったみたい」

まったく悪いと思っていない様子で、洗濯物を投げつけた宮女がくすくすと笑う。

「まあでも、傷物宮女には汚れ物がお似合いよねぇ」

同僚の言葉に、周りの宮女達が笑いながら同意する。

「ほんと、その通りよね。っていうか、汚れた洗濯物より、あの子のほうがよっぽど穢らわしいんじゃない？」

「宮女殺しの犯人に手籠めにされたんでしょ？　珖璉様の侍女を外されたのもそのせいらしいじゃない。いい気味よね」

「そんな目に遭って、よく後宮にいられるわよね。なんて図太いのかしら」

宮女達の嘲弄をよそに、鈴花は黙々と手を動かす。

掌服に戻ってから四日。わざと鈴花に聞こえるように投げつけられる侮蔑と嘲笑には、すっかり慣れた。宮女達の間では、鈴花は乱暴されて傷物になっているらしいが、訂正する気すら起きない。したとしても無駄だろう。

それに、この程度の悪口なんて、胸が痛みすらしない。

「それもあんたが洗っておきなさいよ。あんたがさわった着物を洗うなんて真っ平だもの。あたしまで穢れちゃうわ。もちろん洗濯場の片づけもしておくのよ」

同僚が一方的に命じ、鈴花の返事も待たずに洗濯場を出ていく。他の宮女達もくすくすすと笑いながら出ていくのを、鈴花は視線を伏せ、一心に手を動かしてやり過ごした。

洗濯場を片づけ、掌服の棟に戻るべくひとり籠を抱えて歩いていた鈴花は、分かれ道で立ち止まった。と、すかさず木陰から男の低い声が飛んでくる。

「そこの角を右だ。ほんっと、びっくりするくらい方向音痴だな」

「影弔さん！　ありがとうございます」

木陰から姿を現した宦官のお仕着せを纏った隠密に、ぺこりと頭を下げる。

影弔は珖璉の実家から一時的に派遣された隠密だ。鈴花が掌服に戻って以来、周りに気づかれぬよう、密かに見守ってくれている。年の頃は三十過ぎくらいだろうか。苦み走った顔つきに引き締まった体躯は、宮女達が見れば黄色い声を上げるかもしれない。

影弔の顔には、《視蟲》と呼ばれる透明の大きな羽を持つ蟲がとまっている。常人は蟲を見ることができないが、視蟲の羽を通せば、蟲を見ることができるらしい。

「今なら人目もねえ。食えるうちに食っておきな」

影弔が懐に入れていた紙の包みから、大きめの肉まんを差し出してくれる。

「わぁっ！　いつもありがとうございます」

鈴花は地面に籠を置くと、笑顔で肉まんを受け取り、かぶりついた。冷めてはいるが、柔らかい皮にぎっしり具が詰まっていて、この上ないおいしさだ。

ここ四日、鈴花は影弔にこっそり食事をもらっている。掌服に戻って最初の食事の時、器の中に虫の死骸を入れられていたからだ。鈴花の周りで食事をしていた宮女達が皆、いい気味だと言わんばかりに笑っていたので、嫌がらせだったのだろう。影弔に言わせれば、「毒蟲じゃなくてよかったな」らしいが。ともあれ、食事に何が混入しているかわからないということで、以来、影弔に隠れて食べ物をもらうようになっている。

まふまふと肉まんのおいしさに舌鼓を打っていると、

「見てるだけの俺が言うことじゃあないかもしれねぇが」

と影弔が低い声で呟いた。

「宮女達のいじめは、第三者の俺が見ても胸くそ悪いくらいだぜ？　甘んじて受けてたら、もっとつけ上がるに決まってる。いいのかい？　あんたがひと言頼めば、俺がそれとなく……」

「いいんです」

肉まんを食べ終えた鈴花は、かぶりを振って影弔を遮る。

「だって、私がおとなしくしていると侮られたほうが、禁呪使いが狙ってくる可能性が高くなるでしょう？　その時はよろしくお願いします。あっ、もっとこうしたほうが囮として役立てるとか助言があったら、ぜひ教えてください」

ぺこりと頭を下げると、呆れたような吐息が降ってきた。

「なんてゆーか。調子が外れる嬢ちゃんだな……」

「でも、気遣ってくださってありがとうございます」

口調こそぞんざいだが、影甲が鈴花を気遣ってくれているのは明らかだ。

「あの、怪しそうな人は見つかりましたか？」

尋ねると、影甲が苦い顔でかぶりを振った。

「いや。残念ながら、禁呪使いらしき人物は見つかってねぇな。あんたをおびき出した宮女となると、こっちは容疑者が多すぎてな。げに恐ろしきは女の嫉妬だよ。いったい、どれほど恨まれてるんだ？　……まあ、あの珖璉様の側仕えに宮女として初めてなったんだから、仕方がないかもしれんが」

珖璉の名前を聞くだけで、つきんと胸が痛くなる。

おかしい。掌服に戻って珖璉から離れれば、恋心も薄れて消えていくだろうと思っていたのに、薄まるどころか、気がつけば珖璉のことを考えてしまっている。

明後日には十三花茶会が行われる。だというのに、まだ禁呪使いが見つかっていないのなら、きっと珖璉は寝る間も惜しんで働いていることだろう。そう考えるだけで、締めつけられたように胸が痛んで、今すぐ珖璉の元へ駆けつけたくなる。鈴花が行ったところで、肩もみくらいしかできないのに。

こんな大事な時に見気の瞳を失ってしまった自分が、ほとほと情けない。珖璉を思って疼く胸の痛みに比べれば、同僚達の嫌がらせなど、何ほどのことでもない。むしろ、見気の瞳を失った己への罰だと思えば、生温いくらいだ。

着物の合わせを握りしめ胸の痛みに耐えていると、鈴花が不安になっていると思ったのだろう。影弔が慰めるように声をかけてくれる。

「珖璉様からは、あんたに危険が及ばぬように守れって厳命されてるからな。あんたが嫌がらせは放っておけと言うから、それに関しちゃ手は出さねぇが、もし禁呪使いが来たとしても、怪我なんか決してさせねぇよ」

「はいっ。囮役として精いっぱい頑張りますね！」

「いや、そういう意味で言ったんじゃねぇんだが……」

困ったように頭をかく影弔をおずおずと見上げる。

「あの……。珖璉様のご実家から、もっと人を派遣していただくことはできないんですか？　折り合いがよろしくないとはうかがったんですけれど……」

尋ねた瞬間、それまで気安かった影弔の気配が硬くなる。

「わりぃな。それについちゃあ、何も言えねぇよ」

「す、すみません」

もっと人が増えれば珖璉の負担も減るかもしれないと思ったのだが、鈴花ごときが口出ししていいことではないらしい。わかっていたはずなのに、やはり珖璉と鈴花では住む世界が違うのだと突きつけられて、唇を噛みしめる。と、不意に影弔が木陰に音もなく身を隠した。驚く間もなく、反対側から茱梅が現れる。

「あら、鈴花。もう掌服の棟に戻る時間でしょう？　一人なの？」

「その、同僚においていかれて……」

あいまいに笑って告げると、茱梅は何やら察したらしい。美しい面輪が気の毒そうにしかめられる。

「後宮は華やかな牢獄に等しいものね。まばゆい光の陰で、醜い嫉妬が渦巻く恐ろしい場所だもの。つらい思いを、しているのね」

「術師として務められている茱梅様でも、そう感じるんですか？」

思わず問い返すと、茱梅が憂い顔で頷いた。

「それぞれの妃嬪様達にお会いする術師の立場だからこそ、妃嬪様達のお心に渦巻く嫉妬や憎しみがよく見えてしまうものなの。陛下は未だ皇后を決めてらっしゃらないけれども、皇后となれば、龍華国最上の女人に等しいわ。なんとしても昇りつめたい気持ちはわからなくもないけれど……」

「そんなもの、なんですか……？」

鈴花には、いまひとつぴんとこない。

「あら。あなたはそうは思わないの？」

意外そうに尋ねた茱梅が、ふふっと笑みをこぼす。

「そうね。あなたがなりたいのは、皇后ではなく珖璉様の……」

「わわわわっ！　だめです！　言わないでくださいっ！」

茱梅は気づいていないが、近くには影弔だっているのだ。大あわてで両手を振る鈴花に茱梅が楽しげに笑みをこぼす。

「ふふ。いっそのこと、あなたのように考えられたら楽なのかもしれないわね。羨ましいこと。私が掌服に戻したらどうかと進言したせいで、あなたが泣いて暮らしているんじゃないかと思って心配していたけれど、意外と元気そうでほっとしたわ」

「ご心配くださってありがとうございます！　大丈夫です！」

本当は、胸の柔らかなところに長い棘が深く刺さったように、ずっと心がしくしくと痛みを奏でている。けれど、茱梅に心配をかけたくなくて、鈴花は明るく笑う。

だが、さっきの茱梅の言葉を影弔に聞かれてしまっただろうか。気になって、ちらちらと影弔が隠れているだろう辺りを振り返っていると、「どうしたの？」と茱梅に不思議そうに尋ねられた。

「ええっと、実は近くに、隠密の影弔さんが隠れていて……」

茱梅ならば伝えても問題あるまいと説明すると、茱梅が驚いた声を上げた。

「びっくりしますよね！　影弔さん、気配を消すのが本当にうまいんです！」

「……いや嬢ちゃん。それ、隠密として基本だからな？」

呆れ声で呟いた影弔が、木陰から姿を現す。

「そう、隠密が護衛についてくれているの。それなら安心ね」

柔らかく微笑んだ茉梅が、

「引き留めてしまってごめんなさい。あなたの元気そうな顔を見られて安心したし、私もそろそろ行くわ」

と踵を返す。

「はいっ、気に留めていただいてありがとうございました」

ぺこりと頭を下げて茉梅を見送る。その背が見えなくなったところで、影弔が感心したような声を上げた。

「あれが後宮付きの術師の茉梅か。妃嬪と言っても通りそうな美貌だな」

「そうですよね！　ほんとお綺麗で、その上、術まで使えるなんて……っ」

茉梅みたいに美人で有能だったら、珖璉に想いを伝える勇気も持てたのだろうか。あんな美人だったら、珖璉の隣に並んでも見劣りしないに違いない。ないものねだりとわかっていても、つい埒もないことを考えてしまう。

と、影弔が思わせぶりに鈴花を見やった。

「ところでさっき……」

「ち、違うんです！」

一瞬で顔が熱くなる。鈴花は必死でぶんぶんと両手を振り回して弁解した。

「違いますっ！　いえ、ほんとは違わないですけれど、でもあの……っ！　お願いですから内緒にしていてくださいっ！」

がばりと頭を下げると、「さあて」と、すこぶる楽しげな声が降ってきた。

「嬢ちゃんの身に起こったことは事細かに報告するよう、珖璉様に命じられてるんだが……」

「えぇっ⁉　あ、あの……っ⁉」

影弔の言葉に凍りつく。と、影弔が吹き出した。

「安心しなよ。言わねぇって。人の恋路に口出しするほど野暮じゃねぇよ」

「よ、よかったぁ。ありがとうございます」

安堵のあまり、へなへなと座り込みそうになる。

「しっかし……。ご実家を頼られるなんて、よっぽど追い詰められてらっしゃるのかと思ったが、こりゃあひょっとして……」

「影弔さん？」

ぶつぶつと何やら呟く影弔に首をかしげると、影弔が唇の端を吊り上げた。

「気にすんな。こっちの話だ。それにしても嬢ちゃん、あんたほんと面白いな」

「はあ……？」

どことなくわくわくした様子の影玥に、鈴花はあいまいに頷いた。

◆　◆　◆

「くそっ」

憤りのままに卓に拳を振り下ろしかけ、珖璉はすんでのところで思いとどまった。卓を殴ったところで、何の益もない。禎宇と朔に余計な心労をかけるだけだ。珖璉の前では、報告を終えた禎宇と朔が申し訳なさそうにうなだれている。

明日の夜には十三花茶会が開催されるというのに、どれほど調べても禁呪使いの行方は杳として摑めない。

「禁呪使いの目的はわからんが、必ずや、明日仕掛けてくるはずだ。身元の確かな兵達で警備を固めてはいるが……」

だが、相手は術師だ。ふつうの警備兵達では手も足も出ないだろう。主の苦い声に、禎宇が布で巻かれた棒状のものを恭しく差し出す。

「こちらを洞淵様よりお預かりしました。ここ数日の珖璉様の様子は、見るに忍びないとおっしゃっておられました」

筆頭宮廷術師として明後日の昇龍の儀の準備に忙しいだろうに、洞淵は二日とあげずに顔を出してくれている。とはいえ、やはり長居はできず、すぐに帰ってしまうのだが。

禎宇が布を取り払った剣を見て、珖璉は思わず目を疑った。古い様式ながら凝った装飾が施された剣は、珖璉も何度か見たことがある。だが、まさか。

「まさか、『蟲封じの剣』を貸してくれるとはな……」

蟲封じの剣は蚕家に代々伝わるいくつもの家宝の中でも、特に有名なものだ。たとえ常人が振るったとしても、蟲封じの剣ならば、どんな蟲も斬れるという。

禁呪使いがどのような蟲を召喚する気かはわからないが、蟲封じの剣があれば、心強いことこの上ない。通常ならば蚕家の蔵の奥深くに厳重に安置し、持ち出し厳禁であろう家宝を気軽に貸してくれるとは、いかにも洞淵らしい。

「ありがたいことだ。だが、茶会では帯剣を禁じられている。わたしの席の近くに隠しておいてくれ」

「かしこまりました」

禎宇が剣に布を巻き直しながら請け負う。

「しかし、後で洞淵からどんな無茶を言われることやら」

茶会の後、洞淵から出されるだろう無理難題を想像し、思わず苦笑を洩らすと、禎宇と朔がほっとしたように表情を緩めた。二人の様子に、ここ数日は眉間にしわを寄せるばかりで口元を緩めることすらしていなかったのかと、今さらながら気づかされる。

「珖璉様。何か召し上がりませんか？　このところ、ろくに食事をお口にされていませんでしょう？　食事が重いということでしたら菓子もございます」

禎宇がここぞとばかりに食べ物を勧めてくる。珖璉自身、最近忙しさにかまけて食事も睡眠もおざなりになっている自覚はある。だが、食事の内容は変わっていないのに、砂を嚙むように味気なくて食べる気が起きないのだ。

「いかがですか？」

禎宇が何種類もの菓子を載せた皿を差し出す。

菓子を見た瞬間に脳裏に浮かぶのは、食べるたびに大喜びしていた鈴花の笑顔だ。思わず愛しい少女の名を紡ぎかけ、こらえるように唇を引き結ぶ。

鈴花に逢いたい。ふれられなくてもいい。ただ一目、花が咲くように天真爛漫な笑顔を見たい。

同時に、珖璉のそばにいたがゆえに危険な目に遭い、離れていったのだと、胸の奥が刃で刺し貫かれたように痛む。

どうか、そばにいてほしいなどと……。この状況で、どの口が言えるというのか。

だが、止められぬ想いが問いとなって口をつく。

「鈴花はどうしておる？」

珖璉の問いに、禎宇と朔が困り顔で顔を見合わせた。

「それが……」

歯切れの悪い禎宇の言葉に眉が寄る。

「どうした？　影帀から報告が来ているはずだろう？」

「おっしゃる通りですが……」

言い淀んでいた禎宇が、意を決したように顔を上げる。

「いいえ。隠したとしても、影帀に問えばすぐにわかることでございますね。実は、鈴花は毎日、同僚達に酷い嫌がらせを受けているそうです」

「何だと⁉　どういうことだ⁉　影帀は何をしている⁉」

怒りのままに禎宇を睨みつけると、禎宇が困り果てたように顔をしかめた。

「それが、鈴花自身が助けてくれるなと釘を刺しているそうでして。護衛がいるとわかれば、警戒して禁術使いが狙ってこない。囮としての役目が果たせない、と」

「あの愚か者が……っ！」

嚙みしめた奥歯がぎり、と鳴る。鈴花を手元から離したのは、決して同僚に虐げられるためではない。端から、鈴花を囮にしようなどとは思っていなかった。

ただ、男に襲われて以降、珖璉がふれるたび、怯えるように身を強張らせる鈴花を見ているのが忍びなくて……。

ふれられるだけでも、それほど恐ろしいのかと。ならば、宮女ばかりの掌服に戻れば、少しは襲われた記憶も薄まるだろうと。

そう思って、断腸の思いで手放したというのに。

「今すぐ掌服長へ会いに行く」

怒りをにじませ、決然と立ち上がった珖璉を禎宇があわてて押し留める。

「お待ちください！　もう夜も更けております！　それにその……。珖璉様が行かれては、かえって嫌がらせが酷くなる可能性が……」

「くそっ！」

こらえきれず、激昂のままに卓に拳を振り下ろす。

嫉妬がどれほど下劣な行為を引き起こすか、官正として何度も見てきたはずなのに、どれほど目が曇っていたのか。己の愚かさに、自分で自分の首を掻き斬ってやりたい。

「明日の十三花茶会で、必ずや禁術使いを捕らえるぞ。これ以上、好きにはさせん」

決意を込めて告げた珖璉に、禎宇と朔がきっぱりと頷く。

すべては明日だ。十三花茶会さえ終われば、鈴花の姉も捜してやれる。

そうすれば、鈴花を――。

珖璉は骨が白く浮き出るほど、強く拳を握りしめた。

第五章　『十三花茶会』の夜

すでに日は沈んでいるというのに、光蟲が光を放つ灯籠のおかげで、辺りは昼間のように明るい。まるで宵闇さえも後宮を訪れるのを遠慮しているかのようだ。

十三花茶会の当日、鈴花は他の宮女達と一緒に庭にかしこまり、大勢の侍女達を供に、しずしずと渡り廊下を進んでいくきらびやかな衣装の妃嬪達を見送っていた。

あいにく夜空はどんよりと曇っているが、代わりに地上に星々が降りてきたかのようだ。とはいえ、下級宮女達はみな平伏しているので、贅をこらした衣装を纏う妃嬪達の姿をじっくり見ることは叶わぬのだが。

妃嬪が全員通り過ぎたところで、顔を上げた宮女達が期待に満ちた囁きを交わし合う。妃嬪の見送りさえ終われば部屋に戻っていいはずなのだが、誰一人として立ち上がろうとしない。と、周りの宮女達がいっせいに感嘆の吐息を洩らした。

渡り廊下に目をやれば、妃嬪達に次いで通ってゆくのは後宮勤めの高官達だ。先頭を歩くのは茶会にふさわしいきらびやかな衣を纏った珖璉だ。その後ろには茱梅や各部門の長の姿も見える。

「ああっ、なんて麗しいお姿かしら……っ！　妃嬪様達にも劣らぬお美しさね！」

「光り輝く君というのは珖璉様にこそ、ふさわしい言葉だわ。まるで夜空の星が降りてこられたかのよう……」

「十三花茶会の準備は大変だけど、珖璉様のお美しいお姿を見られるだけで、すべての苦労が消えていく気がするわ……っ」

宮女達が、感嘆の吐息とともに口々に珖璉の美貌を褒めたたえる。だが、鈴花の耳にはろくに入っていなかった。

数日ぶりに見た珖璉の姿が衝撃的すぎて。

なぜ、周りの宮女達が褒めそやすのか、わからない。だって、あんなにも疲れ果てて、やつれた様子だというのに。

錐で貫かれたように胸が痛む。真っ直ぐ前を見据えて無言で歩を進める珖璉は、内心ではどれほどの不安と焦燥に囚われているだろう。

矢も楯もたまらず立ち上がった鈴花は、宮女達の間を抜け出す。鈴花などが行ったところで、何の役にも立てないのはわかっている。けれど、あんな様子の珖璉を放ってはおけない。下級宮女である鈴花は、渡り廊下に上がることは許されていない。建物の周りをぐるりと迂回し、茶会の場へ駆けていこうとして。

「あれ……？」

道に迷い、情けない声を上げたところで、後ろから伸びてきた手に腕を掴まれた。

「嬢ちゃん。どこへ行く気だ？」

振り返った先にいたのは、額に視蟲をつけた影弔だ。

「お、お茶会の場に……っ！　私なんかが行っても役立たずだってわかってますけど、でも……っ！」

手を振り払ってでも駆けて行こうとした瞬間、「ちょっと待て」と低い声で告げた影弔が、夜の闇が淀む茂みの向こうに鋭い視線をそそぐ。

「おい。宮廷術師のあんたが、大事な茶会に参加せずにどこに行くつもりだ？」

影弔が鈴花の腕を掴んだまま、茂みをかき分け進んで行く。そこにいたのは、一人の宮女の手を引く、険しい表情の博青だった。

灯籠の明かりに照らされた宮女の顔を見た瞬間、鈴花は驚きに息を呑む。

「菖花姉さんっ⁉」

だが、鈴花の叫びにも、当の宮女はきょとんとしている。

「姉さん！　いったい何があったの⁉　私、姉さんを捜しに……っ！」

影弔の手を乱暴に振り払い、姉へ駆け寄ろうとして、鈴花は宮女が姉によく似た顔立ちの別人だと気がついた。

「違う、菖花姉さんじゃない……っ！　あなたは……？」

「菖花？　あなた、菖花の妹なの？」

鈴花の言葉に、宮女が初めて反応する。

「なら、お礼を言わなくてはね。菖花のおかげで、牢獄から出られるんだもの。この子も喜んでいるわ」

夢見るようにうっとりと呟いた宮女が、愛おしげに腹部を撫でる。たおやかな身体には不似合いな、ふくらみ始めたお腹を。

姉に似た澄んだ声に、鈴花は彼女が以前出会った子守唄を歌っていた妃嬪だと気がついた。だが、いま彼女が着ているのは、高価な護り絹ではなく、宮女のお仕着せだ。混乱する鈴花をよそに、彼女が幸せそうに微笑む。

「うふふ。わたくし、これからお出かけするの。この子も楽しみにしているのよ」

「お、お出かけ……？」

何を言っているのか、理解できない。

大好きな姉とよく似た顔、よく似た声の、けれども決して姉ではない人。夢見るように遠いまなざしは、ここにいるのに、ここではないどこかを見ているようだ。

厳しい声を博青に投げつけたのは、黙してやりとりを見つめていた影弔だった。

「博青。あんた、芙蓉妃に手を出したな？　他人が喚んだ蟲は還すのが困難だが、宮廷術師のあんたなら、自分で宦吏蟲を入れておいて、必要に応じて宦吏蟲を抜くなんてわけないだろう？」

「えっ⁉」

鈴花は驚愕とともに影弔を振り返る。宮女の姿をしたこの方が、中級妃の一人である芙蓉妃だというのか。

だが、影弔の鋭いまなざしは博青にそそがれたままだ。

「妊娠がバレないよう、顔立ちのよく似たこいつの姉を身代わりに立てたってわけか」

「じ、じゃあ、姉さんは……っ⁉」

姉が生きている。だが、その喜びに浸るよりも、混乱のほうが大きい。

菖花について思い出したら話すと優しく言ってくれた博青。姉を芙蓉妃の身代わりにしたということは、その言葉はすべて嘘だったというのか。

「ど、どうしてですか……⁉　だって博青さんは、これ以上、禁呪使いの被害が広がらないようにって、夜中に見回りまでしてらっしゃって……っ！」

誠実で優しそうな博青と、いま目の前にいる博青がどうしても結びつかない。かすれた声で問いかけると、目を血走らせた博青が嘲るように唇を歪めた。

「見回りしていたのは後宮から出るための経路を探してたからさ。あんたに菖花の妹だと名乗られた時は肝が冷えたよ。うまくごまかせたと安堵してたのに……っ！」

憎々しげに睨みつけられ、息を呑む。最初から、博青は鈴花を騙すつもりだったのだ。

胸の痛みに視線を伏せた鈴花の耳に影弔の厳しい声が届く。

「なるほどな。だが、身籠ったのをいつまでも隠し通せるもんじゃねぇ。妃嬪を孕ませたことがバレたら極刑だ。その前に逃げようって魂胆なんだろうが……。いくら十三花茶会で人目が少なくなっているとはいえ、身重の女を連れて後宮から逃げおおせると思ってるのか？」

「門番などどうにでもなる！」

ふだんの穏やかさをかなぐり捨てた博青が、ひびわれた声を上げる。

「どうせ茶会に出れば殺されるんだ！　ならば、一縷の望みに賭けて何が悪い⁉」

「どういうことですかっ⁉」

殺されるなど、尋常ではない。詰め寄る鈴花に、博青が、ぞっとするような歪んだ笑みを見せた。

「のんびりしていていいのか？　まもなく茶会の場は禁呪が吹き荒れる。阿鼻叫喚の地獄になるぞ？　お前の姉も無事では済むまい。妃嬪や宮女が皆殺しにされれば、一人くらい消えてもわからんだろう？」

言うなり、「《刀翅蟲》！」と博青が鋭い刃の羽を持った蟲を放つ。

どんっと突き飛ばされた鈴花のすぐ横を、蟲の鋭い羽が通り過ぎる。懐から取り出した短剣を素早く抜き放った影弔が、空を裂いて飛ぶ蟲を斬りつけた。

胴を切断された蟲が、風に散る塵のように形を失って還ってゆく。それを確認する間もなく、突き飛ばされた勢いのまま、鈴花は駆け出していた。

「おいっ！　嬢ちゃん⁉」

「ごめんなさいっ！」

博青と相対した影弔のあわてた声が聞こえるが、立ち止まってなどいられない。

「ああくそっ！　茶会の場は黒い屋根の建物を右に曲がって、次の角を左だ！　後は楽の音を頼りに進め！　いいか⁉　無茶すんじゃねえぞっ⁉」

舌打ちに次いで背後から影弔の声が飛んでくる。鈴花は返事をする間も惜しんで建物の角へ駆け込んだ。教えてくれた通り、耳をすませば華やかな楽の音がかすかに聞こえてくる。楽が奏でられているということは、まだ何も起こっていないということだ。

一刻も早く茶会の場へ行って、禁呪のことを知らせなくては。

博青が言っていた阿鼻叫喚の地獄とは、いったいどういうことだろう。わからない。だが、あそこにずっと捜してきた姉と珖璉がいるのなら、行かないという選択肢はない。

駆ける鈴花の脳裏で、「役立たずのお前が行ってどうする？」と嘲笑う声がする。

村でも後宮でも、ずっと役立たずだと蔑まれてきた。

見気の瞳も使えず、蟲の一匹も喚び出せない鈴花などが行って、何ができるというのか。何より、禁呪使いがいるだろう場所に行くということは――。

「っ！」

恐怖に息を呑んだ瞬間、足がもつれて勢いよく転ぶ。とっさに地面についた手のひらを擦りむき、鈴花は倒れ伏したまま、痛みに呻いた。

手のひらを擦りむいただけでこんなに痛いのに。もし、さっきのような蟲に斬られたら、どれほどの痛みに襲われるだろう。

不意に、襲われた時の恐怖が甦り、息ができなくなる。

苦しいのに息が吸えない。着物の合わせを握りしめ、額を地面にこすりつけるように身体を丸める。

首を絞められた時も同じだった。どんなにもがいても男の手は離れなくて。不気味だと言われ続けてきたこの目を、殺そうとするほど憎んでいる誰かがいるなんて。

苦しい。怖い。誰か……っ！

助けを求めて心の中で叫んだ瞬間、脳裏に珖璉の声が甦る。

『大丈夫だ、ゆっくり息を吐け。何があろうと、わたしがそばについている』

背中を撫でる大きな手の幻まで感じて、鈴花は必死で息を吐き出した。吐ききったところで、欲していた空気が自然に入ってくる。

はっ、はっ、と荒い息をこぼす。身体の震えはまだ止まらない。耳元で心臓ががなり立てているようだ。どくどくと響く鼓動の音に混じって。

行く手から、宮女達の悲鳴が聞こえてきて、鈴花は息を呑んだ。

「そんな……っ」

間に合わなかったのだ。絶望が鈴花の心を塗り潰す。

やっぱり自分はどこまでいっても役立たずだ。ようやく姉の居所がわかったというのに、間に合わなかった。絶望に圧し潰され、地面に突っ伏しかけて。

『鈴花』

心の中で、凛とした声が響く。

たった一人、鈴花を役立たずではないと言ってくれた人。

「珖璉、様……っ」

茶会の場へ歩いて行った珖璉の横顔を思い出す。

疲労をにじませ、それでも挑むように真っ直ぐ前を見据えていた人。あの方の瞳に、もう一度自分が映れるとは思わない。

それでもいい。せめて、恋しい人の役に立ちたい。

がりり、と地面を引っかくようにして立ち上がる。呼吸はまだ荒い。気を抜けば身体が震えそうになる。まるで、見えない鎖ががんじがらめに巻きついているようだ。

けれど。

「行かなきゃ……っ」

あの方のところへ。たとえ、禁呪使いと相対することになろうとも。

もう、恐怖に立ち止まったりしない。

決然と一歩踏み出した途端、心の中で、ぱきん、と薄氷が割れるような音がする。

同時に、世界が、鈴花が知る色を取り戻す。

辺りに漂う夜の闇よりさらに黒く淀む靄。見上げた視界に映るのは、建物の屋根を越えて立ち昇るどす黒い九本の柱――。

土に汚れた着物の裾をはためかせ、鈴花は迷わず黒い柱を目指して駆け出した。


大きな広場ほどもある茶会の場へ駆け込んだ鈴花の目に真っ先に入ったのは、遠目に見えたどす黒い《気》を放つ九本の柱が、黒い大蛇と化し、身をくねらせる姿だった。

よほど強い蟲なのだろう。術師でない警備兵や侍女達でも見えるらしい。抜剣した兵達が、へっぴり腰になりながらも妃嬪や侍女達を守って大蛇を斬りつけているが、どす黒い靄を纏う大蛇の鱗は見た目以上に硬いらしい。兵達の刃はことごとく弾かれている。

珖璉や茱栴が喚んだのだろうか。先ほど博青が放った刃の羽を持つ刀翅蟲や、硬そうな甲虫が何十匹も飛び回っているが、大蛇を傷つけるどころか、反対に、顎を大きく開けて身をくねらせる大蛇に嚙みつかれ、塵となって消えてゆく。

突然、恐ろしい大蛇が現れて恐慌に陥っているのだろう。侍女達は皆、恐怖に震えながら身を寄せ合っている。地面にへたりこんでいる者も多くいた。

おそらく茶会の場を囲むように呪具が埋められていたのだろう。そこから大蛇が立ち昇っているせいで、誰も逃げ出せずにいる。逃げ出したいが、背中を見せれば大蛇に喰われてしまう。そんな恐怖に囚われ、動くに動けないようだ。

灯籠の中で光蟲達が暴れている。ちらちらと幾百の光が瞬くさまは、悪い夢の中に迷い込んだようだ。

「珖璉様っ！」

禁呪の《気》が満ちているのだろう。夜の闇とは異なる黒い靄が漂う場の中で、銀の光を放つ珖璉の姿を見た途端、名前が口をついて出る。

「鈴花っ⁉」

牡丹妃を背に庇って剣を振るう珖璉が、驚愕に目を見開く。その隙を突くように、身をくねらせた大蛇が一匹、珖璉へ迫った。

鈴花が悲鳴を上げるより早く、珖璉が手にした剣を振るう。清冽な白光を宿した剣が、警備兵の剣では傷ひとつつけられなかった大蛇の首をたやすく落とした。軋むような悲鳴を上げて、大蛇が身をよじる。鈴花は大蛇が地面に倒れ伏す姿を想像した。だが。

巨体を悶えさせた切り口から、新たな首が生えてくる。

「くそっ！　きりがないな！」

忌々しげに吐き捨てた珖璉の元へ、必死に駆け寄る。途中、芙蓉妃の席に姉の姿を見つけ、泣きたくなるほど嬉しくなる。蒼白な顔をしているが、姉はまだ無事だ。姉を助けるためにも、なんとしても禁呪使いを止めなくては。

「鈴花っ！」

背後で風切り音がする。

次の瞬間、鈴花は珖璉に左腕で抱き寄せられていた。鼻孔をくすぐった爽やかな香の薫りに、そんな場合ではないのに涙があふれそうになる。

「なぜ来た⁉」

鈴花に迫っていた大蛇の首を斬り落とした珖璉が叩きつけるように問う。答える間も惜しく、抱き寄せられたまま首を巡らす。

きっと禁呪使いもここにいるはず。禁呪使いを見つければ、大蛇だってきっと──。

祈るように目を凝らし、見回して。

「茉梅、様……？」

ちょうど牡丹妃の席の向かい側。怯えて地面に座り込む蘭妃の一歩後ろで、悠然と辺りを睥睨（へいげい）している茉梅の懐から、大蛇達よりもなお昏い《気》が放たれているのを見つけ、呆然と呟く。茉梅本来の淡い朱色ではない、どす黒い禁呪の《気》。

しかも、それだけではなく。

「茉梅様っ！　その黒い《気》は何ですか⁉　それに、お腹に宿る銀の光は……っ⁉」

「鈴花っ⁉　茉梅から禁呪の《気》が見えるだと⁉　見気の瞳を取り戻したのか⁉」

珖璉が、鈴花と同じものを見ようとするかのように、茉梅に鋭い視線を向ける。刃の如き視線を正面から受け止め、茉梅がゆったりと微笑んだ。

「嫌ですわ、珖璉様。鈴花は見気の瞳の力を失ったのでしょう？　きっと、混乱で見違えているのですわ」

自信に満ちた茉梅の声に抗い、鈴花は必死でかぶりを振る。

「違います！　もう一度、見えるようになったんです！」

後宮付きの術師として確固たる地位を持つ茉梅と、役立たずの下級宮女の鈴花。どちらを信じるかなど明白だ。けれど。

茉梅から目を離さぬまま、祈るように珖璉の衣をぎゅっと摑む。

「私、決して珖璉様に嘘なんて申しませんっ！」

信じてほしい。けれど、自分から珖璉の元を辞しておいて、今さらどの口が信じてくださいなどと言えるだろう。涙がにじみそうになりながら、唇を噛みしめた瞬間。

「無論だ。お前の言葉を疑うわけがなかろう」

決然と告げた珖璉の声に、信じられぬ思いで端麗な面輪を振り仰ぐ。強い光を宿した黒曜石の瞳が、真っ直ぐに鈴花を見下ろしていた。

「珖璉様？　私より、そんな小娘を信じるとおっしゃるのですか？　珖璉様ともあろう御方が、取るに足らぬ娘の戯言を鵜呑みになさるとは。きっと、鈴花は夜の闇に目が曇っているのですわ」

茱栴の嘲弄が刃のように鈴花の心を切り裂く。珖璉の衣を握りしめていた手から力が抜けかけ。

「鈴花」

力強い声と同時に、ぎゅっ、と強く抱き寄せられる。

うつむきかけていた視線を上げると、間近に苛烈な怒りを宿した珖璉の横顔があった。激昂に炯々ときらめく瞳に身がすくむ。

「なるほど。目が曇っている、か」

怒りを孕んだ声音に、鈴花は珖璉の腕の中で身を震わせる。やっぱり、先ほどの言葉は、願望が強すぎたゆえの聞き間違いだったのだ。

戯言を申すなと珖璉が怒るのも当然——、

「お前が申す通り、わたしの目は曇った硝子玉だな。これほど近くに禁呪使いがおったのに、鈴花に言われるまで気づかぬとは。我ながら、度し難い愚か者だ」

「珖璉様？　何をおっしゃって——」

いぶかしげな茱栴の言葉を、珖璉の厳しい声が刃のように叩き斬る。

「茱梅。もうお前の言には惑わされん。わたしは、禁呪が吹き荒れる中、我が身の危険も顧みず駆けつけてくれた鈴花を信じる」

「っ⁉」

きっぱりと言い切った珖璉に息を吞む。鈴花を見下ろした珖璉が柔らかに微笑んだ。

「鈴花。お前の目には、茱梅に禁呪の《気》が見えるのだろう？」

「はい……っ。禁呪だけでなく、銀色の《気》も……っ」

こくりと頷き、震える声で告げる。珖璉が、鈴花を信じると言ってくれた。それだけで、光が灯ったように胸の奥底が熱くなる。

満足そうに頷いた珖璉が茱梅に顔を向ける。

「これ以上、わたしの大切な侍女への誹謗は許さん。茱梅。鈴花の言葉を虚言と申すなら、お前自身が己の潔白を証明してみせよ」

だが、珖璉の糾弾にも、茱梅の落ち着き払った態度は崩れない。

「証明でございますか？　では、私こそが皇后に――次代の皇帝の母にふさわしいと証明すればよろしいでしょうか？」

「茱梅っ！　あなた……っ！」

珖璉よりも早く反応したのは、茱梅のそばで座り込んでいた蘭妃だった。それまで恐怖で震えていたのが嘘のように、険しい顔で蘭妃が茱梅の衣の袖を摑む。

「次代の皇帝ですってっ⁉　茉梅！　術師の分際で、まさか陛下のご寵愛を……っ！」

「私の宝に軽々しくふれないでくださいませ」

氷のような声音で蘭妃の手を振り払った茉梅が、愛おしげに己の腹部を撫でる。よく見なければわかりづらいが、絹の衣に包まれた腹部はうっすらと丸みを帯びつつある。

「この子は私の宝物。いいえ、この国の宝となるのですから」

蘭妃に応じたのとは打って変わった愛しげな声の茉梅に、蘭妃が柳眉を逆立てる。

「何を馬鹿なことを！」

美しい面輪を怒りに染めて吐き捨てる蘭妃に、茉梅は幼子に言い含めるように優しげな笑みを向けた。

「蘭妃様ともあろう方が、愚かなことを。陛下の御子がこの子だけなら、この子が次代の皇帝に決まっているではありませんか。優れた術師の私ならば、きっと《龍》の気を育むことができますわ。陛下も、私が国母にふさわしいと思われたからこそ、ご寵愛くださったのです」

「つまり、宮女殺しは己がただ一人の妃となるために仕組んだということか」

珖璉の鋭いまなざしが茉梅を射貫く。

「最初から、妃嬪が一堂に会する十三花茶会が狙いだったのだな？　妃嬪が害されれば、捜査の厳しさは宮女殺しの比ではない。十三花茶会で一気に妃嬪全員を殺そうと……。

そのために、宮女の命を使って禁呪を練り上げたのだろう？　居もせぬ禁呪使いの存在を捏造し、己に疑いの目が向かぬように細工して」

珖璉がわずかに丸みを帯びつつある茱梅の腹部を見やる。

「宮女殺しが始まったのが約二か月前。御子を宿したとわかった時から、入念に準備をしておったのだな？　己の子を次代の皇帝とするために」

「術師風情の子が皇帝となるなど、そんなこと、あり得るはずがないでしょう⁉　わたくしが流産したのもあなたの仕業なのね⁉」

珖璉の声など耳に入っていないように、蘭妃が茱梅に詰め寄る。

「いいえ。蘭妃様は《龍》の気を育むには、器が小さすぎたんですわ。ですが、ご安心くださいませ」

ゆるりとかぶりを振った茱梅が、慈母のような笑みを浮かべる。

「いつもおっしゃられてましたよね？　憎い憎い。他の妃嬪達など、いなくなってしまえばよい、と。その願い、私が叶えてさしあげますわ」

「え……？」

蘭妃が呆けた声を出す。笑みを浮かべて蘭妃を見下ろしたまま、茱梅が懐から短剣を抜き放つ。夜の闇よりなお昏い、どす黒い《気》を宿した短剣を。

「ですから……。そのお命、使わせていただきますわね？」

慈愛の笑みを浮かべたまま、茱栴が短剣を振りかぶる。

「《盾蟲》！」

珖璉の叫びと同時に、大きな甲虫の姿をした蟲が十数匹放たれる。

茱栴と珖璉の間にいた数匹の大蛇がうねったかと思うと、次々と盾蟲を喰らっていく。

だが、大蛇の隙間をくぐり抜けた一匹が茱栴の短剣にぶつかった。

かぁんっ！　と硬いもの同士がぶつかる音が高く響き、短剣こそ落とさなかったものの、茱栴が大きく体勢を崩す。

腰が抜けて立てないのだろう。蘭妃が這いずるようにして茱栴からわずかに距離を取る。周りの侍女達は、主人を助けるどころか、恐怖で身動きもできずに固まっていた。

「邪魔をしないでいただけますか？」

茱栴が不満げに珖璉を振り返る。

「まさか、洞淵様から蟲封じの剣まで託されてらっしゃるなんて。想定外でしたわ」

茱栴が困ったように眉を寄せる。まるで、お気に入りの衣に虫食い穴でも見つけたように。

「茱栴、おぬしの目論見が明らかになった時点で、野望は潰えたも同然だ。いくら陛下の御子を宿していたとて、何人もの宮女を殺し、禁呪を行使したおぬしが皇后の座につくことはできぬ。おとなしく縄につけ！」

茱梅を見据え、珖璉が厳しい声を紡ぐ。次いで、「鈴花。わたしの後ろに下がっておれ。禎宇。鈴花は任せたぞ」と囁かれ、腕をほどかれる。あわてて珖璉の後ろに回り込んだ鈴花を守るように、控えていた禎宇が剣を構えたまま一歩踏み出す。

だが、珖璉に糾弾されても、茱梅の口元に浮かぶ笑みは変わらなかった。

「いいえ」

くすくすと楽しげに茱梅が笑う。

「私が禁呪使いであると知る者が誰ひとりとしていなければ、それは無実と同じでございましょう？」

茱梅がからかうように小首をかしげる。

「珖璉様が悪いんですのよ。鈴花などの言を信じて、私を問い詰められるのですもの。妃嬪達さえ殺せばよいと思っておりましたのに。——これでは、この場にいる者を皆殺しにせねばなりませんわ」

まるでちょっとした厄介事を片づけるかのように、恐ろしいことをあっさり告げた茱梅が、短剣を構える。剣なんて握ったことのない鈴花でもわかる、素人同然の構え。だが、背中に冷や汗が吹き出して止まらない。

「何をする気だ？　剣など振るったことのない術師のお前が、それで戦うとでも？」

油断なく剣を構えた珖璉が厳しい声で問う。茱梅と違い、珖璉の姿は堂々たるものだ。

剣の腕前も相当なのだろうと一目でわかる。剣で戦うのであれば、茉梅など勝負にならぬだろう。だが。

「嫌ですわ、珖璉様。最初から、剣で戦う気などございません。私には、次代の皇帝に命を捧げた宮女達がついておりますもの」

あでやかに微笑んだ茉梅が短剣の柄を握りしめると同時に。

九匹の大蛇がのたうつように激しく身をくねらせた。とっさのことに反応できなかった兵士達が巨体に弾き飛ばされる。絹を裂くような侍女達の悲鳴と、兵士達の苦悶の声が渦巻く中。

「《還れ》」

茉梅の声と同時に、灯籠の中の光蟲がいっせいに消えた。

突然の暗闇を埋めるように悲鳴がいや増す。

「落ち着きなさい！　灯籠が消えただけです！　誰か灯籠に火を！」

混乱を治めようと牡丹妃の凜とした声が響くが、恐怖と混乱に叩き込まれた侍女達を正気に戻すことはできない。牡丹妃の声を封じようと、大蛇の一匹が迫る。

「朔！　《光蟲》！」

珖璉が喚んだ十数匹の光蟲が暗闇に光を灯す。

「お任せください！」

主の声に応じ、牡丹妃と大蛇の間に割って入った朔が剣で大蛇に斬りつけ、狙いを逸らす。だが、ふつうの剣ではやはり歯が立たぬらしい。刃を弾かれた朔が舌打ちし、

「牡丹妃様！　お下がりください！」

と牡丹妃を背に庇い、懐に差していた巻物を引き抜いてほどく。

「《盾蟲》！」

珖璉と同じ銀の光を宿す巻物から、何匹もの甲虫が出てきて、牡丹妃を守るように飛び回る。あらかじめ、珖璉が《蟲》を籠めていた巻物らしい。

その光景に、鈴花は茉梅の妊娠になぜ今まで気づかなかったのか思い至る。

初めて会った時、茉梅は銀の《気》を放つ巻物を抱えていた。そのせいで、お腹の光には気づかなかったのだ。思えば、初めて会って以来、茉梅は鈴花が見気の瞳を失うまで、一度も鈴花の前には姿を見せなかった。

「これ以上、お前の好きにはさせぬ！」

なおも光蟲を喚びながら、珖璉が蟲封じの剣を手に、茉梅へ駆け寄ろうとする。だが。

「私を守りなさいっ！」

茉梅の声に応じて、大蛇が身をくねらせ、茉梅の元へ参じる。珖璉が喚ぶ先から、光蟲が次々と喰われ、ふたたび闇が押し寄せようとする。

「くっ！」

珖璉が剣を振るって大蛇の首を斬り落とすが、一度、塵と化しても、次々と新しく生えてくる首はきりがない。最後の光蟲が喰われ、世界がふたたび闇に落ちる。

「珖璉様！ 右です！」

思わず放った鈴花の叫びに、珖璉がまさに牙を突き立てようとしていた大蛇を斬り捨てる。

「鈴花！ 見えるのか⁉」

暗闇の中、うねる風音と己の勘を頼りに剣を振るう珖璉が驚きの声を上げる。

「はいっ！ 闇の中でも、珖璉様のお姿や大蛇がはっきりと見えます！」

余人の目にはどう見えているのかわからない。だが、鈴花の目には、銀の光を纏う珖璉の姿も、夜の闇よりなお昏い九匹の大蛇も、はっきりと見える。そして。

「茱栴さん！ もうやめてくださいっ！」

本来の淡い朱色の《気》ではなく、禁呪のどす黒い《気》を纏った茱栴に、鈴花は必死で叫ぶ。

「鈴花⁉」

思わず前へ出ようとして禎宇に肩を摑んで引き留められるが、かまわない。

「これ以上、禁呪を使ってはだめです！ お腹の銀の光がどんどん弱くなっています！

このままじゃ……っ！」

「馬鹿なことを言わないでっ！」

初めて茉梅の声が乱れた。

「惑わせようとしても無駄よ！　次代の皇帝となるこの子が禁呪に負けるはずがないでしょうっ!?」

「嘘じゃありませんっ！　早く禁呪を解いてください！　でないと……っ！」

茉梅のお腹に宿る銀の光がどんどん弱くなっている。まるで、禁呪の毒に侵されたかのように。

「嘘よ、嘘っ！　この子は次代の皇帝になるの！　この子が、龍華国の宝に……っ！」

切羽詰まった茉梅の声がうつったかのように、大蛇の動きが精彩を欠く。

鈴花の視線の先で、やにわに珖璉が動いた。

清冽な白光が次々と大蛇の首を斬り飛ばす。

「お前さえ！　お前さえいなければ私は皇后に……っ！」

目まぐるしく首を生やしながら、大蛇が津波のようにうねり、鈴花に迫ろうとする。

「鈴花！」

前に飛び出した禎宇に大蛇が雪崩れかかる寸前で。

「あ……」

珖璉が振るった白刃が、茉梅の胸を貫く。

茱梅が信じられぬように己の胸に突き立った刃を見下ろし。

剣が引き抜かれると同時に、茱梅の身体が地面にくずおれる。纏っていた禁呪の《気》がほどけ散り、術師を喪った大蛇もまた、はらはらと塵と化して闇に消えてゆく。

「珖璉様！」

居ても立ってもいられず、鈴花は禎宇の制止を振り切って珖璉へ駆け寄る。銀の光は変わりないが、怪我をしているかどうかまではわからない。

「鈴花っ⁉」

剣の血を払って鞘に納め、光蟲を喚んでいた珖璉が驚いた声を上げ、飛びつくように縋りついた鈴花を抱きとめる。

「珖璉様っ！　お怪我はありませんか⁉　大蛇に嚙まれたりなんて……っ⁉」

不安に泣きそうになりながら珖璉を見上げると、なだめるように頭を撫でられた。

「大丈夫だ。わたしは怪我ひとつしておらぬ」

「よかったぁ……」

安堵した途端、身体から力が抜ける。

「おいっ⁉」

かくん、とくずおれそうになったところを珖璉に抱き上げられ、すっとんきょうな声が飛び出す。

「ひゃあっ⁉　だ、大丈夫ですっ！　下ろしてくださいっ！」

足をばたつかせて降りようとするが、珖璉の腕は緩まない。

「あの、茱梅様は……」

身をよじって振り返ろうとすると、ぎゅっと強く抱き寄せられた。

「お前は見ずともよい。……召喚した茱梅の命を奪わぬことには、禁呪を止められなかった」

「は、い……」

珖璉を責める気なんて、欠片もない。珖璉が話す通り、茱梅を止めねば、他の者が殺されていた。それはわかっている。けれど。

自分でもよくわからぬ感情に、涙があふれそうになる。鈴花の恋心をただひとり見抜いた茱梅。鈴花の恋心を可愛らしいと笑い、恋しい人を独占したくはないのかと尋ねていた……。

茱梅が今回の事件を引き起こした理由は、皇后になることだけが目的ではなかったと思いたいのは、鈴花の傲慢だろうか。

「そんな顔をするな。お前に泣かれると、どうすればよいかわからなくなる」

玉麗や禎宇達の元へと歩みながら、珖璉が困り果てた声で告げる。

「も、申し訳ありません」

身を縮め、きゅっと唇を噛みしめたところで、禎宇達のところへついた。玉麗がてきぱきと侍女達に指示を出して混乱を治め、禎宇が怪我人達を集めるようにと、無事な兵達に命じている。

「わたしは兵達の治療をせねばならん。お前は先に戻っていろ。朔、鈴花を頼んだぞ」

鈴花を朔に託して踵を返そうとした珖璉の袖を、思わず摑む。

「珖璉様っ！　あのっ、姉さんが……っ！」

気持ちが先走りすぎて、うまく説明できない。芙蓉妃の席にいる姉を振り返ったところで、荒い息の影弔が駆け込んできた。

「嬢ちゃん！　よかった、無事だったか！」

「影弔さんこそ、大丈夫でしたか⁉」

目立った傷こそないものの、影弔のお仕着せはところどころ鋭利な物ですっぱり斬られている。駆け寄ろうとすると、珖璉にぐいと肩を摑まれて引き留められた。

「影弔。何があった？　鈴花を任せておったのに、一人にするとは何事だ⁉」

珖璉が刺すような視線で影弔を睨みつける。

「珖璉様！　大変だったんです！　その、博青様が芙蓉妃様と一緒で、姉さんが芙蓉妃様で……っ！」

「……どういうことだ？」

珖璉を振り仰いで告げると、端麗な面輪がいぶかしげにしかめられた。それを見た影弔が苦笑する。

「あー。実はこっちはこっちで予想外のことが起きまして。とりあえず、芙蓉妃様の身柄を保護なさるのがよろしいかと」

「保護？　それはかまわんが。影弔、手早く報告しろ。鈴花、すまんが後でな」

この状況ではこれ以上、珖璉を引き留められない。それに珖璉が姉を保護してくれるというのなら、すぐに会えるだろう。

叶うならすぐさま菖花のところに駆けつけたいが、今は無事だったとわかったことを感謝しなければ、罰が当たる。

「鈴花？　行くぞ」

「は、はいっ」

朔に促され、鈴花はあわてて後に続いた。

「鈴花？　もしや、ずっとここで待っていてくれたのか？」

「んぅ？」

耳に心地よい美声とともに優しく肩を揺すられ、鈴花は呆けた声を上げた。寝起きでぼやけた視界が焦点を結んだ途端、目の前に銀の光に包まれた端麗な面輪があって、驚きのあまり椅子から転げ落ちそうになる。

「鈴花っ⁉」

ぐいっと抱き寄せられた拍子に、爽やかな香の薫りが漂い、心臓が跳ねる。

本当に珖璉の元へ帰ってきたのだと涙があふれそうになり、あわてて唇を噛みしめる。

勘違いしてはだめだ。帰ってこられたわけじゃない。すぐに掌服に戻ることになるのだから。朔に連れてこられた時、鈴花に与えられた部屋がそのままになっていたのには驚いたが、単に十三花茶会の準備が忙しくて片づける暇がなかっただけに違いない。

「もう御用はお済みになったんですか？」

放してもらおうと珖璉を押し返しながら、あわあわと問いかける。私室へ連れてきてもらった際、朔に「着物、土で汚れて酷いことになってるぞ。とりあえず着替えておきなよ」と言われ、侍女のお仕着せに着替えている。

ちなみに朔には、「言っとくけど、俺はまだ完全に認めたわけじゃないからな！　まあでも、珖璉様のお役に立ったことは認めてやらなくもないよ。でもいいか⁉　珖璉様がお元気がないから仕方なく認めてやるだけなんだからなっ⁉　勘違いするなよ⁉」とまったく意味がわからないことも言われてしまった。問い返すより前に、「俺も珖璉様の手伝いがあるから」と、朔が出ていってしまったので、ひとりで琅璉の帰りを待っていたのだが……。

いつの間にか、眠ってしまっていたらしい。窓の外はすっかり明るいが、いったい何時なのだろう。

「長く待たせてすまなかった。一刻も早く戻って来たかったのだが、さすがに事後処理に手間どってな」

「いえっ！　とんでもありません！」

ぶんぶんとかぶりを振った拍子に、もう一人、扉の近くにつつましく控えている人物がいることに気づく。掌寝のお仕着せに身を包んだ姿を見た途端。

「姉さん……っ⁉」

声を震わせ立ち上がった拍子に、珖璉の腕がほどける。それにも気づかず、鈴花は無我夢中で菖花に駆け寄り、勢いのままに抱きついた。

「よかった、無事で……っ！」

それ以上は、胸が詰まって声にならない。言葉の代わりに、ぽろぽろと涙があふれて止まらなくなる。

「まさか、本当にあなたが後宮に来ているなんて……っ！　私を捜しに来てくれたの？」

優しく背中を撫でながら尋ねた菖花に、こくこくと頷く。

「変な手紙が届いたから、何かあったんじゃないかと思って、それで……っ」

答えた途端、ぎゅっと強く抱きしめられる。

「ありがとう……！　もう一度あなたに会えるなんて、夢にも思ってなかった……っ。きっともう、一生、後宮（ここ）から出られないんだろうって……」

声を潤ませた菖花を、鈴花もぎゅっと抱き返す。

会いたいと夢にまで見た、大好きな姉だ。嬉しくてうれしくて、夢じゃないと確かめるように、ぐりぐりと泣き顔を菖花の肩に押しつける。

「ふふっ、鈴花ったら小さい頃に戻ったみたいに甘えん坊ね」

潤んだ声で言いながら、菖花がよしよしと頭を撫でてくれる。髪を梳く細い指先は記憶にある姉と同じ優しさで、本当に会えたんだとようやく実感がともなってくる。

「だって、嬉しくて……っ」

ぐすっ、と鼻をすすりあげた拍子に、安心したせいかお腹がくぅ〜っと大きく鳴る。

背後の珖璉から小さな笑い声がこぼれた。

「もう、とうに昼を過ぎているからな。何も食べておらぬのだろう？　ひとまず食事にするか」

「えぇっ!?　もうお昼過ぎなんですか!?」

よく寝たと思ったが、半日以上も寝こけていたとは。道理で、身体の節々ががちがちになっているはずだ。半日以上も卓に突っ伏していたのなら、凝っているのも当然だ。

「では、わたくしは……」

身を引こうとした菖花に思わずしがみつく。

「もう行っちゃうの⁉」

せっかく再会できたのに、すぐに離ればなれになるなんて嫌だ。

「鈴花ったら、わがままを言ってはだめでしょう？」

菖花が困ったように眉を下げる。助け舟を出してくれたのは珖璉だった。

「菖花。鈴花がこう言っているのだ。お前も一緒に食べるといい。芙蓉妃達がどうなったのか知りたくもあるだろう？」

「それはおっしゃる通りですが……。よろしいのでしょうか？」

あくまで楚々と尋ねた菖花に、珖璉が鷹揚に頷く。

「ああ。せっかく会えたのだ。お前がいてくれれば、鈴花も喜ぶことだろう。それに」

不意に、珖璉が甘やかな笑みを浮かべる。

「お前がいれば、甘える鈴花という珍しいものが見られそうだしな」

「こ、これは……っ」

恥ずかしさに一瞬で頬が熱くなる。確かに、さっきの鈴花はわがままを言う子ども同然だった。ただでさえ珖璉には情けないところばかり見せているのに、これ以上呆れられたら、すでに地に落ちている評価が地面の下にまでめりこんでしまう。

おろおろする鈴花とは対照的に、「官正様のご厚情に感謝いたします」と恭しく一礼する菖花は落ち着いたものだ。

やっぱり姉さんはすごい、と感心すると同時に、もし、こんな風に美人で礼儀作法もしっかりしていれば、珖璉に想いを伝える勇気が持てただろうかと埒もないことを考え、つきんと胸が痛くなる。自分など、珖璉に想いを伝えられる価値もないとわかっているのに、我ながら往生際が悪すぎる。

「どうした？」

唇を噛みしめた途端、珖璉に問われて、あわててかぶりを振る。

「いえっ！　そ、その、珖璉様は休まれたんですか!?　もしかして、徹夜なさったのでは……っ!?」

「いや、戻っては来れなかったが、別室でちゃんと仮眠もとったぞ？」

「そうなんですね。よかった……」

確かに、珖璉の顔色は十三花茶会の前に遠くから見かけた時よりもよさそうだ。それだけで、嬉しくて胸がきゅぅっとなる。

「あっ、禎宇さん！　お手伝いします」

盆に料理の皿を載せた禎宇が入ってきて、鈴花はごまかすようにあわてて禎宇に駆け寄った。

「菖花。おぬしを芙蓉妃の身代わりに仕立てたのは、芙蓉妃の侍女頭だったのだな。牢に捕らえた侍女頭が自白した」

食事が始まってすぐ、卓の向かいに座った珖璉が口を開いた。掌服で出るのとは違う豪華な食事に舌鼓を打ちながら、鈴花は、前に顔を隠した芙蓉妃に会った時、迎えに来た黒子の侍女だろうかとぼんやりと思い返す。箸を止めた菖花がこくりと頷いた。

「左様でございます。もともとわたくしは掌寝で中級妃様の担当をしておりましたので、侍女頭様はわたくしが芙蓉妃様と顔立ちが似ていると知っていらしたのでしょう。芙蓉妃様ご自身はいつも奥にこもってらっしゃったため、お顔を拝謁したことはございませんでしたが。ある日、掃除の後、侍女頭様に呼びとめられて奥に連れて行かれると、そちらに芙蓉妃様と博青様がいらっしゃって……」

そこで博青から、芙蓉妃は何者かに命を狙われており、身代わりをしてほしいと命じられたのだと、菖花が説明する。

驚いたが、菖花に選択肢はなかった。

知ったからにはもう芙蓉宮から出すことはできない。もし逃げ出したり、誰かに話したりすれば、菖花だけでなく故郷にまで塁を及ぼすと言われ……。

幸い、芙蓉妃が人前に出ることは滅多にない。十三花茶会でつつがなく身代わりを務めあげれば、自由にしてやると言われて、菖花は軟禁された。

鈴花への手紙を送れたのは、実家への仕送りが急に止まれば、困った家族が後宮まで押しかけるかもしれないと侍女頭を説得し、軟禁された直後に実家へ送った仕送りの中に、なんとか走り書きをすべり込ませたのだという。

だが、鈴花が後宮へ奉公に来るとは、菖花は夢にも思っていなかったらしい。

「失礼ながら、芙蓉妃様は妃嬪様の中でも目立たない存在でいらっしゃいます。その芙蓉妃様がどんな理由でお命を狙われているのかと、不思議に思っていたのですが……」

芙蓉宮で過ごすうちに、菖花は自分が身代わりにされた理由は、芙蓉妃が博青との子どもを身籠ったからだと気がついたそうだ。後宮付きの宮廷術師は各妃嬪の宮を回り、ご機嫌伺いをするのも仕事のひとつだ。博青は気鬱にふさぐ芙蓉妃を見舞ううち、彼女に恋して越えてはならぬ一線を越えてしまったらしい。

「お二人が十三花茶会の日に後宮から逃げるつもりだと気づいた時は、生きた心地がしませんでした」

卓の上で握りしめた菖花の拳が震える。

「茶会が終わればきっと用済みだと殺されるのだろうと……。ですが、周りに味方はおらず、どうすることもできなくて……」

「姉さん……っ」

たまらず鈴花は姉の手をぎゅっと握る。味方が一人もいない中で、どれほど恐ろしい思いをしてきただろう。姉を助けることができて、本当によかったと思う。

「わたしが簪を返しに芙蓉宮へ赴いた際、芙蓉妃に代わって応対したのはおぬしか？」

「左様でございます」

珖璉の問いに菖花が頷く。どういうことかと視線で問うと、菖花が説明してくれた。

「珖璉様が鈴花という名の新人をそばに置かれたと、侍女達が噂していたのを耳にしたの。あなたであるはずがないとわかっていても、同じ名前に居ても立ってもいられなくて、つい珖璉様にうかがってしまったのよ。後で侍女頭様にひどく叱られてしまったけれど。でも、あなたと同じ名前を聞いて、どれだけ心が励まされたことか」

柔らかく微笑みかけてくれた菖花の言葉に、じんと鈴花の胸が熱くなる。

「珖璉様。芙蓉妃様と博青様はどのような処遇となられるのでしょうか？」

珖璉に向き直った菖花が、ためらいがちに問いを口にする。

「博青は影弔が捕らえた。この後、洞淵に引き渡して蚕家の地下牢に投獄する手はずになっている。後宮内の牢では、術師を収監するのは心許（こころもと）ないからな。その点、蚕家ならば、周りにいるのも術師ゆえ、博青が術を使って逃走を謀っても押さえ込める」

険しい表情で珖璉が言を継ぐ。

「影弔が取り調べたところによると、博青は茱梅が禁呪使いだと気づいていたらしい。だが、芙蓉妃との関係を知られて脅され、口をつぐんでいたそうだ。代わりに、茱梅が禁呪で十三花茶会の日に混乱を巻き起こすことを知ったという。十三花茶会の日に茱梅が禁呪で混乱を巻き起こすのは、博青にとっても好都合だったようだ。会場で妃嬪が殺されれば、嫌でも警備兵がそちらに集中し、他が手薄になるからな。夜中に熱心に見回りをしていた理由も、逃走するための経路を探すのと、宮女殺しの犯人の男が警備兵に見つからぬよう、博青が犯行現場付近を見回っていたらしい」

鈴花は芙蓉妃と逃げようとしていた博青の必死な様子を思い出す。

大切な姉を身代わりにしようとしたことは許せない。だが、真面目で誠実そうな博青が、罪に手を染めてまで芙蓉妃と添い遂げようとしたのだと思うと、胸の奥が軋むように切なくなる。

鈴花もまた、決して叶わぬ身分違いの恋をしているのだから。

「芙蓉妃は、怪我はないが……」

珖璉が珍しく言い淀む。はっと我に返って珖璉を見やった鈴花の目が捕らえたのは、沈痛そうにしかめられた美貌だった。

「もともと精神的に脆(もろ)いところがある方だったが、陛下以外の子を身籠ってしまったという罪の意識ゆえに、精神の均衡を崩されていたようだ。牡丹妃様のたっての希望もあり、病を得て妃嬪の務めは果たせぬということで、懐妊は秘したまま実家に戻される予定だ」

それがいいことなのかどうなのか、鈴花にはとっさに判断がつかない。ぎゅっとつむった眼裏に浮かぶのは、生まれることすらなく茱梅とともに旅立った銀の光だ。

せめて、芙蓉妃と赤ちゃんには幸せが訪れますようにと、心の中で願う。生きてさえいれば、道を切り拓(ひら)いていくことはできるのだから。

「そういえば、牡丹妃様から鈴花にお言葉を預かっておる」

「え？」

珖璉の言葉に顔を上げ、首をかしげる。いったい牡丹妃様が鈴花に何の御用だろう。茶会の場を乱した叱責だろうか。悪戯っぽい笑みを浮かべた珖璉がゆっくりと口を開く。

「禁呪使いを見つけたこと、大儀であったと。駆けつけたお前が茱梅に気づいたおかげで、幸い死者は出なかった。お前がいなければ、どれほどの被害が出ていたやら。後で褒美を遣わすとおっしゃっておられたぞ」

「えぇぇっ!?」

珖璉の言葉を理解した瞬間、すっとんきょうな悲鳴がほとばしる。

「わ、私なんかにお褒めの言葉なんて、とんでもないですっ！ 私はただ、見たことをお伝えしただけで、他には何もできない役立たずで……っ！ 褒められるべきは珖璉様ではないですか！ 妃嬪の皆様がご無事だったのも、姉さんを見つけられたのも、珖璉様のご尽力のおかげですっ！」

ぶんぶんと千切れんばかりに首を振ったところで、まだ珖璉に礼を言えていないことに気づく。

「珖璉様！ 姉さんを助けてくださって、本当にありがとうございました！」

卓に額がつきそうなほど、深々と頭を下げる。

が、珖璉は無言のままだ。鈴花の賛辞など、珖璉にとっては取るに足らぬ路傍の石なのだろう。だが、だからといって礼を言わぬ理由にはならない。ただただ、鈴花が心からの感謝を伝えたいだけなのだから。

だが、それにしても沈黙が長すぎる。どうしたのだろうと、おずおずと顔を上げると。

珖璉がこぼれんばかりに目を見開き、まじまじと鈴花を見つめていた。いつもは厳しく引き結ばれている唇までもがぽかんと開いているさまは、憑き物が落ちたかのようだ。

「あ、あの、珖璉様……？」

いったいどうしたのだろう。見たことのない表情に、おそるおそる名を呼ぼうと。

「は、ははははは……っ！ あはははははっ！」

突如、珖璉がこらえきれぬとばかりに吹き出した。

「そうか、わたしがずっと欲しがっていたものは、これほど他愛のないものだったのか……っ！」

まなじりに涙を浮かべるほど大笑いしながら、珖璉が切れ切れにこぼす。が、鈴花にはさっぱりわけがわからない。控えている禎宇をおろおろと振り返っても、禎宇も呆気にとられた顔で主を見つめるばかりだ。茛花も驚きに目を見開いて珖璉を見つめている。

「どうなさったんですか？　もしかして、事件が解決した安堵で、なんかこう、お気持ちが弾けちゃったとか……？」

どうすればいいかわからぬまま、そろそろと卓の向こうへ手を伸ばすと、はっしとその手を摑まれた。珖璉の瞳が真っ直ぐに鈴花を見つめる。

「……いや。お前からの言葉だからこそ、これほど嬉しいのやもしれぬな」

「あのっ、珖璉様っ⁉」

手を握られただけなのに、心臓が騒ぎ出す。鏡を見なくても、顔が真っ赤になっているのがわかる。

「そ、そういえばっ！」

何とか珖璉の手を振りほどいた鈴花は気にかかっていたことを尋ねる。

「姉さんはどうなるんでしょうか？　書類の上では故郷へ帰ったことになっているんで

すよね⁉」

「ああ、それか」

　珖璉が茗花に視線を向ける。

「茗花。お前がいなくなったことを不審に思われぬよう、侍女頭が細工したため、お前は書類上は後宮を辞したことになっておる。このまま故郷へ帰るも、書類をなかったことにして掌寝へ戻って奉公を続けるも、望むままにしてよい。どちらにしろ、お前にはそれなりの褒賞を与えるつもりだ。口止め料も兼ねてな」

　宮廷術師が妃嬪を殺害しようとし、十三花茶会が滅茶苦茶になったなど、外に洩れれば皇帝の権威に傷がつく。おそらく、昨日、あの場にいた者全員に箝口令が敷かれていることだろう。

　何と答えるつもりだろうと姉を見やると、ちらりと鈴花に視線を向けた茗花が、凛と背を伸ばして珖璉に向き直った。

「選ばせていただけるのでしたら、故郷に帰らせていただきとうございます」

　深々と頭を下げて告げた茗花の言葉に、鈴花の胸がずきりと軋む。そうだ。掌服に戻れるとは限らないのだ。茗花が故郷に帰るのなら、鈴花も一緒に厄介払いされるに違いない。

　珖璉のそばを離れる。そう考えただけで、心臓が凍りつく心地がする。

だが、これでいいのだ。後宮を離れ、故郷に帰ればきっと、胸の奥に針が刺さったように疼く恋心も、日々の生活にまぎれて消えていくに決まっている。

きっと、そうに決まっているのに。

せっかくのおいしい食事も、食後の茶菓も、まるで砂を食べているかのように味がしない。ようやく菖花と会えたというのに、喜びよりも、胸の痛みのほうが強くて、鈴花は無意識にお仕着せの胸元をぎゅっと摑んだ。

「珖璉様。そろそろご支度に向かわれませんと」

ひっそりと控えていた禎宇が主を促したのは、茶を喫し終えた頃だった。

「もうそんな時間か」

顔をしかめて呟いた珖璉が立ち上がる。

嗚呼（ああ）、と鈴花の心が声もなく悲鳴を上げる。夢の時間の終わりが来たのだ。この部屋を一歩出れば、もう二度と珖璉と親しく話すことはできまい。

珖璉に続いて立ち上がった菖花が、深々と腰を折る。

「珖璉様。数え切れぬお心遣いをありがとうございます。このご恩は故郷に帰っても忘れません」

「ああ。お前が幸せを摑めば、鈴花も喜ぶことだろう。幾久しく健やかに暮らせ」

「もったいないお言葉でございます」

柔らかに微笑んで菖花に告げた珖璉が、次いで鈴花に向き直り、手を差し伸べる。

「鈴花。来い」

「……え？」

わけがわからず、端麗な面輪をぽけっと見上げると、鈴花の手を摑んだ珖璉にぐいと引っ張られた。そのまま、珖璉が歩き出す。

「あの……っ⁉」

廊下に出ても、珖璉は鈴花の手を握ったままだ。

「珖璉様っ！　手を！　手をお放しくださいっ！」

「だが、放せば、お前はまた迷子になるだろう？」

「なりません！　珖璉様ほど目立つ方についていって迷子になるわけがないです！」

からかうような珖璉の声に、まさか後宮内を手をつないで歩く気かと必死で抵抗すると、仕方なさそうに放された。ぶはっ、と背後で禎宇が吹き出す声がする。

どこをどう通ったのか、門番達が守る厳めしく立派な門をいくつもくぐり、鈴花が連れて行かれた先は、とんでもなくきらびやかな場所だった。牡丹宮に連れて行かれた時も壮麗さに気圧されたが、ここはそれ以上にきらびやかだ。

「ここはどちらなんですか⁉　絶対に、私なんかがいていい場所じゃありませんよね⁉」

雅やかな珖璉は、むしろ、ここここそが本来いるべき場所であるかのように違和感がないが、余人からすれば、鈴花は華やかな場を汚す塵芥に見えるに違いない。

幸い今は廊下に誰もいないが、見つかったら叱り飛ばされるのではなかろうか。鈴花は歩みを緩めると、最後尾を歩く禎宇を待ち、縋るように袖を握りしめた。もしこんなところで迷ったりしたらと思うと、恐ろしくて仕方がない。

「私、絶対に禎宇さんから離れませんっ！」

「いやあの、鈴花……」

禎宇が困り果てた声を上げる。珖璉が不機嫌そうに眉を寄せ、鈴花の手をもぎ取った。

「なぜそこで禎宇に縋る⁉　手をつなぎたいのなら、わたしの手を握ればよいだろう？」

「珖璉様の手だなんて、そんなの畏れ多すぎますっ！」

「なんでそこでわたしを睨むんですか⁉」

刃のように鋭い視線で珖璉に睨みつけられた禎宇が哀れっぽい声を出す。納得がいかぬと言わんばかりに、珖璉が吐息した。

「お前が見たいと言ったのだろう？　だから特等席で見せてやろうと連れてきてやったというのに……」

「へ？」

呆けた声を上げた鈴花を放って、「ちゃんと鈴花を見張っておけよ」と禎宇に命じた珖璉が、一人で部屋に入ってゆく。

「あの……？」

わけがわからず禎宇を見上げると、困ったような笑顔でごまかされた。

「大丈夫だよ。後で、珖璉様がちゃんとお教えくださるから。うん、たぶん……」

「はぁ……？」

どうやら、それ以上は教えてくれないらしい。諦めて、鈴花はせっかく珍しい場所に来られたのだから、しっかり見ておこうと、きょろきょろと辺りを見回した。

こんなきらきらとした場所、今後、一生訪れる機会はないに違いない。なら、しっかり見ておかなくては損だ。

廊下に人影はないが、誰もいないわけではないらしい。少し離れた場所からは人々が立ち働く気配がするし、遠くからは漣のようなざわめきも聞こえてくる。

しばらく待っていると、扉が開き珖璉が姿を見せた。

「ふぁああ……っ！」

見た瞬間、感嘆のあまり歓声が洩れる。珖璉が纏うのは、濃い青の地に銀糸で《龍》の刺繍が施された立派な衣装だった。鈴花の目には、珖璉はいつも銀の光を纏って光輝いて見えるが、今は誰が見ても同じことを言うだろう。

口を閉じるのも忘れて見惚れていると、珖璉がくすりと笑みをこぼした。

「どうした、そんなに大きく口を開けて。菓子でも放り込んでほしいのか？」

鈴花へと伸ばされた珖璉の指先が頬にふれる寸前で。

「あっ、鈴花！　見気の瞳が戻ったんだって!?　いやぁ〜、またいろんな実験をして遊べるねっ！」

廊下の向こうから、これまた立派な衣を纏った洞淵が、早足にやって来た。

「おい！」

と目を怒らせた珖璉が、鈴花に伸ばされた洞淵の手を叩き落とす。

「こいつはお前の玩具でもなんでもない！　そもそも、お前は弟子達の監督不行き届きで、明日からしばらく謹慎だろうが！」

「えっ、だからじゃん！」

洞淵が何を当然のことを言うのか、とばかりにあっさり頷く。

「謹慎してる間は王城に詰めなくてよくなるからさ！　だったら後宮に入り浸って鈴花と……」

「謹慎場所は蚕家に決まっているだろう、馬鹿者！　おい禎宇！　こいつをしっかり見張っておけ！　鈴花に指一本ふれさせるなよ!?」

「えーっ、蟲封じの剣まで貸してあげたのにヒドくない⁉」

「わたしからは回答を控えさせていただきます」

禎宇が苦笑をこぼしながら首を横に振る。

「洞淵。戯言をほざいている暇があったらさっさと来い！　そろそろ時間だろう？」

珖璉が洞淵を引っ張るようにして歩を進める。廊下の先はちょっとした広間のようになっていた。いくつもの廊下が広間へ通じているらしい。広間の先は、建物から突き出した広い露台になっている。露台の向こうに広がるのは。

「ふぁああ……っ！」

王都の絶景に、鈴花はふたたび歓声を上げる。

時刻は夕刻。西の空は茜色に染まり、薄くたなびく紅に染まった雲が天女の羽衣のようだ。東の空には宵闇が忍び寄り、藍色の空に、そこだけ白く切り取ったような細い月が浮かんでいた。

龍華国の繁栄を示すかのような、遥か遠くまで続く家々の屋根。軒先に吊るされているのは、昇龍の祭りの灯籠だ。数え切れないほどの灯籠は、まるで空より一足早く、地上で星が瞬いているかのよう。露台が設けられているのはよほど高い建物なのだろう。露台の下の広場にいる人々が、豆粒のように小さい。

「あまり顔を出しすぎるなよ」

ぽふ、と鈴花の頭をひと撫でした珖璉が洞淵を従え、広間へと歩を進める。

「鈴花、拱手の礼を」

禎宇に低い声で促され、絶景に見惚れていた鈴花は、あわてて両膝をつき、頭を垂れる。壁際の柱の陰にいるので、目立ちはしないだろうが、万が一不敬だと叱責されたら、珖璉に迷惑がかかってしまう。と、視界の端で銀の光がふたつ揺れた。

「もう大丈夫だよ」

禎宇の声に、そろそろと顔を上げた鈴花の視界に映ったのは、露台の中央へと進んでいく男性の後ろ姿だ。紫の絹の衣に、金糸で《龍》が刺繍されたきらびやかな衣。男性の姿を見た民衆から、歓喜の声が湧き上がる。

鈴花は、呆けたように壮年の男性の後ろ姿を見つめていた。男性の後ろにつき従うのは、珖璉と洞淵だ。銀の《気》を纏う珖璉と、極彩色の《気》を纏う洞淵。そして、男性が纏う《気》の色は――。

珖璉と同じ、銀の光だ。

「あの御方が皇帝陛下だ」

禎宇の低い囁きは、耳には入るが脳にまで達さない。

珖璉と皇帝が、それぞれ右手を天へと伸ばす。その手から。

人の身丈の五倍はありそうな巨大な白銀の《龍》が放たれる。わぁっ、と民衆から歓声が上がる。祈りと喜びに満ちた潮騒のようにうねる声。

二匹の《龍》が優雅に身をくねらせながら、紅と藍色に染まる空を昇ってゆく。

高くたかく、天の果てを目指すように。

銀の燐光を纏い、きらめきながら昇る《龍》が星のように小さくなるまで、鈴花は瞬きも忘れて見惚れていた。

昇龍の儀の締めである民衆への《龍》のお披露目を終え、露台から城内へと下がろうとしたところで、珖璉は皇帝からねぎらいの言葉を賜った。

「龍璉としての務め、ご苦労であった」

皇帝の低い声が、からかうように揺れる。

「毎年、わたしに気を遣って、小さい《龍》を喚ぶのは面白くないのではないか？」

「とんでもないことでございます。わたしめが喚び出せる《龍》は、あれが精いっぱいでございます。とてもではありませんが、陛下の御力には及びませぬ」

喚ぼうと思えば、あれより大きな《龍》を喚ぶことは容易だが、わざわざ皇帝の疑いを招く愚を犯す気はない。恭しくかぶりを振った珖璉の言葉を信じているわけではなかろうが、皇帝もあえて問いただざない。

「此度の後宮での顚末を聞いた。……大それた望みを抱かなければ、子を産んだあかつきには、妃嬪の一人として召し上げてやらぬこともなかったものを」

淡々と告げる皇帝の声からは、自分の子を産まれる前に喪った嘆きも、子を宿した女人が罪を犯した哀しみも、どちらも感じとれない。強大な龍華国の皇帝として理性を失わずに生きていくためには、代わりに人としての情を失わねばならないのかもしれないと、ふと珖璉は埒もないことを思う。

妃嬪の命を狙ったと発覚すれば、極刑に処されると知っていながら、皇后の座を求めた茱栴。本来の「龍璉」ではなく「官正の珖璉」として生きる珖璉は、陽の当たる場所へ出たいと足掻いた茱栴の気持ちが、ほんのわずかだがわかるような気がする。口が裂けても、言葉に出すことはできないが。

ゆっくりと歩みながら、珖璉を振り返りもせず、皇帝が低い声を紡ぐ。

「今回のことは、未だ皇太子が不在であることも原因であろう。……であれば龍璉。皇子が生まれ、健やかに育つまで、いっとき皇太子として立つか？」

「っ！」

息を呑んだ珖璉の鋭い呼気が、露台に忍び込んできた夜気を揺らす。

心の中で、ずっと願ってきた。名家の嫡男として生まれたからには、いつか、表舞台で思う存分、己の力を振るってみたいと。

以前の珖璉ならば、野心を量るための問いかと疑いながらも、誘惑に抗しきれずに頷いていただろう。だが。

「陛下のお心遣いはこの上なく光栄に存じます。ですが、今回の事件で身に染みました。王城が政の花であるならば、後宮はそれを支える根。後宮が健やかであればこそ、陛下もご政務に励まれ、龍華国の繁栄が続くことでございましょう。わたしは、官正の珖璉のままで十分でございます」

ゆるりとかぶりを振った珖璉に、先を行く皇帝が歩を止め、甥を振り返った。

「……何があった？」

欠片も甥の言葉を信じていない探るような視線に、珖璉は吹き出したい気持ちを抑え、ゆったりと微笑み返す。

「先ほど申し上げた通りでございます。わたしは表舞台に立たねば、己の力を振るうことはかなわぬと思い込んでおりました。ですが、それは誤りだと気づいたのでございます」

「珖璉」として後宮に飼い殺しにされている自分は、このまま、妃嬪達のご機嫌取りに汲々(きゅうきゅう)として腐っていくだけだと思っていた。けれど。

脳裏に思い浮かぶのは、朝露に濡れた花のように笑う鈴花の明るい笑顔と、自分に向けられた心からの称賛だ。

ずっと、己の力を振るえる場が欲しいと思っていた。だが、珖璉が本当に欲しかったのはその先の――。

地位も家柄も美貌も関係なく、ただ珖璉の行いだけを見て、認めてくれる言葉だったのだ。胸の中で愛らしい鈴の音が鳴る限り、どこで励もうと、己自身は変わらない。

本心から、珖璉は恭しく皇帝へ頭を垂れる。

「わたしなどに皇太子が務まるとは思えませぬ。どうか、今後とも珖璉として陛下を陰でお支えさせていただけるのでしたら、これに勝る喜びはございません」

露台が見える柱の陰から人気のない廊下へ下がっても、鈴花は生まれて初めて見た《龍》の神々しさに、魂が抜けたように惚けていた。

「鈴花。入ってこい」

「は、はい！」

着替えに入っていった部屋の中から珖璉に呼ばれ、鈴花はようやく我に返る。

「どうなさいましたか？」

禎宇が開けてくれた扉から部屋に入ると、すでに珖璉は銀糸で《龍》が刺繍された衣から、いつもの絹の服に着替えていた。禎宇自身は部屋の中に入らずにぱたりと扉を閉めてしまう。

「どう思ったのか、お前の口から感想を聞きたいと思ってな。言っていただろう？　昇龍の儀を見てみたいと」

「お、覚えていてくださったんですか……っ!?」

感動に声が震える。まさか、他愛のない鈴花の言葉を覚えていて、わざわざ連れてきてくれただなんて。涙があふれそうになるほど嬉しい。

「満足したか？」

柔らかな笑顔で尋ねた珖璉に、こくこくっ！　と首が千切れんばかりに何度も頷く。

「すごかったです！　《龍》が大きくて神々しくて、昼と夜が混じった空の中へきらきら～って……っ！」

どれほど感動したのか、拙い語彙で必死に伝えようとして。

「あ――っ！」

大事なことを忘れていたと気づき、すっとんきょうな悲鳴を上げる。

「どうした!?」

血相を変えた珖璉が駆け寄り、鈴花の両肩を掴んで顔を覗き込む。

「《龍》が天に昇るのに合わせてお願い事をしなきゃいけなかったのに……っ！　見惚れて忘れてしまいました……っ！」

　庶民の間では、昇龍の祭りの時に、願いを書いた短冊を灯籠の炎で燃やせば、願いが叶うと信じられている。天へ昇る《龍》が、神仙の元まで願いを運んでくれるのだと。

　その《龍》を間近で見られるなんて、願いを祈るまたとない好機だったというのに、見惚れてしまって、願い事がすっかり頭から抜け落ちていた。なんと間抜けなのだろう。情けなさに半泣きになりながら顔を上げると、びっくりするほど近くに珖璉の端麗な面輪があった。

「願い事？」

　おうむ返しに呟いた珖璉が、甘やかな笑みを浮かべる。

「何を願う気だったのだ？　力の及ぶ限り、わたしがお前の願いを叶えてやろう」

「っ!?　い、いえいえいえっ！　結構ですっ！」

　ぶんぶんぶんっ、と激しく首を横に振る。

「ん？　菖花は見つかったし、あとお前が願いそうなことといえば……。毎日ご馳走が食べたいとか、菓子を腹いっぱい食べたいとかではないのか？」

「それも確かに素敵ですけれど……っ！」

　からかうような珖璉の言葉に、こくんと頷く。少し前の鈴花なら、そう願っていたに違いない。

「それとも……。わたしであっても叶えられぬ願いか？」

「そ、それは……っ」

珖璉の問いに言い淀む。

違う。この願いは、珖璉にしか叶えられない。これからもずっと、そばにおいてほしい、なんて。

「本来のわたしの身分をもってすれば、大抵の願いなら叶えられるのだが……。それほどに、お前の願いは難題なのか？」

「……え？」

珖璉の言葉の意味が摑めず、端麗な面輪をぽけっと見上げる。珖璉が呆れたように小さく鼻を鳴らした。

「……わたしが《龍》を喚んだのを見ただろう？」

「はいっ！　すっごく綺麗で、神々しく、て……」

何かが、鈴花の頭にひっかかる。

すべての蟲の頂点に立つ白銀の《龍》。人知を超えた力を持つ《龍》を喚ぶことができるのは、《龍》の血を受け継ぐと言われる龍華国の皇族だけ、で……。

鈴花の思考を読んだように、珖璉が静かに告げる。

「わたしの本当の名は龍璉といい、皇帝陛下の甥にあたる。が、よんどころない事情により、身分を隠して後宮の官正を務めているのだ」

「……え？　ええええええええっ⁉」

珖璉の言葉を理解した途端、すっとんきょうな悲鳴がほとばしる。同時に、鈴花は身を二つに折りたたむように頭を下げた。

「お、お許しくださいませ！　ま、まさか珖璉様がそれほどまでに高貴な御方だとは存じ上げず……っ！　ふ、不敬罪で罰するのでしたら、なにとぞ私だけにしてください！　姉さんはどうか……っ！」

身体の震えが止まらない。と、珖璉が優しく鈴花の肩にふれ、身を起こさせる。

「落ち着け。お前も姉も、罰したりするわけがなかろう。まあ、わたしの身分を明らかにされるのは困るが……」

「も、もちろん言いません！　絶対に何があっても口にしませんっ！　故郷に戻っても誰にも言いませんから……っ！」

両手で口を押え、ぷるぷると首を横に振ると、珖璉の眉がいぶかしげに寄った。

「故郷？　お前を故郷に帰したりするわけがなかろう？」

「えぇっ⁉　だって、姉さんは故郷に帰りますし、私も……」

「ああ。菖花は故郷へ帰してやる。が、ごく限られた者しか知らぬ秘密を知ったお前を、手元から離すわけがないだろう？」

「えぇぇ――っ⁉」

思いがけない言葉に、混乱の渦に叩き込まれる。まさか、まだ珖璉に仕えられるとは思わなかった。

「そのっ、ご迷惑ばかりおかけしている私を、まだお仕えさせていただけるなんて、ありがたいことこの上ないです！　で、でも……っ」

舞い上がりそうなほど嬉しい。けれど同時に、暗雲のように立ち昇る不安に襲われる。

このまま珖璉のそばにいたら、いつか恋心があふれて気づかれてしまう。呆れられ、嫌われるくらいなら、やっぱり故郷に帰ったほうがいいのではないだろうか。ぐるぐると思い悩んでいると。

「まあ、お前がなんと言おうと、手放す気は欠片もないのだがな」

「……へ？」

決然と告げられ、呆気に取られて珖璉を見上げる。黒曜石の瞳が、真っ直ぐに鈴花を見つめていた。

「言った通りだ。わたしはもう、お前を手放すことなど考えられぬ」

珖璉のまなざしに宿る熱に炙られたかのように、頭がくらくらしてくる。心臓がぱくぱくと高鳴って、鏡を見ずとも顔が真っ赤になっているのがわかる。

いったい、どんな幻の中に落ち込んでしまったのだろう。と、落ち着けと、なけなしの理性が警告する。

こんな都合のいい夢など、あるはずがない。ぬか喜びしてはだめだ。きっと、また何か事件が起こっているのだ。そのために見気の瞳の力が必要に違いない。勘違いしてはいけない。珖璉が必要としているのは、鈴花ではなく、見気の瞳なのだから。

「な、何かまた、後宮で困ったことが起こってらっしゃるんですか？」

おずおずと問うと、今度は珖璉が目を丸くした。

「見気の瞳が、ご入用なんですよね……？」

虚をつかれたような顔をしている珖璉におずおずと問うと、「なるほど。そういう誤解か」と何やら得心したように珖璉が呟いた。かと思うと。

「違う。そうではない」

不意に、珖璉が甘やかに微笑んだ。珖璉を包む銀の光よりも、さらにまばゆい、あでやかな笑み。

「見気の瞳が得難いものであるのは承知しておるが、わたしが欲しているのはそれではない」

不意に珖璉が鈴花の手を取り、ぐいと引く。よろめいた身体を、とすりと珖璉に抱きとめられた。珖璉の腕がぎゅっと鈴花を抱き寄せ。

「見気の瞳など、どうでもよい。わたしが欲しいのはお前自身だ、鈴花。――お前が好きだ」

「っ⁉」

頭が、真っ白になる。いま、自分は何を聞いたのだろう。

砂に水が沁み込むように珖璉の言葉を頭が理解した瞬間。

「え……っ⁉　ええぇぇぇ～っ⁉」

叫ぶと同時に、腰が抜ける。

「おいっ⁉」

膝からかくんとくずおれた鈴花を珖璉が支えようとするが、とっさに支えきれず、へたり込んだ鈴花にあわせて床に膝をつく。だが、背に回された珖璉の腕は離れない。

「あ、あのっ、あの……っ⁉」

意を決して顔を上げた途端、目の前に端麗な面輪があって、頭にさらに血がのぼる。

やっぱりこれは夢だ。珖璉への想いが高じすぎて、自分に都合のよい夢を見てしまっているのだ。にしても、背中に回された珖璉の手の力強さやあたたかさまではっきりわかるとは、なんて鮮明な幻なのだろう。

「わ、私……っ、目の次は、耳がおかしくなったみたいです……っ！」

一瞬、夢ならばこのまま珖璉の言葉に頷いてしまえばいいのではないかという誘惑が、心をよぎる。

いやだめだ。夢が幸せな分だけ、現実に戻った時がつらくなる。たとえ夢であっても、珖璉に好きだと告げられただけでもう、天にも昇るほど嬉しいのだから。

「うん？　よく聞こえなかったのか？」

いぶかしげに呟いた珖璉が、ぎゅっと鈴花を抱きしめる。衣に焚き染められた香の薫りが強く揺蕩ったかと思うと。

「お前が好きだ、鈴花」

もう一度、耳元で囁かれ、気を失いそうになる。

「こ、こここここ珖璉様っ⁉　なんの冗談をおっしゃって……っ⁉」

「冗談などではない」

機嫌を損ねたように低い声で呟いた珖璉が、鈴花の耳元へ口を寄せる。

「わたしは冗談などでこんなことは言わぬ。お前に、そばにいてほしいのだ。――鈴花、お前が欲しい」

「っ⁉　なななななにを……っ⁉」

ぐいぐいと押し返そうとしても、珖璉の身体はびくとも動かない。いくら夢でも、これは刺激が強すぎる。頭がくらくらしすぎて、身体が砂になってほどけてしまいそうだ。

いい加減、夢から醒めねばと焦っていると、「お前は？」と問われた。

「お前は、わたしをどう思っているのだ？ 無理やり側仕えにしたせいで、お前をつらい目や危険な目に遭わせたわたしを、恨んでいるか？」

いつも凛とした珖璉と同一人物とは思えぬほど頼りない、不安に満ちた声。

考えるより早く、鈴花は弾かれたようにかぶりを振っていた。

「そんなっ！ 珖璉様を恨んだことなんて、一度もありませんっ！」

「だが、わたしに仕えていたせいで、宮女達にひどい嫌がらせをされたのだろう？」

低く、苦い声にぶんぶんと首を横に振る。

「それは珖璉様のせいではありません！ 私がどじで役立たずなせいで……っ！」

そうだ。やっぱりこれは夢だ。

見目麗しく、雲の上に等しい身分の珖璉が、鈴花などを好きだなんてありえない。

「わ、私、村でも後宮でも役立たずなんですっ！ いっつも道に迷って、迷惑をかけてばかりで……。他の人には見えないものが見えるから、気味が悪いっていつも除け者にされていて……っ！ だから、そんな私が……っ」

「鈴花」

決然とした珖璉の声が、鈴花の言葉を封じる。

「鈴花。わたしを見ろ」

力強い声に導かれるように顔を上げると、こちらを見下ろす真っ直ぐなまなざしにぶつかった。

「他の者など関係ない。わたしが、わたし自身の目で見て、お前を好きになったのだ。姉思いの優しいところも、裏表のない素直な心根も、菓子に喜ぶ無邪気な笑顔も……。他の誰でもない、わたし自身がお前を手放したくないと願った。お前は？　お前はわたしのそばにいるのは嫌か？」

「いえ……っ！」

喜びに涙があふれる。

もう、これが夢だろうと幻だろうと何だっていい。

決して告げられぬと思っていた気持ちを伝えられる、たった一度の機会なら。

「わ、私も……っ。私も、珖璉様をお慕い申し上げております……っ！　これは泡沫の幻だとわかっていても、それでも……っ」

「幻？　幻などではないぞ？」

不思議そうに呟いた珖璉の手が顎にかかる。くい、と上を向かせられたかと思うと。

「っ⁉」

いきなり、唇をふさがれる。

幻とは思えない熱さと感触。

一瞬で混乱の渦に叩き込まれ、ぐいっと力任せに珖璉の胸板を押し返すと、反動で鈴花のほうが体勢を崩した。仰向けに倒れた鈴花の上に、珖璉が身を乗り出してくる。

「あの――、っ⁉」

上げようとした抗議の声は、ふたたび落とされたくちづけに封じられる。

いったい何がどうなっているのかわからない。混乱と恥ずかしさで、思考が沸騰して融けていく。

「幻ではないと、理解したか？」

ゆっくりと面輪を離した珖璉が、鈴花の目を覗き込む。

「ほ、本当に……？」

未だに信じられず、惚けた声で呟くと、珖璉の唇が悪戯っぽく吊り上がった。

「信じられぬというのなら、お前が信じるまでくちづけてみるか？」

「っ⁉　お待ちくだ――っ」

鈴花が止めるより早く、珖璉の唇が鈴花のそれをふさぐ。

身動ぎして押し返そうとするが、引き締まった長身は巌のようにびくともしない。

ぎゅっと目をつむると、珖璉の熱と香の薫りが押し寄せてきて、溺れてしまいそうな心地になる。

このままでは息ができないと怖くなったところで、ようやく唇が離れた。

はっ、と荒い息を吐く鈴花の耳に、からかい混じりの珖璉の声が届く。

「どうだ？　幻ではないとわかったか？　実感できぬというなら、いくらでも——」

「わ、わかりました！　わかりましたからもう……っ！」

悲鳴のように叫ぶと、「そうか」と珖璉が満足そうに頷いた。

ほっとしたのも束の間。

ちゅ、と四度目のくちづけを落とされる。

「こ、珖璉様っ⁉　わかりましたと申し上げましたでしょう⁉」

思わず目を開け睨み上げると、珖璉が口元をほころばせた。

「ああ、聞いた。幻ではないとお前が知ってくれたのが嬉しくて、くちづけたくなった」

悪びれた様子もなく告げられた言葉に、絶句する。そんな風に甘やかに微笑まれたら、炙られた蠟のように、とろりと融けてしまいそうだ。

「鈴花」

飴玉を転がすように名を紡いだ珖璉の面輪が下りてくる。

「ん……っ」

下唇を柔らかく食んだ珖璉の唇が、顎を辿り、首筋へと下りてゆく。

熱を宿した吐息が肌を撫でるだけで、甘い漣に身体が震えてしまう。

「ひゃっ⁉」

首筋にくちづけられたくすぐったさに、すっとんきょうな声を上げたところで。

「……失敗したな」

珖璉が、ひどく苦い声で呟いた。

「すぐに後宮に戻るつもりで宦吏蟲を入れたままにしておいたが……。抜かせておけばよかった。洞淵が手ずから喚んだ宦吏蟲でなければ、無理やり還せたというのに……。ぬかった」

ぎゅ、ときつく眉を寄せた珖璉は、この上なく悔しげだ。というか。

「こ、珖璉様っ⁉　いったい何を考えてらっしゃるんですか⁉」

一瞬で思考が沸騰した鈴花をよそに、珖璉が真剣極まりない声で告げる。

「せっかく想いが通じたというのに、くちづけだけでは足りぬ」

「で、ですが……っ」

あうあうと羞恥に泣きそうになりながら、珖璉を見上げる。

珖璉の気持ちは、涙がこぼれそうなほどに嬉しい。けれど。

「こ、珖璉様と両想いになれただけで光栄で、嬉しすぎて……っ。今でもう、どきどきしすぎて、心臓が壊れそうなんです！　ですから……っ」

どうか珖璉が不愉快に思ったりしませんようにと願いながら告げると、珖璉が喉の奥で蛙（かえる）が潰れたような呻き声を上げた。

「くそっ！　今ほど己の迂闊さを呪ったことはない……っ！　何の生殺しだ、これは⁉」

「珖璉様……？」

「どうする？　洞淵に抜かせてから後宮へ戻るか？　しかし、官正としてさすがにそれは示しがつかん……っ」

鈴花にはよく聞こえぬ低い呟きを洩らす珖璉を、おずおずと呼ばうと、黒曜石の瞳にひたと見据えられた。

「よいか？　もう少し、言動には気をつけよ。……でないと、先にわたしが変になってしまいそうだ」

「変に……？　ええっ⁉　どうなさったんですか⁉　ご無理がたたって体調を崩されたんですか⁉　あっ、禎宇さんを呼んできたらよいですか⁉　それとも洞淵様でしょうか⁉」

「違う。彼奴等を呼ぶ必要などないから落ち着け」

珖璉の下から這い出そうとしたところを止められる。と、珖璉が何やら思い出したように呟いた。

「……そういえば、結局、お前の願い事とやらは何だったのだ？　まだ教えてもらっておらぬ」

「えっ⁉ あの、大丈夫です！ もう……っ」

ふるふるとかぶりを振ってごまかそうとしたが、珖璉の追及は緩まない。

「聞きたい。それとも、願いを言うのも憚られるほど、わたしは頼りないか？ そうだな、お前が宮女達にいじめられているのにも気づかず、のうのうとしていたわたしに……」と急に落ち込み始めた珖璉に、鈴花はあわてて声を上げる。

「ち、違いますっ！ もう願い事は叶いましたから……っ」

「叶った？」

心底不思議そうに鈴花を覗き込んだ珖璉を、おずおずと見上げる。

「だって私の願いは、これからも珖璉様のおそばにいられますようにって――、っ⁉」

最後まで告げるより早く、下りてきた唇に口をふさがれる。

噛みつきたいのを、無理やり理性でこらえているようなくちづけ。

頭の芯まで、くらくらする。心臓が、壊れてしまいそうだ。

はっ、と荒く吐き出された珖璉の呼気が肌を撫でるだけで、きゅうっと胸が痛くなる。

「これは……。理性が保つうちに方策を考えねば、わたしがもたんな……」

珖璉がこの上なく苦い声で謎の言葉を呟く。

だが、それより。

「ど、どきどきしすぎて、私の心臓のほうが先に壊れそうなんですけれど……っ」

半泣きで訴えると、目を瞠った珖璉が、ふはっと吹き出した。

「そうか。では、お前の心臓が壊れぬよう、慣れてもらわなくてはな」

ふっ、と珖璉の吐息が耳朶にかかったかと思うと、ちゅ、と耳にくちづけられる。

「ひゃっ⁉」

耳だけではない。首筋に、額に、頰に、唇に。

優しい雨のようにくちづけが降ってくる。

「お前が嫌がることはせぬゆえ……。ゆっくりと、慣れてくれればよい」

「あ、あの……っ⁉」

おろおろと声を上げると、「鈴花」と宝物を呼ぶように名を紡がれた。甘く名を呼ばれるだけで、胸の奥に小さな明かりが灯る気がする。

嬉しくて幸せで……。このまま気が遠くなりそうだ。

おずおずとまぶたを開けると、柔らかな熱を宿した黒曜石の瞳と、ぱちりと目が合う。

「大切で可愛い……、愛しい鈴花」

融けるように甘い囁きとともに落とされたくちづけを、鈴花は喜びとともに受けとめた。

番外編　鈴花の願い事

「珖璉様。ひとつ、おうかがいしたいことがあるんですけれど……」

「うん？　何だ」

昇龍の儀が終わって三日。ようやく落ちつきを取り戻した後宮の珖璉の私室で、鈴花はおずおずと口を開いた。

先ほどまで珖璉と禎宇が書き物をしているそばで掃除をしていたのだが、今は書き上がった巻物を禎宇が提出しに行っているので、部屋には鈴花と珖璉の二人しか残っていない。

朔は影弔に教えを請いたいということで、朝から不在だ。午後になった今も帰ってきていない。

禎宇がちらりと教えてくれたところによると、朔に隠密の技を教えた師は影弔だそうだ。朔は十三花茶会まで禁呪使いを見つけられなかったことをひどく気に病んでいるらしく、影弔が後宮にいる機会に、旧交をあたためつつ、いろいろ教えてもらう気らしい。

「あの……」

話しかけたものの、どう切り出せばよいかわからず、意味もなく袖をいじっていると、

「どうした？」と珖璉が椅子ごと鈴花を振り返った。

「そんなに離れていては話しにくかろう。こちらへおいで」

優しい微笑みに誘われるように歩み寄ると、不意に腕を掴まれ、ぐいと引かれた。

「ひゃあ⁉」

ぐらりとかしいだ身体が引き締まった胸板に抱きとめられる。ふわりと、衣に焚き染められた爽やかな香の薫りが揺蕩った。

「こ、珖璉様！　急に引っ張るなんて──、ひゃっ⁉」

顔を上げ、抗議しようとした瞬間、横抱きに抱き上げられてふたたび悲鳴が飛び出す。抵抗する間もなく、椅子に腰かけた珖璉のふとももの上に座らされ、鈴花は度肝を抜かれた。

「何をなさるんですかっ⁉　下ろしてくださいっ！」

足をばたつかせて下りようとするが、鈴花の動きを封じるように、珖璉が抱き寄せた腕に力をこめる。

「うん？　わたしの膝の上では不満か？」

「不満も何も、不敬すぎますっ！　珖璉様の膝に座るなんてそんな……っ！　禎宇さんが戻ってきたら目を剝いて驚かれちゃいますよ⁉」

「こ、ここここ珖璉様⁉」と、禎宇がまた鶏みたいになったらどうしよう。というか、叱られるのではなかろうか。少なくとも朔には、「珖璉様になんて不敬をしている⁉」と、目を吊り上げて叱責されるに違いない。

鈴花が動揺しているというのに、珖璉は落ち着いたものだ。

「禎宇ならば王城まで行ったゆえ、しばらくは戻ってこぬ。せっかくの二人きりの機会なのだから、よいだろう？」

いったい何がよいのやら、鈴花にはさっぱりわけがわからない。

だが、改めて珖璉に二人きりだと言われると、ただでさえどきどきしている鼓動が、さらに早くなってしまう。

「鈴花」

甘やかに名を呼ばれ、反射的に銀の光に包まれた顔を見上げる。珖璉の長い指先がくいと鈴花の顎を持ち上げたかと思うと。

「っ⁉」

ちゅ、とあたたかな唇に己のそれをふさがれ、息を呑む。

凍りついたように動きを止めた鈴花の視界に映ったのは、悪戯っぽい珖璉の笑みだ。

「禎宇や朔がいては、くちづけすらできぬからな」

蜜のように甘く微笑んだ珖璉の面輪がふたたび下りてくる。ぎゅっと目を閉じる暇もあらばこそ、ふたたびくちづけられ、鈴花は緊張に身を強張らせた。

珖璉のあたたかな唇や力強い腕に、気を抜けば身体が融けてしまうのではないかと心配になる。

と、唇を離した珖璉が、苦い声で呟いた。

「……わたしにくちづけられるのは嫌か？」

「へっ？」

予想だにしない言葉に、鈴花は呆けた声を上げてまぶたを開く。銀の光を纏う珖璉が、きつく眉を寄せ、端麗な面輪をしかめていた。

「ひどく身体を強張らせているな。もしや、お前の意に沿わぬことを――」

「ち、違いますっ！　嫌なんかじゃありませんっ！」

見ている者の心まで痛くなりそうな切なげな表情に、考えるより早く言葉が飛び出す。

「嫌なんかじゃなくて、その……っ」

「その？」

うつむいた鈴花を問い詰めるように、身体に回された腕に力がこもる。

「恥ずかしいのと緊張で、気を張っていないと、どきどきしすぎて気が遠くなってしまいそうで――、っ⁉」

告げた瞬間、顎に手をかけ強引に顔を上げさせられたかと思うと、ふたたびくちづけられる。

先ほどよりも深い、何かをこらえるようなくちづけ。

いったい何が起こったのか、鈴花はとっさに理解できない。

「そんなに愛らしいことを言われたら、抑えが利かなくなるだろう？」

唇を離した珖璉が低い声で呟く。

「これはやはり、謹慎が解けたら早々に洞淵に……」

「そうです！　洞淵様のことをうかがいたかったんです！」

洞淵の名前に思わず反応すると、珖璉がいぶかしげに眉を寄せた。

「洞淵？　彼奴がどうしたのだ？」

「その……。洞淵様にお教えいただいたら、もしかして、私も蟲招術が使えるようになるのかなぁと思いまして……」

「……なぜ、そこで洞淵の名が出てくる？」

珖璉の声がさらに低く不機嫌そうに変じ、鈴花はやはり身の程知らずな願いだったのだと、びくりと肩を震わせた。

「す、すみません！　私なんかが筆頭宮廷術師の洞淵様に教えを請いたいなんて、やっぱり不敬ですよね!?　でも、私が存じあげている術師様は洞淵様しかいらっしゃらないので……」

もちろん、洞淵に直(じか)に教えてもらおうだなんて、まったく全然考えていない。

だが、後宮付きの術師だった博青も茱栴も、すでにいない今、鈴花が知っているのは洞淵だけだ。洞淵は今は蚕家で謹慎中らしいが、謹慎が解けた後でなら、誰か術師を紹介してくれるかもしれない。

「蟲招術を習いたいというのなら」

呟いた珖璉の腕に力がこもる。

「洞淵などではなく、わたしに頼めばよいだろう？」

「珖璉様にですか⁉」

予想だにしていなかった申し出に、すっとんきょうな声が出る。

「ああ。洞淵に頼んでみろ。先に《見気の瞳》の力を見てみたいだの何だのと、いろいろ実験されて、教えを請うどころでないのはわかりきっている」

長いつきあいがあるからだろうか。珖璉が見てきたように断言する。

「お前を洞淵の好きにさせる気などないからな。それとも、わたしが師では不満か？」

「とんでもないことです！　珖璉様にお教えいただけるなんて嬉しいです！　けど……。お忙しいのに、ご迷惑ではありませんか……？」

十三花茶会が終わり、事件が落着したとはいえ、後始末がすべて終わったわけではない。珖璉が毎日忙しいのは、仕えている鈴花だってよくわかっている。

おずおずと端麗な面輪を見上げると、不意に珖璉が微笑んだ。甘やかな笑みに、ぱくりと心臓が跳ねる。

「お前の頼みが迷惑であるはずがなかろう？　むしろ、洞淵などではなく、もっとわたしを頼ってほしい」

「あ、ああああありがとうございます……っ」

どきどきしすぎて、うまく言葉が出てこない。鏡を見ずとも、顔が真っ赤になっているだろうとわかる。

「では、さっそく始めるか」

「えぇっ⁉　今からですか⁉　あの、でしたら下ろして……」

「このままでよい。せっかく見気の瞳があるのだ。近くで《気》の流れを見たほうが、上達も早かろう」

「いえあの、これはさすがに近すぎると思うんですけれど！　せっかく珖璉様にお教えいただくというのに、これでは集中できません！」

珖璉の膝の上で、端麗な美貌を間近に見ながら蟲招術を習うなんて、そんな状況で集中できる人物がいたら、鋼の心臓の持ち主に違いない。鈴花には逆立ちしたって無理だ。

半泣きで訴えると珖璉が仕方なさそうに吐息した。と、鈴花を横抱きにしたまま、立ち上がる。

「ひゃっ⁉」

　思わずしがみついた鈴花を危なげなく抱き上げたまま、珖璉が壁際にある長椅子に歩み寄る。

「では、ここならばよいだろう？」

　そっと鈴花を長椅子に下ろした珖璉が、すぐ隣に腰かける。衣に焚き染められた爽やかな香の薫りどころか、体温まで伝わってきそうな近さに、どきどきはおさまらないが、珖璉が鈴花に気を遣ってくれたのはさすがにわかる。これ以上はわがままだ。

「蟲招術が、ここではない異界より蟲を喚び寄せて使役する術だというのは知っているな？」

「はいっ！」

　珖璉の説明にこくこくと頷く。どこからともなく蟲が召喚されるさまは、何度見ても不思議で仕方がない。

「蟲を召喚するには、『蟲語』と呼ばれる通常とは異なる言葉を使う。蟲語で呪文を唱えることで、召喚したい蟲を招くのだ」

　気を抜くとうっとりと聞き惚れてしまいそうな耳に心地よい珖璉の声を、ひとことも聞き洩らすまいと集中していた鈴花は、珖璉の説明に「あれ？」と首をかしげた。

「呪文、ですか……？　珖璉様や洞淵様が呪文を唱えてらっしゃるのを聞いた覚えがないんですけれど……？」

「よく気づいたな」

珖璉が幼子にするように、よしよしと頭を撫でてくれる。

「力のある術師ならば、わざわざ呪文を唱えずとも、蟲の名を呼ぶだけで召喚することができる。が……。お前は初めてゆえ、ちゃんと呪文も覚えたほうがよいだろう」

「わかりました！　頑張って覚えます！」

言われてみれば、そんな説明を初めて逢った日に聞いた気がするが、すっかり頭から抜けていた。気合をこめて大きく頷くと珖璉が苦笑した。

「そこまで気負わずともよい。蟲語は読み書きは難しいが、話すのはさほど困難ではないからな」

確かに、珖璉や洞淵が蟲を喚ぶのを何度か見たが、少し聞き慣れない発音だと違和感を覚えた程度だった。あれが蟲語なのだとしたら、鈴花でも何とかなるかもしれない。

「まずは基本と言われる光蟲を召喚してみるか。わたしが喚んでみるゆえ、見ておけ」

「はいっ！」

手のひらを上に向けた珖璉の右手をじっと見つめる。

「光蟲の呪文を唱えるなど、久々だな」

懐かしそうに笑みをこぼした珖璉が、穏やかな声で呪文を紡ぐ。

「《大いなる彼の眷属よ。その輝きで闇を駆逐するものよ。我が前にその輝きを示せ》」

言葉とともに、珖璉の形良い唇から洩れた銀色の呼気が、手のひらの上に集まり、くるくると渦を巻く。かと思うと、くにゃりと空間が歪み、どこからともなく蝶に似た形をした光蟲が現れた。

「すごいです！　珖璉様の銀色の《気》が、渦を巻いたかと思うと、光蟲が……っ！」

初めてまじまじと見た蟲招術に思わず興奮の声を上げると、珖璉が目を瞬いた。

「……なるほど。見気の瞳を持つおぬしは、他の者と違って、《気》の流れを見ることができる。もしかしたら、その分、上達も早いやもしれんな」

「ほんとですか⁉　そうだったら嬉しいんですけれど……っ！」

珖璉の手を離れ、部屋の中をぱたぱたと飛び回る光蟲を見やり、期待に満ちた声を上げる。ずっと役立たずだと言われていた鈴花でも、こんな風に綺麗な蟲を喚び出せるかもしれないと思うと、わくわくと心が弾んでくる。

と、すかさず珖璉の注意が飛んできた。

「だが、あまり期待しすぎるな。蟲招術は、一匹目の蟲を召喚するのが最初の関門だ。一度、召喚に成功して、感覚を摑めれば他の蟲も召喚できるようになるだろうが……。その感覚を摑むまでが難しいと言われている」

「わ、わかりました……っ！」

そんな説明を聞かされると、先ほどまで胸をふくらませていた希望がぺしゃんとしぼみ、代わりにむくむくと不安が湧いてくる。というか、不安しかない。

「ちなみに、珖璉様もかなり時間がかかったんですか？」

ふと素朴な疑問を口にすると、珖璉が困ったように眉を寄せた。

「わたしの場合は……。皇族の血を引いているゆえ、かなり幼いうちに指導が始まったからな……。正直、昔すぎてあまり覚えておらん。洞淵などは、教えられるより先に、物心つくまえに勝手に蟲を召喚していたという話だからな」

「さ、さすが珖璉様と洞淵様でいらっしゃいますね……っ！」

聞いた相手が悪かった。だが、そんな珖璉がせっかく教えてくれているのだ。呆れられないように、頑張るしかない。

まずはやってみなくてはと、鈴花は珖璉に倣って右手を上に向けて前に出す。

「ええっと……。《大いなる彼の眷属よ。その輝きで闇を駆逐するものよ。我が前にその輝きを示せ》」

先ほど、必死で頭の中に叩き込んだ呪文を、できるだけ珖璉の発音を真似(まね)て唱える。

だが。

うんともすんともぴくりとも、光蟲が現れる気配はない。

「も、もう一度……っ！」

もしかしたら、こわごわと唱えたのがよくなかったのかもしれない。今度は先ほどよりも気合をこめて、大きな声で唱えてみる。が、やはりまったく何も起こらない。それどころか、光蟲を召喚できそうな気配すら、欠片も感じられない。

「うう……っ。すみません……」

最初が難しいと珖璉も言っていたではないか。できるまで繰り返す気で、もう一度呪文を唱えようとすると、「待て」と珖璉に手を摑まれて止められた。

「むやみに繰り返せば召喚できるというものでもない。何か、手応えは感じたか？」

見抜かれている。鈴花は申し訳なさに消え入りたい気持ちで身を縮めた。

「す、すみません……。それがさっぱり……」

呆れられるだろうかとびくびくしながら答えると、珖璉が「ふむ……」と呟いた。

「先ほど、わたしが光蟲を召喚した時の《気》の流れは見えたのだろう？」

「はい！　呪文と一緒に珖璉様の口から銀色の《気》が出て、渦を巻いて……」

懸命に思い出しながら説明していると、不意に珖璉の香が強く薫った。かと思うと、くい、と顎を摑まれ、くちづけられる。

「っ⁉」

「どうだ？　わたしの《気》を感じられたか？」

唇を離した珖璉が鈴花の目を覗き込んで問うが、感じとれるわけがない。

「不意打ちでわかるわけがありません！」

「なるほど、一理あるな。では次は先に言おう。――くちづけるぞ」

「待っ――、んぅっ⁉」

止める間もなく、ふたたび珖璉の面輪が下りてくる。《気》の流れを見るのなら目を開けているべきだが、恥ずかしくて目を開けているなんて不可能だ。

ぎゅっと目を閉じ、反射的にのけぞった拍子に体勢を崩した。唇が離れてほっとする間もなく、長椅子に仰向けになった鈴花の上に、珖璉が身を乗り出してくる。

「逃げては《気》がわからぬだろう？」

からかうように告げる珖璉の声はひどく甘い。

「で、ですが……っ」

抗弁するより早く、三度唇をふさがれる。

あたたかな重さと、香の薫りにくらくらする。蟲招術を教えてもらうはずだったのに、どうしてこんな事態になってしまったのか。

「……そういえば、なぜ急に蟲招術を使えるようになりたいと思ったのだ？」

このままでは窒息する、と鈴花が怖くなる寸前で唇を離した珖璉が、ふと心に浮かんだらしい疑問を口にする。

「その……」

まぶたを開けた瞬間、予想以上に近くにあった端麗な面輪に、さらにぱくぱくと心臓が跳ねるのを感じながら、おずおずと答える。

「昨日、おっしゃってらしたでしょう……？　『女人の術師がいなくて困っている』と。ですから、私が蟲招術を使えるようになったら、少しでも珖璉様のお役に立てるのではないかと……っ」

告げた瞬間、珖璉が信じられぬと言いたげに黒曜石の目を瞠る。

「……わたしの、ためだと？」

「あっ、いえっ！　もちろん、一朝一夕で使えるようにならないのは承知しているのですけれど……っ！」

光蟲を喚び出せる気配すら微塵もないのだ。鈴花が珖璉の助けとなれるまで何年かかることやら。考えるだけで途方に暮れそうになる。

情けなさに涙がにじみかけた視界に映ったのは、蜜のように甘い珖璉の微笑みだ。

「まったくお前は……。愛らしさでどれほどわたしを惑わせれば気が済む？」

とろけるような笑みをこぼした珖璉が、何やら決意したようにきっぱりと告げる。

「お前の想いはしかと受け取った。ならばわたしも、お前が蟲招術を使えるようになるまで、きっちり責任を持ってお前を導こう」

見惚れずにはいられない笑みを浮かべた珖璉が、ちゅ、と軽くくちづける。

「しかも、こうしてお前とくちづけられるというのなら……。一石二鳥……。いや、三鳥か？」

「三鳥⁉」

「ああ。お前は蟲招術を覚えられるし、わたしはお前にくちづけられて心楽しい。それと……」

鈴花の瞳を覗き込んだ珖璉が、甘やかに微笑む。

「真っ赤になって恥じらうお前も初々しくて愛らしいが……。心臓が壊れぬよう早く慣れてもらわねば、わたしの理性のほうが先にどうにかなってしまいそうだからな」

「っ⁉」

三日前、王城の控え室で告げられた言葉を思い出し、息を呑む。

「あのっ、その……っ」

あうあうと困り果てた声が洩れるばかりで、うまく言葉が出てこない。と、ふっ、と珖璉が表情を和らげた。

「そう気負わずともよい。言っただろう？　お前の嫌がることはせぬと。蟲招術もくちづけも、ゆっくりと歩んでいけばよいのだ。……わたしはもう、決してお前を手放す気はないのだからな」

宝物のように、鈴花、と名を呼ばった珖璉の唇が下りてくる。

鈴花を思いやってくれる珖璉の気持ちは、涙があふれそうになるほど嬉しい。だが。

「こ、こんなに甘やかされては……っ。いつまでも蟲招術を使えないのではないかと心配になります……っ」

思わず不安を吐露すると、ふはっと珖璉が吹き出した。

「案ずるな。ちゃんとわたしが教えてやる。だが今は――。お前を愛でられる得難い時間を味わわせてくれ」

珖璉の囁きに否と言えるわけがない。

だが、恥ずかしくて頷きを返すことはできず……。

今日はこれ以上、蟲招術を習うのは不可能らしいと諦めて、鈴花は答える代わりにそっと無言で目を閉じた。

あとがき

このたびは数多ある本の中から『迷子宮女は龍の御子のお気に入り　～龍華国後宮事件帳～』を手に取っていただきまして、誠にありがとうございます。作者の綾束乙と申します。

『迷子宮女～』は、昨年九月に角川ビーンズ文庫様より出していただいたデビュー作、『身代わり侍女は冷酷皇帝の『癒し係』を拝命中　『花の乙女』と言われても無自覚溺愛は困ります！』に続き、二作目の著書となります。

また、こちらはふだん活動しているカクヨムのコンテストで、初めて受賞した作品となりました。ずっと書き続けてきたカクヨムから書籍化する夢が叶い、未だに信じられないような気持ちです。

しかも、これだけで夢は終わらないとばかりに、なんと！　カクヨムで掲載している同じ龍華国を舞台にした「呪われた龍にくちづけを」という作品も、春頃にＭＦブックス様から書籍化の運びとなりました！

改題予定ですので正式なタイトルは決定しておりませんが、こちらは『迷子宮女～』の数世代前という設定の物語となっております。超天然鈍感娘・明珠がイケメン主従とにぎやかな日々を繰り広げる……。そんな感じの物語です。

数世代前なので直接の関係はないものの、『迷子宮女～』で登場した人物のご先祖様だったり、同じ小道具が出てきたりしますので、お手に取っていただければ、これほど嬉しいことはありません！

今回も、頭の中で渦巻いていた物語が本となるまでに、たくさんの方のお力添えをいただきました。

素晴らしいカバーイラストをお描きくださった新井テル子先生をはじめ、デザインや校正、印刷や営業に関わってくださった皆様に、サポートしてくださった編集様。誠にありがとうございます。

カクヨムで応援してくださる皆様や、創作仲間の皆様、いつも支えてくれる家族にもいくらお礼を言っても足りません。

何より、この本をお読みくださった読者様に特大の「ありがとうございます」を。鈴花と珖璉達がひとときでも皆様を楽しませることができたのなら、作者冥利に尽きます。

また別の物語でも、皆様とお会いできることを心から願っております。

＜初出＞
本書は、2021年から2022年にカクヨムで実施された「第7回カクヨムWeb小説コンテスト」恋愛（ラブロマンス）部門で特別賞を受賞した『鈴の蕾は龍に抱かれ花ひらく　～迷子宮女と美貌の宦官の後宮事件帳～』を加筆・修正したものです。

メディアワークス文庫

迷子宮女は龍の御子のお気に入り

～龍華国後宮事件帳～

綾束 乙

2023年1月25日　初版発行
2024年6月15日　3版発行

発行者　山下直久
発行　株式会社KADOKAWA
〒102-8177　東京都千代田区富士見2-13-3
0570-002-301（ナビダイヤル）
装丁者　渡辺宏一（有限会社ニイナナニイゴオ）
印刷　株式会社KADOKAWA
製本　株式会社KADOKAWA

ISBN978-4-04-914892-3 C0193

メディアワークス文庫　https://mwbunko.com/

本書に対するご意見、ご感想をお寄せください。

あて先
〒102-8177　東京都千代田区富士見2-13-3
メディアワークス文庫編集部
「綾束 乙先生」係

おもしろいこと、あなたから。

自由奔放で刺激的。そんな作品を募集しています。受賞作品は「電撃文庫」「メディアワークス文庫」「電撃の新文芸」等からデビュー！

上遠野浩平（ブギーポップは笑わない）、
成田良悟（デュラララ!!）、支倉凍砂（狼と香辛料）、
有川 浩（図書館戦争）、川原 礫（ソードアート・オンライン）、
和ヶ原聡司（はたらく魔王さま！）、安里アサト（86－エイティシックス－）、
瘤久保慎司（錆喰いビスコ）、
佐野徹夜（君は月夜に光り輝く）、一条 岬（今夜、世界からこの恋が消えても）など、
常に時代の一線を疾るクリエイターを生み出してきた「電撃大賞」。
新時代を切り開く才能を毎年募集中!!!

電撃小説大賞・電撃イラスト大賞

賞（共通）

大賞……………正賞＋副賞300万円
金賞……………正賞＋副賞100万円
銀賞……………正賞＋副賞50万円

（小説賞のみ）

メディアワークス文庫賞
正賞＋副賞100万円

編集部から選評をお送りします！
小説部門、イラスト部門とも1次選考以上を
通過した人全員に選評をお送りします！

各部門（小説、イラスト）WEBで受付中！
小説部門はカクヨムでも受付中！

最新情報や詳細は電撃大賞公式ホームページをご覧ください。

https://dengekitaisho.jp/

主催：株式会社KADOKAWA